PROCLAMEM NAS MONTANHAS

JAMES BALDWIN

Proclamem nas montanhas

Tradução
Paulo Henriques Britto

Copyright © 1952, 1953 by James Baldwin
Copyright © renovado 1980, 1981 by James Baldwin
Todos os direitos reservados, inclusive o de reprodução integral ou parcial em qualquer formato.
Edição publicada mediante acordo com o James Baldwin Estate.

Grafia atualizada segundo o Acordo Ortográfico da Língua Portuguesa de 1990, que entrou em vigor no Brasil em 2009.

Título original
Go Tell It on the Mountain

Capa
Daniel Trench

Foto de quarta capa
Granger/ Fotoarena

Preparação
Gabriele Fernandes

Revisão
Ana Alvares
Clara Diament
Ana Maria Barbosa

Dados Internacionais de Catalogação na Publicação (CIP)
(Câmara Brasileira do Livro, SP, Brasil)

———

Baldwin, James, 1924-1987
 Proclamem nas montanhas / James Baldwin ; tradução Paulo Henriques Britto. — 1ª ed. — São Paulo : Companhia das Letras, 2025.

 Título original: Go Tell It on the Mountain.
 ISBN 978-85-359-3936-1

 1. Ficção norte-americana 2. Homens afro-americanos – Ficção I. Título.

———

25-249292 CDD-813

———

Índice para catálogo sistemático:
1. Ficção : Literatura norte-americana 813

Cibele Maria Dias – Bibliotecária – CRB-8/9427

Todos os direitos desta edição reservados à
EDITORA SCHWARCZ S.A.
Rua Bandeira Paulista, 702, cj. 32
04532-002 — São Paulo — SP
Telefone: (11) 3707-3500
www.companhiadasletras.com.br
www.blogdacompanhia.com.br
facebook.com/companhiadasletras
instagram.com/companhiadasletras
x.com/cialetras

Para minha mãe e meu pai

Sumário

PARTE I: O sétimo dia, 9

PARTE II: As preces dos santos, 75
1. A prece de Florence, 77
2. A prece de Gabriel, 109
3. A prece de Elizabeth, 184

PARTE III: A eira, 233

Posfácio — Roxane Gay, 273
Um perfil de James Baldwin — Márcio Macedo, 279

PARTE I
O sétimo dia

O Espírito e a Esposa dizem: "Vem!". Que aquele que ouve diga também: "Vem!". Que o sedento venha, e quem o deseja receba gratuitamente água da vida.

Apocalipse 22,17

I looked down the line,
*And I wondered.**

Todo mundo sempre dizia que John seria pregador quando crescesse, igual ao pai. De tanto ouvir isso, o próprio John, sem pensar sobre o assunto, passou a acreditar também. Foi só na manhã do dia em que completou catorze anos que realmente começou a pensar nisso, e àquela altura já era tarde demais.

Suas lembranças mais antigas — de certo modo, suas únicas lembranças — eram da azáfama e da claridade das manhãs de domingo. Nesse dia, todos se levantavam juntos: o pai, que não tinha que ir para o trabalho e organizava a prece antes do café da manhã; a mãe, que vestia suas melhores roupas e parecia quase jovem nesse dia, com o cabelo esticado e o chapéu sem

* "Olhei para a frente/ E fiquei pensando." (N. E.)

aba bem ajustado na cabeça, o uniforme das mulheres santas;* o irmão mais moço, Roy, que ficava calado porque o pai estava em casa. Sarah, que usava uma fita vermelha no cabelo e recebia um carinho do pai. E a bebê, Ruth, de rosa e branco, que ia para a igreja nos braços da mãe.

A igreja não era muito longe, a quatro quarteirões dali, na Lenox Avenue, numa esquina perto do hospital. Fora nele que a mãe de Johnny havia tido Roy, Sarah e Ruth. John não se lembrava muito bem da primeira vez que ela fora ao hospital, para ter Roy; as pessoas diziam que ele havia chorado e aprontado durante todo o tempo em que a mãe esteve fora de casa; John se lembrava disso apenas o suficiente para sentir medo cada vez que a barriga da mãe começava a crescer, sabendo que sempre que isso acontecia a coisa só haveria de terminar quando ela fosse afastada dele, para voltar depois com um desconhecido. Toda vez que isso acontecia, a mãe se tornava ela própria um pouco mais desconhecida. Em breve ela se afastaria de novo, disse Roy — ele entendia muito mais dessas coisas que John. Este tinha observado a mãe com atenção, sem ver por enquanto nenhum inchaço na barriga, mas numa prece matinal pouco tempo antes seu pai pedira pelo "pequeno viajante que em breve estará entre eles", e assim John percebeu que Roy falara a verdade.

Todas as manhãs de domingo, portanto, até onde iam as lembranças de John, eles saíam para a rua, a família Grimes rumo à igreja. Na avenida, eram observados por pecadores — homens que ainda usavam as roupas de sábado à noite, àquela altura amarrotadas e empoeiradas, de olhos e rostos lamacentos; e mulheres com voz áspera e vestido apertado de cores berrantes, cigarro entre os dedos ou preso com firmeza no canto da boca. Conver-

---

* "Santas" e "santos" são os membros da congregação considerados já salvos e, portanto, capazes de pregar. (N. E.)

savam, e riam, e batalhavam juntas, eram mulheres que batalhavam como homens. John e Roy, ao passar por esses homens e essas mulheres, entreolhavam-se por um instante, John constrangido e Roy achando graça. Roy seria como eles quando crescesse, se o Senhor não tocasse seu coração. Esses homens e essas mulheres que eles viam na avenida nas manhãs de domingo tinham passado a noite em bares, ou em bordéis, ou nas ruas, ou nos telhados, ou no vão das escadas. Tinham bebido. Tinham passado dos xingamentos às gargalhadas, à raiva, à libidinagem. Uma vez John e Roy viram um homem e uma mulher no porão de uma casa condenada. Fizeram tudo em pé. A mulher pedira cinquenta cêntimos, e o homem lhe exibiu uma navalha.

John nunca mais quis olhar; naquele dia teve medo. Mas Roy já ficara olhando muitas vezes e contou a John que ele próprio havia feito aquilo com umas garotas do quarteirão.

E sua mãe e seu pai, que iam à igreja aos domingos, também faziam aquilo, e às vezes John os ouvia no quarto atrás dele, o som misturado com o ruído das ratazanas correndo e guinchando, e a música e os xingamentos que vinham da casa da prostituta no andar de baixo.

A igreja deles chamava-se Templo dos Batizados pelo Fogo. Não era a maior igreja do Harlem, tampouco a menor, mas John aprendera desde cedo que era a mais santa e a melhor. Seu pai era o diácono principal — havia apenas dois, sendo o outro um homem negro e rechonchudo, o diácono Braithwaite — e era ele que fazia a coleta do dinheiro, e às vezes pregava. O pastor, o reverendo James, era um homem simpático e bem alimentado, cujo rosto parecia uma lua escura. Era ele que pregava no Domingo de Pentecostes, que organizava reuniões de avivamento no verão, que ungia e curava os doentes.

Nas manhãs e noites de domingo, a igreja estava sempre cheia; nos domingos especiais, ficava cheia o dia inteiro. A família Grimes comparecia em peso, chegando sempre um pouco atrasada, normalmente no meio da escola dominical, que começava às nove. O atraso era sempre por culpa da mãe — pelo menos segundo o pai; ela nunca conseguia se aprontar e arrumar as crianças a tempo, e às vezes ficava em casa depois que os outros saíam, só aparecendo na hora do culto matinal. Quando chegavam todos juntos, separavam-se logo após a entrada: o pai e a mãe iam para a aula dos adultos, ministrada pela irmã McCandless; Sarah seguia para a aula dos pequeninos; e John e Roy, para a aula intermediária, a cargo do irmão Elisha.

Quando mais novo, John não prestava atenção às aulas da escola dominical e sempre esquecia o texto do dia, o que deixava o pai furioso. Por volta dos catorze anos, sob o impacto de todas as pressões da igreja e da família no sentido de empurrá-lo para o altar, ele começou a tentar parecer mais sério e, portanto, a ser menos chamativo. Mas perdia a concentração por causa do novo professor, Elisha, sobrinho do pastor, recém-chegado da Geórgia. Não era muito mais velho que John, pois tinha apenas dezessete anos, e já estava salvo, já era pregador. Durante toda a aula, John observava Elisha, admirando o timbre de sua voz, muito mais grave e viril que a sua, admirando a esbelteza, e a graça, e a força, e a pele negra de Elisha, de terno dominical, perguntando a si próprio se algum dia ele seria tão santo quanto Elisha. No entanto, não acompanhava a lição, e, quando às vezes Elisha fazia uma pausa para lhe dirigir uma pergunta, John ficava constrangido e confuso, sentia as palmas das mãos suadas e o coração batendo como um martelo. Elisha sorria e o repreendia de leve, e a aula seguia em frente.

Roy também nunca sabia a lição na escola dominical, mas com ele era diferente — na verdade, ninguém esperava de Roy o que esperava de John. Todos viviam orando, pedindo ao Senhor que tocasse o coração de Roy, mas era John que esperavam que se tornasse bom, que desse um bom exemplo.

Depois das aulas da escola dominical, havia uma pequena pausa antes do início do culto matinal. Nesse período, se o tempo estava bom, os velhos saíam por um momento para conversar. As irmãs quase sempre vestiam branco, da cabeça aos pés. Naquele dia, naquele lugar, oprimidas pela presença dos mais velhos, as crianças mais novas se esforçavam para brincar sem dar a impressão de que desrespeitavam a casa de Deus. Mas às vezes, por nervosismo ou pirraça, elas gritavam, ou jogavam os hinários, ou começavam a chorar, obrigando os pais, homens e mulheres de Deus, a provar — por meios duros ou suaves — quem mandava naquela casa santificada. As crianças mais velhas, como John e Roy, tinham permissão para andar pela avenida, desde que não fossem muito longe. O pai deles jamais perdia os dois de vista, pois muitas vezes Roy já desaparecera entre a escola dominical e o culto matinal, voltando só no dia seguinte.

O culto dominical começava quando o irmão Elisha se sentava ao piano e puxava uma canção. Aquele momento e aquela música acompanhavam John, era a impressão que ele tinha, desde seu nascimento. Era como se nunca tivesse havido uma época em que ele não conhecesse aquele momento de espera, quando a igreja apinhada de gente fazia uma pausa — as irmãs de branco, cabeças levantadas; os irmãos de azul, cabeças viradas para trás; a touca branca das mulheres brilhando no ar tenso, como uma coroa; a cabeça dos homens, a carapinha reluzente, aparentemente elevada — e cessavam o farfalhar das roupas e os cochichos, e as crianças ficavam quietas; alguém tossia, talvez, ou então se ouvia uma buzina de automóvel, ou um palavrão vindo da rua; em seguida, Elisha começava a tocar e a cantar, e todos o acompanhavam, batendo palmas, levantando-se, batendo nos pandeiros.

A canção podia ser: *Lá ao pé da cruz onde meu Salvador morreu!*

Ou então: *Jesus, nunca me esquecerei que me libertaste!*

Ou então: *Senhor, segura a minha mão enquanto disputo esta corrida!*

Cantavam com toda a força que tinham, e batiam palmas de júbilo. Jamais existira uma época em que John não visse os santos jubilosos com o coração tomado pelo terror, e pela admiração. Aquela cantoria o fazia crer na presença do Senhor; aliás, não se tratava mais de uma questão de crença, pois os santos tornavam real aquela presença. John mesmo não sentia tal júbilo, mas não duvidava de que aquilo era para eles o próprio pão da vida — quer dizer, não duvidava até o momento em que se tornou tarde demais para duvidar. Alguma coisa acontecia com o rosto e a voz deles, o ritmo de seu corpo e o ar que respiravam; era como se qualquer lugar onde estivessem se tornasse o andar de cima, e o Espírito Santo voasse naquele ar. O rosto de seu pai, sempre assustador, tornava-se ainda mais assustador nesses momentos; a raiva cotidiana do pai transformava-se em ira profética. Sua mãe, os olhos voltados para o céu, as mãos formando um arco à frente dela, a balançar-se, tornava reais para John aquela paciência, aquela resiliência, aquele sofrimento prolongado, a respeito do qual lera na Bíblia, e que lhe era tão difícil imaginar.

Nas manhãs de domingo, todas as mulheres pareciam pacientes, todos os homens pareciam poderosos. Sob o olhar de John, o Poder abatia-se sobre alguém, homem ou mulher; as pessoas gritavam, um grito longo e prolongado, sem palavras, e com os braços abertos como se fossem asas davam início ao Brado. Alguém afastava a cadeira um pouco para lhes dar espaço, o ritmo hesitava, o canto cessava, ouviam-se apenas os pés golpeando o chão e as mãos batendo palmas; depois outro grito, outro dançarino; então os pandeiros recomeçavam, e as vozes elevavam-se de novo, e a música irrompia outra vez, como um incêndio, ou uma inundação, ou o juízo final. Então a igreja parecia se dilatar com o Poder nela contido, e, como um planeta a balançar-se no espaço, o templo balançava-se com o Poder de Deus. John observava, observava os rostos, e os corpos sem peso, e escutava aqueles gritos atemporais. Um dia, era o que todos diziam, esse Poder se apossaria dele; ele haveria de cantar e gritar tal como os outros faziam naquele momento, e dançaria diante de seu Rei. John via a neta da mãe Washington, a jovem Ella Mae Washington, dezessete anos, começar a dançar. E então Elisha punha-se a dançar.

Antes, a cabeça jogada para trás, olhos fechados, testa coberta de suor, sentado ao piano, ele cantava e tocava; de repente, como um enorme felino negro ameaçado na selva, Elisha ficava enrijecido e tremia, e gritava. *Jesus, Jesus, ah Senhor Jesus!* Tocava no piano uma derradeira nota aleatória e jogava as mãos espalmadas para cima, os braços bem espaçados. Os pandeiros se apressavam para ocupar o vácuo deixado pelo piano silenciado, e os gritos de Elisha eram respondidos por outros. Em seguida, ele se punha de pé, virando-se, cego, o rosto enrubescido, contorcido de ira, os músculos saltando e se dilatando no pescoço longo e negro. Parecia que não conseguia respirar, que seu corpo não era capaz de conter aquela paixão, que ele terminaria se esvaecendo, diante dos olhares de todos, no ar que o aguardava. As mãos, rígidas até a ponta dos dedos, expandiam-se para fora e contraíam-se junto aos quadris, os olhos que não enxergavam se voltavam para cima, e ele começava a dançar. Então as mãos cerravam-se em punhos, e a cabeça abaixava-se de repente, o suor alisando o cabelo; e o ritmo de toda a congregação se acelerava para igualar-se ao de Elisha; as coxas dele debatiam-se de modo terrível dentro do terno, o salto dos sapatos golpeava o soalho, e os punhos moviam-se junto ao corpo como se o corpo fosse um tambor. E ficava assim por algum tempo, no meio dos dançarinos, cabeça baixa, punhos batendo, batendo, batendo, insuportável, até parecer que as paredes da igreja seriam derrubadas pelo som; então, de repente, com um grito, a cabeça erguida, os braços levantados bem alto, o suor jorrando da testa, todo o corpo dançava como se não fosse parar nunca mais. Às vezes Elisha só parava quando caía — caía como um animal abatido com uma martelada —, gemendo, o rosto encostado no chão. E um grande gemido enchia a igreja.

O pecado estava entre eles. Num domingo, findo o culto regular, o reverendo James revelara o pecado na congregação dos justos. Ele revelara Elisha e Ella Mae. Os dois haviam "andado por maus caminhos"; corriam o perigo de afastar-se da verdade. E, enquanto o reverendo James falava do pecado que, ele sabia, os dois ainda não haviam cometido, do figo ainda verde arrancado cedo demais da figueira — embotando os dentes dos filhos —, John sentiu que ficava tonto no banco, não conseguia olhar para Elisha em pé lá na frente, ao lado de Ella Mae, diante do altar. Elisha baixou a cabeça enquanto o reverendo James falava e a congregação murmurava. E Ella Mae não estava mais tão bonita como quando cantava e dava testemunho, parecia uma garota comum, emburrada. Os lábios fartos estavam frouxos, e os olhos, negros — de vergonha, ou raiva, ou das duas coisas. A avó, que a criara, assistia em silêncio, as mãos unidas. Ela era um dos pilares da igreja, uma evangelizadora poderosa, de grande renome. Não disse nada em defesa de Ella Mae, pois devia estar pensando, tal como toda a congregação, que o reverendo James estava apenas cumprindo seu dever, imperativo e doloroso; ele era responsável, no final das contas, por Elisha, tal como a mãe Washington era responsável por Ella Mae. Não era fácil, dizia o reverendo James, ser pastor de um rebanho. Podia parecer fácil subir ao púlpito noite após noite, ano após ano, mas que pensassem na tremenda responsabilidade colocada em seus ombros por Deus todo-poderoso — que lembrassem que Deus um dia lhe cobraria que prestasse conta de todas as almas de seu rebanho. Que pensassem nisso quando o julgassem severo, que lembrassem que o Verbo era severo, que o caminho da santidade era árduo. Não havia lugar no exército divino para o coração covarde, não haveria uma coroa à espera de quem pusesse mãe ou pai, irmã ou irmão, namorada ou amigo acima da vontade de Deus. Que a igreja diga amém! E eles gritaram: "Amém! Amém!".

O Senhor o obrigava, disse o reverendo James, olhando para o rapaz e a moça diante dele, a lhes fazer uma advertência em público antes que fosse tarde demais. Pois ele sabia que eram jovens sinceros, dedicados à causa do Senhor — só que, dada sua juventude, não sabiam das armadilhas que Satanás armava para os incautos. O reverendo James sabia que o pecado não estava na mente dos dois — ainda não; no entanto, o pecado estava na carne deles; e, se continuassem a dar caminhadas a sós, trocando segredos e rindo, as mãos a se tocar, certamente cairiam em pecado, um pecado que não teria perdão. E John se perguntava o que estaria pensando Elisha — Elisha, alto e belo, que jogava basquete e fora salvo aos onze anos nos campos improváveis do Sul. Teria ele pecado de fato? Teria sido tentado? E a moça a seu lado, cujas vestes brancas naquele momento pareciam uma cobertura finíssima para a nudez dos seios e a insistência das coxas — como seria o rosto dela quando estava a sós com Elisha, sem cantorias, quando os dois não estavam cercados de santos? John tinha medo de pensar nessas coisas, no entanto não conseguia pensar em mais nada; e a febre da qual Elisha e Ella Mae eram acusados começou a arder nele também.

Depois desse domingo, o rapaz e a moça pararam de se encontrar todos os dias após a escola, de passar as tardes de sábado perambulando pelo Central Park ou deitados na praia. Tudo aquilo havia acabado para eles. Se voltassem a se juntar, seria no matrimônio. Teriam filhos, e os criariam na igreja.

Era isso o que se chamava de vida santa, era isso o que exigia o caminho da cruz. De algum modo, foi naquele domingo, um domingo pouco antes de seu aniversário, que John se deu conta pela primeira vez de que era essa a vida que o aguardava — deu-se conta disso de maneira consciente, não mais como algo distante, e sim iminente, mais próximo a cada dia que passava.

O aniversário de John caiu num sábado de março de 1935. Naquela manhã ele acordou com a sensação de que algo o ameaçava — de que uma coisa irrevogável acontecera dentro dele. Ficou encarando uma mancha amarela no teto bem acima de sua cabeça. Roy ainda estava envolto nas cobertas, inspirando e expirando com um assobio baixo. Não se ouvia nenhum outro som em lugar algum; ninguém na casa havia se levantado. O rádio dos vizinhos estava silencioso, e a mãe ainda não saíra da cama para preparar o café da manhã do pai. John tentava entender o próprio pânico, e depois tentava entender o tempo; em seguida (enquanto a mancha amarela no teto pouco a pouco se transformava na nudez de uma mulher) se lembrou de que naquele dia ele fazia catorze anos e que pecara.

Seu primeiro pensamento, no entanto, foi: *Será que alguém vai lembrar?* Pois já ocorrera, uma ou duas vezes, de seu aniversário passar totalmente despercebido, sem que ninguém dissesse "Feliz aniversário, Johnny" ou lhe desse algum presente — nem mesmo a mãe.

Roy mexeu-se na cama de novo, e John o afastou para o lado, escutando o silêncio. Em outras manhãs, ele despertava ouvindo a mãe cantar na cozinha e, no quarto atrás dele, o pai grunhir e murmurar preces enquanto se vestia; ouvindo, talvez, o falatório de Sarah e os gritos de Ruth, bem como os rádios, o ruído das panelas e a voz de todas as pessoas a sua volta. Naquela manhã, nem mesmo o ranger de uma mola de colchão perturbava o silêncio, de modo que John parecia ouvir o próprio destino fatal mudo. Ele era capaz de acreditar, ou quase isso, que havia despertado tarde na manhã daquele grande despertar; que todos os que foram salvos tinham sido levados para juntar-se a Jesus nas nuvens, e que ele ficara para trás, com seu corpo pecaminoso, para ser confinado no Inferno por mil anos.

John caíra em pecado. Apesar dos santos, da mãe e do pai, dos alertas que havia recebido desde muito cedo, ele, com as próprias mãos, caíra em pecado, um pecado que era difícil de perdoar. No banheiro do colégio, sozinho, pensando nos garotos — maiores, mais velhos e corajosos — que apostavam quem era capaz de urinar mais alto, John testemunhara em si mesmo uma transformação sobre a qual jamais ousaria falar.

E a escuridão de seu pecado era como a escuridão da igreja nas noites de sábado; como o silêncio da igreja quando ele estava lá sozinho, varrendo, enchendo o grande balde de água, virando as cadeiras de cabeça para baixo, bem antes da chegada dos santos. Era como seus pensamentos, enquanto ele se deslocava no tabernáculo onde passara sua vida; o tabernáculo que lhe inspirava ódio, mas também amor e temor. Era como os palavrões de Roy, como os ecos que esses palavrões provocavam em John: ele lembrava-se de Roy, num dos raros sábados em que o irmão fora ajudá-lo a limpar a igreja, xingando dentro da casa de Deus e fazendo gestos obscenos diante dos olhos de Jesus. Era como tudo isso, e era como as paredes que testemunhavam e as placas nas paredes que confirmavam que o salário do pecado era a morte. A escuridão de seu pecado estava na dureza com que ele resistia ao poder de Deus; no desdém que muitas vezes sentia quando ouvia as vozes chorando, irrompendo em lágrimas, e via a pele negra brilhar enquanto as pessoas levantavam os braços e caíam de bruços diante do Senhor. Pois ele tomara sua decisão. Não seria como o pai nem como os pais de seu pai. Sua vida seria diferente.

Afinal, John destacava-se na escola, embora não em matemática e basquete como Elisha, e dizia-se que ele tinha um Grande Futuro. Ele poderia tornar-se um Grande Líder de Seu Povo. John não se interessava muito por seu povo, e tampouco se interessava em liderá-lo rumo ao que quer que fosse, mas a expressão repetida com tanta frequência elevava-se em sua mente como um grande portão de bronze, abrindo-se para ele num mundo onde as pessoas não viviam na escuridão da casa do pai, não oravam a Jesus na escuridão da igreja do pai; onde ele comeria comidas boas, usaria roupas finas e iria ao cinema quantas vezes quisesse ir. Nesse mundo, John, que, segundo o pai, era feio e sempre o menor menino da turma, e não tinha amigos, tornava-se na mesma hora belo, alto e popular. As pessoas se debatiam para conhecer John Grimes. Ele era poeta, ou presidente de uma faculdade, ou astro do cinema; bebia uísque caro e fumava cigarros Lucky Strike, que vinham num maço verde.

Não eram apenas as pessoas de cor* que elogiavam John, pois elas não podiam — pensava ele — saber de verdade o que falavam; mas as pessoas brancas diziam o mesmo; aliás, foram as primeiras a dizê-lo, e ainda o faziam. John tinha cinco anos e estava na primeira série quando repararam nele pela primeira vez; e, como foi um olhar totalmente externo e impessoal, ele começou a perceber, com extrema perturbação, sua existência individual.

Naquele dia aprendiam o alfabeto, e seis crianças iam ao quadro-negro a cada vez para escrever as letras que haviam deco-

---

* Algumas das expressões usadas por James Baldwin — como *"coloured people"*, por exemplo — caíram em desuso ou mudaram de sentido de acordo com o contexto. Mantivemos a tradução dessas expressões com os termos que se usavam no Brasil na década de 1950 — como "pessoas de cor", neste caso —, quando o livro foi publicado originalmente. (N. E.)

rado. Seis tinham terminado e aguardavam a avaliação da professora quando a porta dos fundos se abriu e entrou a diretora da escola, de quem todos morriam de medo. No silêncio, a voz da mulher elevou-se:

"Que criança fez isso?"

Apontava para o quadro-negro, para as letras de John. A possibilidade de ser distinguido pela atenção da diretora não lhe passava pela cabeça, por isso se limitou a olhar fixamente para ela. Então se deu conta, com base na imobilidade das outras crianças e no fato de que elas evitavam olhá-lo, de que fora ele o escolhido para o castigo.

"Pode falar, John", disse a professora, com delicadeza.

Quase chorando, ele murmurou seu nome e ficou à espera. A diretora, uma mulher de cabelo branco e rosto de ferro, olhou para ele.

"Você é um menino muito inteligente, John Grimes", declarou ela. "Continue assim."

Em seguida, ela saiu da sala.

Dali em diante, aquele momento passou a ser para John, se não uma arma, ao menos um escudo; ele apreendeu por completo, sem passar pela crença nem pelo entendimento, que tinha um poder que as outras pessoas não tinham; que podia usá-lo para salvar-se, para elevar-se; e que com esse poder talvez um dia conseguisse conquistar aquele amor que tanto desejava. Não se tratava, para ele, de uma fé sujeita a morte ou modificação, e tampouco uma esperança sujeita a destruição; era sua identidade, e parte, portanto, daquela maldade que levava o pai a lhe dar surras e à qual ele se agarrava para resistir. O braço do pai, levantando-se e baixando, era capaz de fazê-lo chorar, e sua voz podia fazê-lo tremer; o pai, porém, nunca poderia sair vencedor por completo, porque John valorizava algo que o pai não alcançava. Eram seu ódio e sua inteligência que ele valorizava, e uma coisa alimentava a outra. John vivia à espera do dia em que o pai estaria morrendo e ele, seu filho, haveria de amaldiçoá-lo no leito de morte. E era por isso, embora tivesse nascido naquela fé, passado toda a vida cercado pelos santos e por suas preces e seu júbilo, e apesar de o tabernáculo onde eles faziam os cultos ser mais real para ele do que os diversos lares precários nos quais morara com a família, que o coração de John endurecera contra o Senhor. O pai era o ministro de Deus, o embaixador do Reino dos Céus, e John não podia se curvar diante do trono da graça sem antes se ajoelhar diante do pai. Sua vida se resumia a se recusar a fazer isso, e o coração secreto de John florescera em sua maldade até o dia em que pela primeira vez ele foi dominado pelo pecado.

Em meio a tantos pensamentos, Johnny voltou a adormecer, e, quando acordou e se levantou, o pai já havia ido para a fábrica, onde trabalharia meio expediente. Roy estava sentado na cozinha, discutindo com a mãe. Ruth, a bebê, estava no cadeirão batendo na bandeja com uma colher melecada de mingau de aveia. Isso era sinal de que estava de bom humor; não passaria o dia inteiro gritando, por motivos que só ela conhecia, sem permitir que ninguém além da mãe a tocasse. Sarah estava em silêncio, e não tagarelando sem parar, pelo menos até aquele momento, parada perto do fogão, os braços cruzados, olhando para Roy com os olhos negros e achatados, os olhos do pai, que a faziam parecer tão velha.

A mãe, com um pano surrado amarrado na cabeça, tomava café puro e observava Roy. O sol pálido de final de inverno enchia o recinto e amarelava todos os rostos; e John, entorpecido e mórbido, perguntando-se como havia conseguido voltar a dormir e como lhe fora permitido ficar na cama até aquela hora, viu os outros por um momento como figuras numa tela, um efeito intensificado pela luz amarela. Era um recinto estreito e sujo; nada poderia alterar suas dimensões, nenhum volume de trabalho seria capaz de torná-lo limpo. A sujeira estava nas paredes e nas tábuas do soalho, e triunfava debaixo da pia, onde as baratas procriavam; estava nas fendas finas das panelas areadas diariamente, escurecidas pelo fogo no fundo, penduradas acima do fogão; estava nas paredes de onde pendiam as panelas e revelava-se nos lugares em que a tinta rachara e se projetava em quadrados e fragmentos rígidos, riscados de negro no verso. A sujeira estava em todos os cantos, ângulos, fendas no fogão monstruoso, e vivia atrás dele numa comunhão delirante com a parede corrompida. A sujeira estava no rodapé que John esfregava todos os sábados e tornava ásperas as prateleiras do armário onde ficavam os pratos rachados e reluzentes. Sob esse peso escuro as paredes inclinavam-se, sob esse peso o teto, com uma grande rachadura no centro semelhante a um relâmpago, cedia. As janelas brilhavam como prata ou ouro batido, mas agora John percebia, àquela luz amarelenta, que uma poeira fina velava tal preciosidade duvidosa. A sujeira se espraiava pelo esfregão cinzento que pendia do lado de fora da janela para secar. John pensou, com vergonha e horror, e no entanto com o coração endurecido de ira: *continue o imundo ainda sendo imundo*. Então olhou para a mãe, analisando-a como se ela fosse outra pessoa, as rugas escuras e duras que desciam de seus olhos, e o franzido profundo e perpétuo que lhe vincava a testa, e a boca tensa virada para baixo, e as mãos fortes, finas, pardas e ossudas; e a frase voltou-se contra ele como uma faca de dois gumes, pois não era ele, com falso orgulho e imaginação malévola, que era sujo? Através de uma tempestade de lágrimas que não chegaram até seus olhos, John olhava para a cozinha amarela; e o recinto deslocou-se, a luz do sol escureceu e o rosto da mãe mudou. Passou a ser aquele que John lhe atribuía nos sonhos, o rosto que fora dela numa fotografia que ele vira uma vez, havia muito tempo, uma imagem tirada antes do nascimento dele. Esse rosto era jovem e orgulhoso, voltado para cima, com um sorriso que tornava bela a boca larga e brilhantes os olhos imensos. Era a feição de uma moça que sabia que mal algum poderia derrotá-la e que com certeza podia rir, tal como sua mãe não ria mais. Entre os dois rostos estendiam-se uma escuridão e um mistério que John temia, e que às vezes o fazia odiá-la.

Nesse momento sua mãe o viu e lhe perguntou, interrompendo a conversa com Roy: "Tá com fome, meu dorminhoquinho?".

"Puxa! Já tava na hora mesmo de você levantar", disse Sarah.

John aproximou-se da mesa e sentou-se, sentindo o pânico mais confuso de sua vida, uma necessidade de tocar nas coisas, na mesa, nas cadeiras, nas paredes da cozinha, para certificar-se de que ela existia e de que ele estava nela. Não olhou para a mãe, que se levantou e foi até o fogão para esquentar o café da manhã dele. Mas fez uma pergunta, para dizer alguma coisa a ela, e para ouvir a própria voz:

"O que é que tem hoje pro café da manhã?"

Deu-se conta, um pouco envergonhado, de que esperava que a mãe tivesse lhe preparado uma refeição especial por ser seu aniversário.

"O que é que você *acha* que tem pro café da manhã?", perguntou Roy, debochado. "Você tá com vontade de alguma coisa em especial?"

John olhou para ele. Roy não estava de bom humor.

"Não falei com você", ele retrucou.

"Ah, *mil* perdões", disse Roy com uma vozinha aguda e feminina que, ele sabia, John odiava.

"Que bicho te mordeu hoje?", John perguntou, irritado e tentando falar com um tom o mais áspero possível.

"Deixa o Roy pra lá", aconselhou-o a mãe. "Ele acordou de ovo virado."

"É", concordou John, "pelo visto." Ele e Roy se encararam. Então um prato foi colocado à sua frente: canjica e um pedacinho de bacon. Johnny tinha vontade de gritar, como se fosse uma criança: "Mas, mamãe, hoje é meu aniversário!". Manteve os olhos fixos no prato e começou a comer.

"Pode falar o que você quiser do seu pai", disse a mãe, retomando a batalha com Roy, "mas tem *uma* coisa que você não pode negar: ele sempre fez o que pôde pra ser um pai pra você e nunca te deixar passar fome."

"Eu já passei fome um monte de vezes", declarou Roy, orgulhoso por poder marcar um ponto contra a mãe.

"Então não foi por culpa *dele*. Não foi porque ele não estava *tentando* te alimentar. Esse homem já tirou neve com pá abaixo de zero quando devia estar na cama, só pra pôr comida na sua barriga."

"Não era só na *minha* barriga", rebateu Roy, indignado. "Ele também tem barriga, e *come* que é uma beleza. Eu nunca pedi pra ele tirar neve por minha causa." Mas baixou os olhos, desconfiado de que houvesse uma falha em sua argumentação. "Eu só queria que ele parasse de me bater o tempo todo", concluiu. "Eu não sou cachorro, não."

A mãe suspirou e desviou um pouco o olhar para a janela. "Seu pai bate em você", explicou, "porque ele te ama."

Roy riu. "Esse não é o tipo de amor que eu conheço, minha velha. O que é que a senhora acha que ele ia fazer se não me amasse?"

"Ele ia deixar você livre", a mãe disparou, "pra ir direto pro inferno, que é pra onde você parece tá doido pra ir! Direto, sr. Roy, até alguém enfiar uma faca em você, ou te botar na cadeia!"

"Mamãe", John perguntou de repente, "o papai é um homem bom?"

Ele não sabia que ia fazer essa pergunta, e agora ficou vendo, atônito, a boca da mãe apertar-se e os olhos dela escurecerem.

"Isso não é pergunta que se faça", respondeu ela, controlada. "Você não conhece ninguém melhor, não é?"

"Pra mim, ele é um homem muito bom", comentou Sarah. "Ele fica orando o tempo todo."

"Vocês ainda são criança", disse a mãe, ignorando o comentário de Sarah e voltando a sentar-se à mesa, "e não sabem como têm sorte de ter um pai que se preocupa e tenta criar vocês direito."

"É", retrucou Roy, "a gente não sabe que sorte é ter um pai que não deixa ir ao cinema, brincar na rua nem ter amigo. E não deixa isso e não deixa aquilo, não deixa a gente fazer *nada*. Que *sorte* ter um pai que só deixa a gente ir na igreja e ler a Bíblia e berrar feito um bobalhão na frente do altar e ficar em casa bem-comportado, que nem carneirinho. É, a gente tem sorte, mesmo. Não sei o que eu fiz pra ter tanta sorte."

Ela riu. "Um dia você vai descobrir. Presta atenção no que eu estou dizendo."

"Sei", retrucou Roy.

"Mas aí já vai ser tarde demais", ela prosseguiu. "Vai ser tarde quando você... se arrepender." Sua voz havia mudado. Por um momento seu olhar encontrou o de John, e o filho assustou-se. Ele teve a impressão de que as palavras dela, com essa maneira estranha que Deus tinha às vezes de falar com os homens, haviam sido ditadas pelo Céu e dirigidas a ele. John estava com catorze anos — seria tarde demais? E esse desconforto foi intensificado pela impressão — que, ele entendeu naquele momento, já vinha tendo desde o início — de que sua mãe não estava dizendo tudo que sabia. O que ela dizia à tia Florence, John se perguntou, quando as duas conversavam? O que dizia a seu pai?

Que pensamentos lhe passavam pela cabeça? O rosto da mãe jamais revelava nada. E, no entanto, olhando para ele num momento que foi como um sinal secreto e efêmero, o rosto revelou os pensamentos dela. Eram amargos.

"Estou me lixando", disse Roy, levantando-se. "Quando *eu* tiver filhos, não vou tratar eles assim, não." John observava a mãe; ela observava Roy. "Eu tenho *certeza* que isso não tá certo. Não tá certo encher uma casa de criança se você não sabe tratar elas direito."

"Hoje você acordou muito adulto, hein", comentou a mãe. "Te cuida."

"E me diz mais uma coisa", insistiu Roy, de repente inclinando-se em direção à mãe, "me diz por que é que ele nunca me deixa falar com ele que nem eu falo com a senhora? Ele é meu pai, não é? Mas ele nunca me ouve — nunca, o tempo todo eu é que tenho que ouvir ele."

"O teu pai", ela respondeu, observando-o, "sabe o que diz. Escuta o teu pai, que eu te garanto que você não vai acabar na cadeia."

Roy mordeu os lábios, furioso. "Eu não quero parar na *cadeia*. A senhora acha que no mundo só existe cadeia e igreja? Não é possível que a senhora pense assim, mãe."

"Eu sei", ela respondeu, "que só está seguro quem é humilde diante do Senhor. Você vai descobrir isso também, um dia. Vai pela tua cabeça, seu teimoso, e você vai se dar mal."

E de repente Roy sorriu. "Mas a senhora vai estar lá, não vai, mãe — quando eu estiver encrencado?"

"Você não sabe", ela respondeu, tentando não sorrir, "quanto tempo o Senhor vai me deixar ficar com você."

Roy virou-se e deu um passo de dança. "Tudo bem. Eu sei que o Senhor não é tão duro que nem o papai. Não é, garoto?", perguntou a John, dando-lhe um tapa de leve na testa.

"Me deixa comer em paz, garoto", murmurou John — apesar de que seu prato estava vazio havia algum tempo, e lhe agradava que o irmão se dirigisse a ele.

"Esse garoto é maluco", arriscou Sarah, séria.

"Olha só", exclamou Roy, "a santinha! Essa aí nunca vai dar trabalho pro papai... Essa aí já nasceu santa. Aposto que a primeira coisa que ela disse na vida foi 'obrigado, Jesus'. É ou não é, mãe?"

"Para com essa bobagem", ela respondeu, rindo, "e vai trabalhar. Não posso ficar a manhã toda de bobeira com você."

"Ah, então a senhora vai me arrumar trabalho hoje? Então me diz", perguntou Roy, "o que é que eu tenho que fazer?"

"Você tem que limpar o madeirame da sala de jantar. E vai fazer isso antes de botar o pé na rua."

"E por que é que a senhora tem que falar comigo assim, mãe? Eu já não falei que ia fazer? A senhora sabe muito bem que, quando eu quero, trabalho direitinho. Depois eu posso sair?"

"Primeiro faz o que eu mandei, aí a gente vê. E é melhor fazer direitinho."

"Eu *sempre* faço tudo direitinho", retrucou Roy. "A senhora nem vai reconhecer o madeirame depois que eu der um jeito nele."

"John", disse a mãe, "seja um bom menino e vai varrer a sala de estar pra mim, e tira o pó dos móveis. Eu cuido da cozinha."

"Sim, senhora", John respondeu, e se levantou. A mãe tinha mesmo se esquecido do seu aniversário. Ele jurou que não o mencionaria. Não pensaria mais no assunto.

Varrer a sala de visita era, acima de tudo, varrer o pesado tapete estilo oriental, vermelho, verde e roxo, que outrora fora a glória daquele cômodo, mas agora estava tão desbotado que todas as cores se fundiam num único tom confuso e tão esgarçado em alguns trechos que a vassoura enganchava neles. John odiava varrer esse tapete, porque a poeira subia, entupia-lhe as narinas e grudava em sua pele suada, e dava a impressão de que ele ia ficar varrendo para sempre, as nuvens de poeira não diminuiriam, o tapete nunca ficaria limpo. Em sua imaginação, aquilo se transformava em uma tarefa impossível e eterna, uma provação, como a de um homem sobre o qual ele lera em algum lugar, condenado a empurrar uma pedra ladeira acima; quando chegava ao alto do morro, o gigante que guardava o local fazia a pedra rolar para baixo de novo — e assim por diante, para sempre, por toda a eternidade; ele ainda estava lá, em algum canto do outro lado da terra, empurrando a pedra ladeira acima. O homem contava com a solidariedade de John, pois a parte mais longa e difícil das suas manhãs de sábado era a sua travessia daquele tapete infinito, montado na vassoura; quando atingia as portas de vidro onde terminavam a sala de estar e o tapete, John se sentia como um viajante exausto que finalmente chega em casa. Porém, para cada pá que ele enchia de poeira com tanto trabalho ao chegar àquelas portas, os demônios acrescentavam mais vinte ao tapete; ao olhar para trás, John via que a poeira levantada por ele já voltava a se acumular no tapete; e trincava os dentes, a boca cheia de poeira, e quase chorava ao pensar que tanto trabalho rendera tão pouco.

E o trabalho de John não se limitava a isso; pois, tendo guardado a vassoura e a pá de lixo, ele pegava no balde que havia embaixo da pia a flanela, o lustra-móveis e um pano úmido, voltando à sala para, por assim dizer, escavar os pertences da família daquela poeira que ameaçava enterrá-los. Pensando com raiva no seu aniversário, atacou o espelho com o pano úmido, vendo seu rosto surgir no meio de uma nuvem. Constatou, atônito, que o rosto não havia mudado, que a marca de Satanás ainda permanecia invisível. Seu pai sempre dizia que o rosto de John era o rosto de Satanás — e não haveria de fato algo — no jeito de levantar a sobrancelha, no V formado pelo cabelo espesso acima da testa — que dava razão às palavras dele? Nos olhos de John havia uma luz que não era a luz do Céu, e a boca tremia, lúbrica, para beber com gosto os vinhos do Inferno. Ele contemplava o próprio rosto como se fosse, e como de fato começou a parecer, o rosto de um desconhecido, um desconhecido que sabia de segredos que John jamais viria a conhecer. E, encarando seu rosto como o de um desconhecido, resolveu vê-lo tal como o veria um desconhecido, tentando descobrir o que as outras pessoas viam. Porém enxergava apenas detalhes: dois olhos grandes, uma testa larga e baixa, o triângulo do nariz, a boca enorme e a covinha quase imperceptível no queixo, que era, segundo seu pai, a marca deixada pelo mindinho do Demônio. Esses detalhes não o ajudavam, pois o princípio por trás de sua unidade era incognoscível, e John não conseguia concluir o que mais ardorosamente desejava saber: se seu rosto era feio ou não.

E baixou os olhos para o console da lareira, levantando um por um os objetos que o enfeitavam. Ali conviviam, numa confusão animada, fotografias, cartões de felicitações, placas com dizeres emoldurados com flores, dois castiçais de prata sem velas e uma serpente de metal verde, pronta para dar o bote. Em sua apatia, John olhava para aquelas coisas sem vê-las; começou a espaná-las com o cuidado exagerado de quem tem a cabeça em outro lugar. Uma das placas era rosa e azul, e a inscrição era em letras em relevo, o que dificultava o trabalho de espanar:

Quer venhas de manhã, quer venhas de tarde,
Quer venhas de surpresa, ou com muito alarde,
Nós com mil "seja bem-vindo" te receberemos,
E, quanto mais vieres, mais te adoraremos.

A outra, em letras de fogo contra um fundo dourado, afirmava:

Pois Deus amou tanto o mundo, que entregou o seu Filho único, para que todo o que nele crê não pereça, mas tenha vida eterna.

João 3,16

Esses sentimentos um tanto desconexos enfeitavam os lados opostos do console, um pouco obscurecidos pelos castiçais de prata. Entre esses dois extremos, os cartões de felicitações, recebidos ano após ano, no Natal, na Páscoa e nos aniversários, prenunciavam felicidades, enquanto a serpente de metal verde, perpetuamente malévola, levantava a cabeça com orgulho no meio de todos esses troféus, aguardando a hora de atacar. As fotos eram dispostas contra o fundo do espelho, como se numa procissão.

Essas imagens eram as verdadeiras antiguidades da família, que parecia acreditar que as fotografias só devem comemorar o passado mais distante. Os retratos de John e Roy e das duas meninas, que pareciam violar essa lei não escrita, na verdade a confirmavam da maneira mais impositiva: eram fotos tiradas na primeira infância, numa época e numa situação de que as crianças não tinham lembranças. John, em sua foto, estava nu, deitado numa colcha branca; as pessoas riam e diziam que era uma boa ideia para uma pose. Mas John não conseguia olhar para a imagem sem sentir vergonha e raiva por ver sua nudez revelada de modo tão cruel. Nenhuma das outras crianças estava nua; não, Roy aparecia deitado no berço com uma batinha branca, sorrindo banguela para a câmera, Sarah, muito séria aos seis meses, usava uma touca branca, e Ruth estava nos braços da mãe. Quando as pessoas olhavam para essas fotos e riam, era um riso diferente do provocado pela nudez de John. Por isso, sempre que as visitas tentavam se aproximar de John, ele ficava emburrado; e as pessoas, achando que por algum motivo ele não gostava delas, retaliavam, qualificando-o de menino "esquisito".

Entre as outras fotografias, havia uma da tia Florence, irmã de seu pai, com um penteado antiquado, o cabelo preso num coque com uma fita; a imagem fora tirada com ela ainda muito jovem, assim que chegou ao Norte. Às vezes, quando vinha visitar a família, a tia usava a foto para provar que de fato havia sido bonita quando moça. Havia uma fotografia da mãe, não aquela de que John gostava e que só vira uma única vez, uma outra, tirada logo depois do casamento. E havia uma foto do pai, todo de preto, sentado na varanda de uma casa do interior, as mãos pesadas entrelaçadas no colo. Tinha sido tirada num dia de sol, e a luz forte exagerava de modo brutal os traços do rosto de seu pai. Ele olhava em direção ao sol, a cabeça levantada, insuportável, e, embora ainda fosse jovem, parecia mais velho; apenas algo de arcaico em suas roupas indicava que a fotografia fora tirada havia muito tempo. Na época da foto, contava a tia Florence, ele já era pregador e casado com uma mulher que estava então no Céu. Que o pai já fosse pregador naquela época não causava surpresa, pois era impossível imaginar que ele já tivesse sido qualquer outra coisa; mas o fato de que naquele passado tão distante ele tivera uma esposa que agora estava morta causava em John um espanto que não era de modo algum agradável. *Se ela ainda estivesse viva*, pensava John, *então ele nunca teria nascido; o pai não teria vindo para o Norte e conhecido sua mãe*. E essa mulher obscura, morta havia tantos anos, cujo nome, ele sabia, era Deborah, guardava encerrada num túmulo — era a impressão de John — a chave de todos aqueles mistérios que ele tanto queria desvendar. Ela conhecera seu pai numa vida em que John não existia, numa terra que John jamais vira. Num tempo em que ele não era nada, em lugar algum, poeira, nuvem, ar e sol, e chuva, em que *não era nem imaginado*, dissera a mãe, *no Céu com os Anjos*, dissera a tia, Deborah conhecera seu pai, e vivera na mesma casa que ele. Ela amara o pai. Ela o conhecera quando relâmpagos e trovões riscavam o Céu e o pai dissera: "Escute. É Deus falando". Deborah o conhecera nas manhãs daquela terra distante em que o pai se virava na cama e abria os olhos, e ela olhava naqueles olhos, vendo o que neles havia, e não sentia medo. Ela o vira sendo batizado, *dando coices como uma mula e gritando*, e o vira chorando quando a mãe dele morreu: *ele ainda era bem jovem*, dizia Florence. Como havia olhado naqueles olhos antes de eles se voltarem para John, Deborah conhecera o que o irmão jamais conheceria — a pureza dos olhos do pai quando John não era refletido nas profundezas deles. Deborah poderia lhe ter dito — se ele pudesse lhe perguntar lá do lugar onde estava escondido! — como fazer para que o pai o amasse. Mas agora era tarde demais. Deborah só voltaria a falar no dia do juízo final. E em meio a tantas outras vozes, com ele próprio a gaguejar, John não se interessaria mais pelo testemunho dela.

Quando terminou suas tarefas e a sala ficou pronta para o domingo, John sentia-se sujo e cansado, e sentou-se ao lado da janela na espreguiçadeira do pai. Um sol glacial invadia as ruas, e um vento forte enchia o ar de pedaços de papel e poeira gelada, balançando as placas das lojas e das igrejas. O inverno estava no fim, e a neve cheia de lixo que fora empurrada para a beira das calçadas derretia e enchia as sarjetas. Garotos jogavam beisebol improvisado nas ruas úmidas e frias; com pesadas suéteres de lã e calças grossas, dançavam e gritavam, e a bola fazia *ploft!* quando o bastão a acertava, fazendo-a voar. Um dos meninos usava um gorro vermelho vivo, com um pompom grande de lã, que balançava a cada salto dado por ele, como uma bênção alegre sobre sua cabeça. O sol frio transformava seus rostos em cobre e bronze, e pela janela fechada John ouvia suas vozes grosseiras e irreverentes. E queria ser um deles, brincando na rua, sem medo, a correr com aquela graça e aquele poder, mas sabia que isso era impossível. No entanto, se não podia brincar como eles, sabia fazer algo que eles não sabiam fazer: como lhe dissera uma de suas professoras, sabia pensar. No entanto, isso não era um grande consolo, pois naquele dia seus pensamentos o apavoravam. John queria estar com aqueles garotos na rua, livre de preocupações e pensamentos, cansando seu corpo traiçoeiro e enigmático.

Mas eram onze horas, e dali a duas horas o pai estaria em casa. E então eles almoçariam, o pai puxaria uma prece e, em seguida, lhes daria uma aula sobre a Bíblia. Depois, ao cair da tarde, John limparia a igreja e ficaria para o *tarry service*.* De repente, sentado junto à janela, e com uma violência sem precedentes, dentro de John jorrou uma avalanche de fúria e lágrimas, e ele abaixou a cabeça, punhos cerrados contra a vidraça, exclamando, com os dentes trincados: "O que é que eu faço? O que é que eu faço?".

Até que a mãe o chamou; e John lembrou-se de que ela estava na cozinha lavando roupas e provavelmente tinha alguma tarefa para ele. Levantou-se de má vontade e foi até a cozinha. A mãe estava debruçada sobre a tina de lavar roupa, os braços molhados e ensaboados até os cotovelos, a testa coberta de suor. O avental, improvisado de um lençol velho, estava úmido na parte em que ela se encostava no esfregador. Quando John entrou, a mãe empertigou-se, enxugando as mãos na ponta do avental.

"Terminou o seu trabalho, John?", ela perguntou.

Ele respondeu: "Sim, senhora", e estranhou a maneira como a mãe o olhava; como se ele fosse o filho de outra pessoa.

---

* Reunião em que os membros da congregação aguardam a inspiração divina. (N. T.)

"Muito bem", retrucou ela. Sorriu um sorriso tímido e tenso. "Sabia que você é o braço direito da mamãe?"

John não disse nada e não sorriu, porém limitou-se a observá-la, tentando adivinhar a qual tarefa aquele preâmbulo levaria.

A mãe virou-se, passando a mão úmida na testa, e foi até o armário. Ficou de costas para o filho, e ele a viu pegar um vaso colorido e estampado, usado para colocar flores nas ocasiões mais especiais, e esvaziar o conteúdo na palma da mão. John ouviu o tilintar de moedas, sinal de que ela ia pedir-lhe que comprasse algo. A mãe guardou o vaso no armário e voltou-se para ele, com a mão estendida.

"Eu não te perguntei o que você queria de aniversário. Mas pega isso, meu filho, e compra alguma coisa."

Espalmou a mão de John e pôs nela o dinheiro, quente e úmido por ela tê-lo segurado. No momento em que sentiu as moedas mornas e lisas e a mão dela na sua, John ficou olhando para o rosto da mãe, bem acima do dele, sem nada ver. Sentiu uma pontada no coração e teve vontade de encostar a cabeça no ventre dela, bem onde o avental estava molhado, e chorar. Porém baixou a vista e olhou para a própria mão, que segurava uma pequena pilha de moedas.

"Não é muita coisa, não", ela observou.

"Tudo bem." Então John levantou a vista; ela abaixou-se e o beijou na testa.

"Você está ficando", disse a mãe, com a mão sob o queixo do filho e desviando o rosto dele do seu, "um garotão. Vai ser um homem e tanto, sabia? Tua mãe conta com você."

E mais uma vez John percebeu que ela não estava dizendo tudo o que queria dizer; numa espécie de linguagem secreta, a mãe estava lhe transmitindo hoje uma mensagem para que ele a relembrasse e a compreendesse amanhã. John observava o rosto da mãe, o coração quase estourando de amor por ela, e com uma angústia que ainda não era sua, que ele não compreendia e o assustava.

"Certo, mamãe", respondeu John, na esperança de que ela captasse, apesar de sua fala gaguejada, que ele ansiava profundamente por agradá-la.

"Eu sei", disse ela com um sorriso, soltando o queixo do filho e levantando-se, "que tem um monte de coisa que você não entende. Mas não liga, não. O Senhor vai te revelar, quando for a hora, tudo que Ele quer que você saiba. Põe tua fé no Senhor, Johnny, que Ele com certeza vai te fazer brilhar. Tudo dá certo pra quem ama o Senhor."

John já a ouvira dizer isso antes — era seu texto básico, tal como *Põe em ordem a tua casa* era o do pai —, mas percebeu que dessa vez ela estava lhe dizendo aquilo de um modo especial; era uma tentativa de ajudá-lo por saber que ele estava em conflito. E o conflito era também dela, coisa que sua mãe jamais lhe diria. E, muito embora John tivesse certeza de que os dois não poderiam estar falando das mesmas coisas — pois nesse caso ela certamente ficaria zangada e não se orgulharia mais dele —, essa percepção de sua parte, essa afirmação do amor que tinha por John, conferia à perplexidade dele uma realidade que o apavorava e uma dignidade que o consolava. John sentia vagamente que devia confortá-la, e ouviu, atônito, as palavras que brotaram de seus próprios lábios:

"Está bem, mamãe. Vou tentar amar o Senhor."

Essa fala fez surgir no rosto da mãe algo de surpreendente, belo e indizivelmente triste — como se ela estivesse divisando, muito além dele, uma estrada longa e escura, e vendo nessa estrada um viajante em constante perigo. Seria John o viajante? Ou ela mesma? Ou estaria sua mãe pensando na cruz de Jesus? Ela voltou à tina, ainda com aquela tristeza estranha estampada no rosto.

"Melhor você ir logo", disse ela, "antes que seu pai chegue." No Central Park, a neve ainda não havia derretido no seu morro favorito. Esse monte ficava no centro do parque, depois que ele saía do círculo do reservatório, onde sempre encontrava, junto à cerca alta de arame, senhoras, brancas, com casacos de pele, levando cachorrões para passear, ou então idosos, brancos, de bengala. Num lugar que ele reconhecia por instinto e com base no contorno dos prédios em torno do parque, John entrou numa aleia íngreme cercada por árvores altas e subiu um trecho curto até chegar à clareira que dava no morro. À frente, então, a ladeira continuava a subir; no alto, o céu luminoso, e mais além, enevoada, e distante, estendia-se a silhueta de Nova York. John não sabia por quê, mas sentiu brotar em seu interior uma sensação de triunfo, de poder, e foi subindo até o topo do morro como se fosse uma locomotiva, ou um louco, disposto a jogar-se de cabeça na cidade que brilhava diante dele.

Mas, quando chegou ao alto, parou; ficou no cume, as mãos cruzadas sob o queixo, olhando para baixo. Então sentiu-se como um gigante capaz de destruir aquela cidade com sua ira; como um tirano capaz de esmagá-la com os pés; como um conquistador há muito esperado, que seria recebido com chuva de flores, saudado por multidões a gritar "Hosana!". Ele seria, de todos, o mais poderoso, o mais amado, o ungido do Senhor; e viveria naquela cidade reluzente que seus ancestrais viam de longe, ansiando por ela. Pois ela lhe pertencia; os habitantes de lá lhe diziam isso; bastava que John descesse do morro correndo, em prantos, e os cidadãos o conduziriam ao coração deles e lhe mostrariam maravilhas nunca antes vistas por seus olhos.

E ele ainda permanecia parado no alto do morro. Lembrou-se das pessoas que vira naquela cidade, em cujos olhos não havia amor por ele. E pensou nos pés delas, tão rápidos e brutais, e nas roupas cinzentas e escuras que usavam, e recordou que elas passavam por ele sem vê-lo, ou então, se o viam, sorriam com desdém. E que as luzes delas se acendiam e se apagavam acima dele incessantemente, e que ali John era um desconhecido. Então lembrou-se do pai e da mãe, e todos os braços se estenderam para detê-lo, para salvá-lo daquela cidade onde, diziam eles, sua alma cairia na perdição.

E sem dúvida a perdição rondava os pés das pessoas que andavam por lá; e gritava nas luzes, nas torres gigantescas; as marcas de Satanás estavam estampadas no rosto das pessoas que aguardavam às portas dos cinemas; as palavras de Satanás estavam impressas nos enormes cartazes de filmes que convidavam as pessoas a pecar. Era o rugido das almas perdidas que enchia a Broadway, onde automóveis e ônibus e gente apressada disputavam cada centímetro com a morte. *Broadway*: via ampla; sim, o caminho que levava à morte era uma via ampla, e eram muitos esses caminhos; porém era estreita a via que levava à vida eterna, e poucos os que a encontravam. Mas John não ansiava pela via estreita, por onde sua gente caminhava; onde as casas não se elevavam, parecendo perfurar as nuvens imutáveis, no entanto, se amontoavam, baixas, ignóbeis, rente ao chão imundo, onde ruas e corredores e cômodos eram escuros, e onde pairava um cheiro implacável de poeira, e suor, e urina, e gim caseiro. Na via estreita, no caminho da cruz, o que o aguardava era só a humilhação eterna; o que o aguardava, um dia, era uma casa como a de seu pai, e uma igreja como a de seu pai, e um emprego como o de seu pai, no qual ele ficaria velho e seco de fome e labuta. O caminho da cruz lhe dera uma barriga cheia de vento e dobrara as costas de sua mãe; eles nunca haviam usado roupas finas, mas ali, onde os edifícios desafiavam o poderio de Deus, onde homens e mulheres não temiam Deus, ali ele poderia comer e beber até dizer basta, e cobrir o corpo com tecidos maravilhosos, ricos para a vista e agradáveis para os dedos. E então o que seria de sua alma, que um dia haveria de morrer e se apresentar nua diante do juízo? O que lhe valeria a conquista da cidade naquele dia? Abrir mão, em troca de um momento de conforto, das glórias da eternidade!

Essas glórias eram inimagináveis — mas a cidade era real. John permaneceu por um momento na neve que já se derretia, absorto, e então começou a descer a ladeira correndo, sentindo que voava à medida que a descida se tornava mais rápida, pensando: *Posso voltar para o alto. Se for um erro, eu sempre posso voltar para o alto.* Ao pé do morro, onde abruptamente terminava a ladeira e se estendia um caminho de cascalho, John quase derrubou um velho branco de barba branca, que caminhava muito devagar, apoiando-se numa bengala. Os dois pararam, atônitos, e se entreolharam. John esforçou-se para recuperar o fôlego e pedir desculpas, mas o idoso sorriu. John sorriu também. Era como se entre ele e o velho houvesse um grande segredo; o homem seguiu adiante. A neve brilhava em pontos espalhados por todo o parque. O gelo, sob o impacto do sol pálido e forte, derretia-se pouco a pouco nos galhos e nos troncos das árvores.

John saiu do parque na Quinta Avenida, onde, como sempre, as tradicionais carruagens puxadas por cavalos se enfileiravam ao longo do meio-fio, os cocheiros instalados em assentos altos com cobertores sobre os joelhos, ou em pé junto dos cavalos, em grupos de dois ou três, batendo com os pés no chão, fumando cachimbos e conversando. No verão, John já vira pessoas passeando nessas carruagens, parecendo personagens de livros, ou de filmes em que todos usavam roupas antiquadas e seguiam a toda velocidade, ao cair da tarde, por estradas cobertas de gelo, perseguidas por inimigos que queriam levá-las para a morte. *"Olhe para trás, olhe para trás"*, exclamava uma linda mulher com longos cachos loiros, *"e veja se estão nos perseguindo!"* — e o fim da mulher, tal como John lembrava, era terrível. John olhava para os cavalos, enormes, pardos e pacientes, de vez em quando batendo com um casco polido no calçamento, e pensou como seria ser dono de um cavalo um dia. Ia chamá-lo de Rider, e ele haveria de cavalgar de manhã, com a grama ainda úmida, e montado no cavalo olharia para os extensos campos ensolarados, que também lhe pertenceriam. Atrás dele ficava sua casa, enorme, espalhada, nova em folha, e na cozinha sua esposa, uma linda mulher, preparava o café da manhã, a fumaça saindo pela chaminé e se dissipando no ar matinal. Eles tinham filhos, que o chamavam de papai, e para as crianças John comprava trens elétricos no Natal. E tinham perus e vacas e galinhas e gansos, e outros cavalos além de Rider. Tinham um armário cheio de uísque e vinho; tinham carros — mas qual a igreja que frequentavam, e o que ele ensinaria aos filhos quando eles se reunissem ao seu redor à noite? John olhava para a frente, contemplando a Quinta Avenida, onde mulheres graciosas caminhavam com casacos de pele, conferindo as vitrines que exibiam vestidos de seda, relógios de pulso, anéis. Qual igreja elas frequentavam? E como seriam suas casas quando, à noite, tiravam o casaco de pele e o vestido de seda, guardavam as joias num estojo e se reclinavam em camas macias, para pensar um pouco, antes de adormecer, no dia recém-passado? Será que liam um versículo da Bíblia todas as noites e se ajoelhavam para orar? Mas não, pois seus pensamentos não estavam voltados para Deus, e o caminho delas não era o de Deus. Elas estavam no mundo, e eram do mundo, e seus pés seguiam rumo ao Inferno.

E, no entanto, algumas delas, na escola, o haviam tratado bem, e era difícil imaginá-las ardendo para sempre no Inferno, elas que agora eram tão graciosas e belas. Uma vez, num inverno em que John passara muito mal, com um forte resfriado que se recusava a passar, uma de suas professoras lhe trouxera um frasco de óleo de fígado de bacalhau, preparado de modo especial, com um xarope forte, para que o gosto não ficasse muito ruim: isso era sem dúvida um gesto cristão. Sua mãe dissera que Deus abençoaria aquela mulher; e ele se recuperou. Aquelas pessoas eram boas — John estava certo disso — e no dia em que ele conseguisse atrair sua atenção elas haveriam decerto de amá-lo e respeitá-lo. O pai não pensava assim. Dizia que todas as pessoas brancas eram más e que Deus haveria de humilhá-las. Dizia que nunca se devia confiar nos brancos, que tudo que eles diziam era mentira, e que nenhum branco jamais amara um negro. Ele, John, era negro, e ia descobrir, assim que ficasse um pouco mais velho, como os brancos eram maus. John já havia lido sobre as coisas que a gente branca fazia com pessoas de cor; sabia que no Sul, terra de origem de seus pais, os brancos achavam maneiras de roubar os salários das pessoas de cor, e os queimavam, e atiravam neles — e faziam coisas ainda piores, dizia o pai, que seria insuportável mencionar. John tinha lido que homens negros eram queimados na cadeira elétrica por coisas que não haviam feito; nas manifestações de rua eles eram atacados com porretes; eram torturados nas prisões; eram os últimos a serem contratados e os primeiros a serem demitidos. Nenhum negro morava naquelas ruas por onde John estava passando; era proibido; e no entanto ele caminhava por elas e nenhuma mão se levantava contra ele. Mas ele ousaria entrar naquela loja de onde acabava de sair uma mulher, carregando tranquilamente uma caixa grande redonda? Ou naquele prédio residencial diante do qual havia um homem branco, trajando um uniforme reluzente? John sabia que não ousaria, hoje não, e ouviu o pai comentar com um riso: "*Não, nem hoje nem amanhã!*". Para ele é que existiam as portas dos fundos, as escadas escuras, as cozinhas e os porões. Aquele mundo não era para John. Se ele se recusava a acreditar nisso, e se queria arriscar a pele tentando, então que tentasse até o sol se recusar a brilhar; eles nunca o deixariam entrar. Na cabeça de John, portanto, as pessoas e a avenida sofreram uma transformação, e ele passou a temê-las, e compreendeu que um dia poderia vir a odiá--las, se Deus não tocasse seu coração.

John saiu da Quinta Avenida e caminhou no sentido oeste, em direção aos cinemas. A rua 42 era menos elegante, mas não menos estranha. Ele amava essa rua, por causa não das pessoas nem das lojas, e sim dos leões de pedra que guardavam o imponente prédio principal da Biblioteca Pública, um edifício cheio de livros, de uma imensidão inimaginável, no qual até então ele nunca ousara entrar. Não que não pudesse, como ele sabia, pois era membro da filial do Harlem, o que lhe permitia retirar livros de qualquer biblioteca da cidade. Mas John jamais entrara porque o prédio era tão grande que devia ser cheio de corredores e escadas de mármore, formando um labirinto em que ele se perderia e jamais encontraria o livro que procurava. E então todo mundo, todas as pessoas brancas lá dentro, perceberiam que ele não estava acostumado a frequentar prédios grandes nem a lidar com muitos livros, e o encarariam com pena. Ele entraria lá numa outra ocasião, quando já tivesse lido todos os livros da filial do Harlem, um feito que, imaginava, fosse lhe dar tranquilidade suficiente para entrar em qualquer prédio no mundo. Havia pessoas, homens em sua maioria, debruçadas sobre os parapeitos de pedra do parque elevado que cercava a biblioteca, ou andando de um lado para o outro, ou tomando água nos bebedouros públicos. Pombos prateados às vezes pousavam na cabeça dos leões ou nos bebedouros e andavam pelas alamedas. John parou diante da Woolworth's e ficou olhando para a vitrine de guloseimas, tentando decidir que balas compraria — e não comprou nenhuma, pois a loja estava cheia e ele tinha certeza de que a vendedora jamais lhe daria atenção — e diante de uma venda de flores artificiais; atravessou a Sexta Avenida, onde ficavam o Automat,* e os táxis estacionados, e as lojas — para as quais ele não olharia naquele dia — que expunham nas vitrines cartões-postais obscenos e objetos para pregar peças. Depois da Sexta Avenida começavam os cinemas, e John pôs-se a examinar com cuidado os cartazes com fotos, tentando decidir em qual das salas entraria. Parou por fim diante de um pôster enorme e colorido, em que se via uma mulher má, seminua, parada à entrada de uma casa, aparentemente discutindo com um homem loiro que olhava, desanimado, para a rua. A legenda acima das duas figuras era "Em toda família há um bobo como ele — e, na casa ao lado, uma mulher pronta para dominá-lo!". John decidiu assistir a esse filme, pois identificava-se com o jovem loiro, o bobo da família, e teve vontade de saber mais a respeito de seu destino tão infeliz.

Conferiu o preço do ingresso, exposto acima da janela da bilheteria, e, mostrando à bilheteira suas moedas, recebeu o pedaço de papel que tinha o poder de abrir portas. Tendo decidido entrar, não olhou para trás, temendo que um dos santos estivesse passando pela rua e, vendo-o ali, gritasse seu nome e o arrastasse para fora do cinema. Atravessou com passos bem rápidos o lobby atapetado, sem olhar para nada, e parou apenas para que seu bilhete fosse rasgado, sendo metade dele jogada dentro de uma caixa prateada e outra metade devolvida a ele. Então a lanterninha abriu as portas daquele palácio escuro e iluminou o caminho até seu assento. Nem mesmo nesse momento, após ter atravessado uma floresta de joelhos e pés para chegar ao lugar que lhe era destinado, John ousou respirar; tampouco, movido por uma derradeira esperança mórbida de que fosse ser perdoado, olhou para a tela. Em vez disso, observava a escuridão que

---

* Lanchonete em que as comidas são expostas em compartimentos que podem ser abertos com a inserção de moedas. (N. T.)

o cercava, e as silhuetas que pouco a pouco iam emergindo do negrume, que lembrava muito o negrume do Inferno. Ficou à espera de que a escuridão fosse dissipada de súbito pela luz do segundo advento, que o teto se abrisse para revelar a todos as carruagens de fogo na qual desceriam um Deus irado e todos os anjos do Céu. Afundou na poltrona, como se desse modo se tornasse invisível e negasse sua presença naquele lugar. Até que finalmente pensou: *Ainda não. O dia do juízo ainda não chegou*, e vozes o alcançaram, sem dúvida as vozes do homem infeliz e da mulher má, e John levantou os olhos, impotente, para a tela.

A mulher era mesmo má. Loira e pálida, morava em Londres, Inglaterra, muito tempo atrás, a julgar por suas roupas, e ela tossia. Sofria de uma doença terrível, tuberculose, sobre a qual John já ouvira falar. Alguém da família de sua mãe morrera dessa doença. A mulher tinha muitos namorados, fumava cigarros e bebia. Depois de conhecer o jovem, que era estudante e a amava demais, ela passou a tratá-lo muito mal. Ria dele por ser aleijado. Gastava o dinheiro dele e saía com outros homens, e mentia para o estudante — que sem dúvida era um bobo. Ele mancava, uma pessoa delicada e triste, e logo toda a simpatia de John se dirigiu àquela mulher violenta e infeliz. John a compreendia quando ela gritava e sacudia as cadeiras e jogava a cabeça para trás, rindo com tanta fúria que as veias de seu pescoço pareciam prestes a estourar. Ela caminhava pelas ruas frias e nevoentas, uma mulher pequena que não era bonita, com um passo lascivo e brutal, dizendo a todos: "Vão à merda". Nada a domava nem a derrubava, nada a abalava, nem a bondade, nem o desprezo, nem o ódio, nem o amor. Ela jamais pensara em orar. Era inimaginável que algum dia viesse a se ajoelhar e rastejar num chão sujo até chegar a um altar, chorando e pedindo perdão. Talvez seu pecado fosse tão extremo que não pudesse ser perdoado; talvez seu orgulho fosse tão grande que ela não precisasse de perdão. Ela havia caído daquele plano elevado que Deus criara para os homens e as mulheres, e sua queda tornava-se gloriosa por ser tão completa. John não conseguiria encontrar em seu coração, se ousasse procurar por tal coisa, nenhum desejo de que ela se redimisse. Queria ser como ela, só que mais poderoso, radical, e cruel; queria fazer com que todos que o cercavam, todos que o magoavam, sofressem como ela fazia o estudante sofrer, e rir na cara deles quando lhe pedissem piedade por seu sofrimento. *Ele* jamais pediria piedade, e seu sofrimento era maior do que o deles. Vamos lá, menina, John cochichava, quando o estudante, diante da maldade implacável da mulher, suspirava e chorava. Vamos lá, menina. Um dia John também haveria de falar assim, de encarar a todos e lhes dizer o quanto os odiava, o quanto eles o fizeram sofrer, e como ele se vingaria!

No entanto, quando chegou a hora de a mulher morrer, o que acabou acontecendo do modo mais grotesco, tal como ela merecia, os pensamentos de John foram abruptamente interrompidos, e a expressão no rosto da mulher o assustou. O olhar dela parecia fixo para sempre na distância e nas profundezas, diante de um vento mais lancinante do que qualquer rastro deixado por ela na terra, sentindo-se impelida a toda velocidade em direção a um reino onde nada poderia ajudá-la, nem seu orgulho, nem sua coragem, nem sua gloriosa maldade. No lugar para onde a mulher estava indo, não eram essas as coisas que importavam, e sim uma outra, para a qual ela não tinha nome, apenas uma fria intuição, uma coisa que ela não podia alterar, e na qual jamais pensara. A mulher começou a chorar, e seu rosto depravado se transformou numa careta de bebê; as pessoas afastaram-se dela, deixando-a suja num quarto sujo, sozinha para enfrentar seu Criador. A tela escureceu aos poucos, e a mulher sumiu; e, embora o filme continuasse, permitindo que o estudante se casasse com outra moça, morena e muito carinhosa, mas longe de ser tão fascinante, John ficou pensando na mulher e em seu fim terrível. De novo, se o pensamento não fosse uma blasfêmia, teria lhe ocorrido que o Senhor o encaminhara àquele cinema para lhe mostrar as consequências do pecado. O filme terminou e as pessoas começaram a se mexer a seu redor; teve início o cinejornal, e, enquanto garotas de maiô desfilavam diante dele e lutadores de boxe rosnavam e se engalfinhavam, e jogadores de beisebol corriam até o *home plate*, e presidentes e reis de países que para ele não passavam de nomes surgiam rapidamente naquele quadrado de luz piscante, John pensava no Inferno, na redenção de sua alma, e se esforçava para encontrar um meio-termo entre a via que levava à vida eterna e a que terminava naquelas profundezas. Mas não havia meio-termo, pois a verdade lhe fora ensinada desde pequeno. John não podia argumentar, como poderiam fazer os selvagens africanos, que ninguém o apresentara ao evangelho. Seu pai e sua mãe e todos os santos lhe haviam ensinado desde a mais tenra idade qual era a vontade de Deus. Ou bem ele saía daquele cinema para nunca mais voltar, deixando para trás o mundo e seus prazeres, suas honras e suas glórias, ou bem ele permanecia ali, junto com os maus, para dividir com eles o castigo infalível. Sim, era uma via estreita — e Johnny debatia-se na poltrona, não ousando concluir que era uma injustiça da parte de Deus obrigá-lo a fazer uma escolha tão cruel.

Ao voltar para casa no final da tarde, viu a pequena Sarah, com o casaco desabotoado, sair do prédio em disparada e correr para a extremidade da rua oposta àquela em que ele estava, entrando na farmácia. De imediato, John assustou-se; parou por um momento, olhando estupefato para a frente, perguntando-se o que poderia justificar uma afobação tão histérica. Era bem verdade que Sarah atribuía-se uma importância extrema, considerando qualquer tarefa uma questão de vida ou morte; mesmo assim, estava claro que a mandaram à farmácia, e com tanta pressa que a mãe não tivera tempo de fazê-la abotoar o casaco.

Então John sentiu-se cansado; se de fato alguma coisa tivesse acontecido, o clima estaria muito desagradável em casa, e ele não queria enfrentá-lo. Mas talvez a mãe apenas estivesse com dor de cabeça e tivesse pedido a Sarah que fosse comprar aspirina. Por outro lado, se isso fosse verdade, ele teria que preparar o jantar, e cuidar das crianças, e expor-se aos olhos do pai durante toda a noite. Então começou a andar mais devagar.

Havia uns meninos parados à entrada do prédio. Ficaram olhando para John enquanto ele se aproximava, e o rapaz tentou não os encarar e imitar o passo arrogante deles. Um dos garotos disse, enquanto ele subia os degraus da entrada e entrava no corredor: "Puxa, o seu irmão se machucou feio hoje".

John os encarou apavorado, sem ousar pedir detalhes; além disso, observou que pareciam saídos de uma batalha; havia um toque de humilhação neles que dava a impressão de que tinham sido obrigados a fugir. Então olhou para baixo e notou sangue na soleira, e sangue respingado no soalho da entrada. Voltou a encarar os garotos, que não haviam tirado os olhos dele, e subiu a escada correndo.

A porta estava entreaberta — aguardando a volta de Sarah, sem dúvida —, e John entrou em silêncio, sentindo um vago impulso de fugir. Não havia ninguém na cozinha, embora a luz estivesse acesa — todas as luzes da casa estavam acesas. Na mesa havia uma sacola de compras cheia, e ele entendeu que sua tia Florence havia chegado. A tina onde a mãe estava lavando roupas algumas horas antes ainda estava cheia, impregnando a cozinha com um cheiro azedo.

Também ali havia gotas de sangue no chão, tal como as pequenas moedas de sangue pisado que ele vira na escada.

Tudo isso o assustava terrivelmente. John ficou parado no meio do recinto, tentando imaginar o que havia acontecido, e preparando-se para entrar na sala, onde a família devia estar reunida. Roy já tinha se metido em encrencas antes, mas essa parecia ser o início da realização de uma profecia. John tirou o casaco, largando-o numa cadeira, e estava prestes a pisar na sala quando ouviu Sarah subir a escada correndo.

Ele esperou, e a menina entrou de repente, carregando um embrulho malfeito.

"O que foi?", ele cochichou.

Sarah olhou para ele atônita, e com certo entusiasmo enlouquecido. John pensou mais uma vez que no fundo não gostava da irmã. Recuperando o fôlego, ela anunciou, triunfal: "O Roy foi esfaqueado!". E foi correndo para a sala.

Roy foi esfaqueado. Fosse o que fosse, aquilo significava que o pai estaria uma fera. John entrou na sala com passos vagarosos.

O pai e a mãe, com uma pequena bacia de água entre eles, estavam ajoelhados junto ao sofá onde se estendia Roy, e o pai lavava o sangue na testa do menino. Ao que parecia, a mãe, cujo toque era bem mais delicado, havia sido empurrada para o lado pelo pai, que não suportava ver outra pessoa que não ele encostando em seu filho ferido. E naquele momento ela observava, uma das mãos mergulhada na água, e a outra, angustiada, apoiada na cintura, onde ainda estava o avental improvisado da manhã. O rosto dela, contemplando a cena, estava cheio de dor e medo, uma tensão quase insuportável, e uma piedade que não teria sido manifestada por completo nem se ela inundasse o mundo com suas lágrimas. O pai murmurava coisas doces e delirantes para Roy, e suas mãos, quando ele as mergulhava de novo na bacia e espremia o pano, tremiam. A tia Florence, ainda de chapéu e bolsa na mão, mantinha uma pequena distância, fitando os outros com uma expressão atormentada, terrível.

Então Sarah entrou correndo na sala à frente de John, e a mãe levantou a vista, pegou o embrulho e viu o outro filho. Não disse nada, apenas o olhou com uma intensidade estranha e rápida, quase como se tivesse na ponta da língua uma advertência que no momento não ousasse pronunciar. A tia Florence olhou para ele e disse: "A gente queria saber onde é que você se enfiou, menino. Esse seu irmão sem juízo arrumou encrenca e se machucou".

Mas o tom de voz da tia indicava que toda aquela agitação era um pouco maior do que o perigo real — Roy, na verdade, não corria risco de morrer. E o coração de John animou-se um pouco. Então o pai se virou e o encarou.

"Onde você se meteu, menino", gritou ele, "esse tempo todo? Não sabia que a gente tava precisando de você aqui em casa?"

Mais do que suas palavras, seu rosto teve o efeito de fazer com que John enrijecesse na mesma hora, de maldade e medo. O rosto do pai era terrível quando movido pela raiva, mas agora havia nele algo mais. John via ali agora o que jamais vira antes, fora de suas próprias fantasias de vingança: uma espécie de terror enlouquecido e sofrido, que fazia o rosto parecer mais jovem, e, no entanto, ao mesmo tempo, inexprimivelmente mais velho e mais cruel. E John compreendeu, no momento em que os olhos do pai se voltaram para ele, que o pai o odiava porque não era ele que estava deitado no sofá em lugar de Roy. John quase não suportava enfrentar o olhar do pai, e no entanto conseguiu fazê-lo por alguns instantes, sem dizer nada, experimentando no coração uma estranha sensação de triunfo, com a esperança, no fundo do coração, de que Roy, para humilhar o pai, morresse.

A mãe havia desfeito o embrulho, e estava abrindo um frasco de água oxigenada. "Toma, lava a ferida com isso", disse. Sua voz era tranquila e seca; ela olhava de relance para o pai, com um rosto inescrutável, ao lhe entregar o frasco e o algodão.

"Vai doer", declarou o pai — com uma voz tão diferente, tão triste e carinhosa! —, virando-se outra vez para o sofá. "Mas tenta ser homem e segura as ponta; não vai demorar, não."

John ficou observando e ouvindo, odiando o pai. Roy começou a gemer. A tia Florence foi até a lareira e largou a bolsa no console, ao lado da serpente de metal. John ouviu, vindo do quarto atrás dele, a neném começando a chorar.

"John", disse-lhe a mãe, "seja bonzinho e vai lá pegar ela." Suas mãos, que não tremiam, ainda estavam ocupadas: ela havia aberto o vidro de iodo e estava cortando pedaços de esparadrapo.

John entrou no quarto dos pais e pegou a criança aos berros, que estava molhada. Ao sentir que o irmão a levantava, Ruth parou de chorar e ficou a contemplá-lo, patética, com os olhos arregalados, como se soubesse que a casa estava em completa desordem. John riu do medo instintivo manifestado pela criança — ele adorava a irmã caçula — e cochichou-lhe no ouvido enquanto voltava para a sala: "Escuta o que o teu irmãozão vai te dizer, menina: assim que você começar a andar, *foge* desta casa, pra bem longe". Ele não sabia por que dissera aquilo nem para onde queria que ela fugisse, mas aquelas palavras o fizeram sentir-se melhor na mesma hora.

Quando John entrou na sala, o pai estava dizendo: "Daqui a pouco eu vou te perguntar uns negócio, minha velha. Vou te perguntar como é que você deixou esse garoto sair e voltar quase morto".

"Ah, não vai mesmo", retrucou a tia Florence. "Hoje você não vai aprontar de novo, não. Você está careca de saber que o Roy *nunca* pediu permissão pra fazer nada — ele sai e faz o que dá na telha. A Elizabeth não pode prender uma bola de ferro no pé dele. Ela está cheia de coisa pra fazer nessa casa, e não é culpa dela se o Roy tem a cabeça dura que nem o pai dele."

"Você fala demais, mas pelo menos dessa vez podia muito bem não se meter na minha vida." O pai fez o comentário sem olhar para ela.

"Não é culpa minha", ela respondeu, "se você nasceu bobo e sempre foi bobo e nunca vai mudar. Juro por Deus que nem mesmo Jó ia ter paciência pra te aturar."

"Eu já te falei uma vez", disse ele — sem parar de cuidar de Roy, que gemia, e preparando-se para passar iodo na ferida —, "que você não tem nada que entrar na minha casa e usar essa linguagem de sarjeta na frente dos meus filhos."

"Não se preocupa com a minha linguagem não, meu irmão", rebateu ela, animada. "Você tem mais é que se preocupar com a tua *vida*. O que essas crianças ouve faz muito menos mal pra elas que o que elas *vê*."

"O que elas *vê*", murmurou o pai, "é um homem pobre tentando servir o Senhor. *Isso* é que é a minha vida."

"Então eu te garanto", disse ela, "que eles vão fazer de tudo pra levar uma vida diferente da tua. *Pode escrever* o que eu tô falando."

O pai virou-se e a encarou, interceptando a troca de olhares entre as duas mulheres. A mãe de John, por razões bem diferentes das do pai, queria que a tia Florence se calasse. O pai desviou o olhar, com uma expressão irônica. John percebeu que a mãe apertou os lábios, ressentida, e baixou os olhos. Em silêncio, o pai começou a fazer um curativo na testa de Roy.

"Não fosse a piedade de Deus", declarou ele por fim, "esse menino tinha perdido a vista. Olha só."

A mãe debruçou-se sobre o sofá e contemplou o rosto de Roy com um murmúrio triste e amoroso. No entanto, John percebeu, ela entendera de imediato o risco que Roy correra de perder a visão e a vida, mas já havia deixado para trás aquela preocupação. Agora estava apenas, por assim dizer, em compasso de espera, preparando-se para o momento em que a raiva do marido se voltaria com toda a força contra ela.

O pai virou-se então para John, que estava perto da porta de vidro com Ruth nos braços.

"Vem cá, menino", ele ordenou, "vem ver o que os branco fez com o teu irmão."

John foi até o sofá, orgulhosamente empertigado sob o olhar furioso do pai, como um príncipe caminhando rumo ao patíbulo.

"Olha só", disse o pai, agarrando-o com brutalidade pelo braço, "olha pro teu irmão."

John encarou Roy, que fixou a vista nele quase sem nenhuma expressão nos olhos negros. Mas John percebeu, pelo jeito cansado e impaciente como o menino apertava os lábios, que o irmão estava lhe pedindo que nada daquilo depusesse contra ele. Não era culpa sua, nem de John, diziam os olhos de Roy, eles terem um pai tão maluco.

O pai, com ar de quem obriga o pecador a contemplar o fosso onde ele há de cair, afastou-se um pouco para que John pudesse ver a ferida de Roy.

O menino fora golpeado por uma faca, por sorte não muito afiada, do centro da testa, perto do cabelo, até o osso logo acima do olho esquerdo: a ferida descrevia uma espécie de meia-lua torta e terminava num turbilhão violento que destruíra a sobrancelha de Roy. O tempo haveria de escurecer aquela meia-lua, fazendo-a fundir-se com a pele negra do menino, mas nada voltaria a unir aquela sobrancelha dividida de modo tão violento. Aquela curva turbulenta, aquele questionamento, permaneceria com ele para o resto da vida, realçando para sempre o que havia de debochado e sinistro em seu rosto. John sentiu um impulso de sorrir, mas os olhos do pai estavam fixos nele, o que o fez reprimir esse ímpeto. Sem dúvida, a ferida tinha uma aparência muito feia, bem vermelha, e sem dúvida, John pensou, com uma compaixão renovada pelo irmão, que não havia gritado, doera muito. Ele podia imaginar a comoção causada por Roy ao entrar trôpego em casa, a vista prejudicada pelo sangue; mesmo assim, o menino não havia morrido, não havia mudado, e voltaria para a rua assim que estivesse melhor.

"Tá vendo?", insistiu o pai. "Foi gente branca, que nem esses branco que *você* gosta tanto, que tentou cortar a garganta do teu irmão."

John pensou, com uma raiva imediata e um curioso desprezo pela imprecisão do pai, que só mesmo um cego, branco ou não, poderia ter mirado na garganta de Roy; e a mãe replicou, com uma insistência tranquila:

"E ele estava tentando cortar a deles. Ele e esses outros garotos sem juízo."

"Pois é", retomou a tia Florence, "ainda não te ouvi perguntar ao menino nada sobre o que aconteceu. Pelo visto você resolveu criar o maior caso e fazer todo mundo nessa casa sofrer porque alguma coisa aconteceu com o seu queridinho."

"Eu já te pedi", exclamou o pai, com uma raiva assustadora, "pra fechar essa *boca*. Isso aqui não é da sua conta. É a *minha* família e a minha casa. Você quer levar um tapa?"

"Pode me dar um tapa", respondeu ela, com uma tranquilidade igualmente assustadora, "e aí eu *garanto* que você nunca mais vai dar um tapa em ninguém sem antes pensar bem."

"Vamos parar com isso", disse a mãe, levantando-se, "que não adianta nada. O que está feito, feito está. A gente devia era se ajoelhar e dar graças a Deus que a coisa não foi pior."

"Amém", concordou a tia Florence. "Quem sabe esse preto bobalhão não aprende alguma coisa."

"Quem sabe o bobalhão do *seu* filho não aprende alguma coisa", disse ele à esposa, ameaçador e pelo visto decidido a ignorar a irmã, "esse aí, olhando pra gente com os olhos esbugalhados. Pode dizer pra ele que isso é um alerta do Senhor. É *isso* que os branco faz com os negro. Eu vivo dizendo, e agora está aí."

"Um alerta?", gritou a tia Florence. "Um alerta pra ele? Ora, Gabriel, não foi *ele* que foi até o outro lado da cidade pra se meter numa briga com uns branco. Esse menino aí no sofá foi *de propósito*, ele e mais um bando de moleque, até o West Side, *caçando* briga. Eu de verdade não entendo o que se passa na sua cabeça."

"Você sabe muito bem", disse a mãe, encarando com firmeza o marido, "que o Johnny não se mistura com o tipo de garoto que anda com o Roy. Você já bateu no Roy muitas vezes, aqui mesmo, nessa sala, por causa de más companhias. O Roy se machucou hoje porque tava na rua fazendo o que não devia, e pronto. Você tinha é que estar agradecendo ao seu Redentor por ele não ter morrido."

"E do jeito que você cuida dele", o pai retrucou, "ele podia muito bem ter morrido. Parece que pra você tanto faz ele ficar vivo ou morrer."

"*Senhor*, tende piedade", exclamou a tia Florence.

"Ele também é meu filho", declarou a mãe, passional. "Carreguei ele na barriga por nove meses e conheço ele que nem conheço o pai dele, e eles dois são *iguaizinhos*. Escuta aqui, você não tem direito nenhum de falar comigo assim."

"Imagino que você entende tudo", ele respondeu, sufocado, respirando com dificuldade, "em matéria de amor materno. Então me explica como que uma mulher pode ficar sentada em casa o dia todo enquanto o filho dela vai pra rua ser esfaqueado. Não vem me dizer que não tem como dar um jeito nisso, porque eu me lembro da *minha* mãe, que Deus a tenha, e *ela* eu aposto que ia saber o que fazer."

"Ela era minha mãe também", declarou a tia Florence, "e eu me lembro, caso você tenha esquecido, que você foi trazido pra casa não sei quantas vezes mais morto do que vivo. Ela nunca soube como dar um jeito em *você*. Ela se cansou de te dar surra, que nem você vive dando surra nesse garoto aqui."

"Ora, ora", ele interrompeu, "você fala demais mesmo."

"Eu só estou tentando", disse ela, "penetrar nessa tua cabeça dura. Para de pôr a culpa de tudo na Elizabeth e olha as coisa errada que você faz."

"Deixa pra lá, Florence", retrucou a mãe, "isso tudo já ficou pra trás."

"Eu saio dessa casa", ele gritou, "todo dia que o Senhor me concede, pra trabalhar e pôr comida no prato dos meus filho. Então eu não tenho direito de pedir pra mãe desses filho que cuide deles, pra eles não acabar se matando antes de eu voltar pra casa?"

"Você só tem um filho", respondeu ela, "que é capaz de acabar se matando: o Roy. E você sabe disso muito bem. E eu queria que você me explicasse como que eu posso cuidar dessa casa, cuidar dessas crianças todas, e sair na rua correndo atrás do Roy. *Não*, eu não consigo segurar ele, eu já te disse isso, e você também não consegue segurar ele. Você não sabe o que fazer com esse menino, e é por isso que vive tentando pôr a culpa nos outros. A culpa não é de *ninguém*, Gabriel. Melhor você pedir pra Deus que ele pare com isso antes que alguém acerte uma facada que leve ele pro cemitério."

Por um momento, se entreolharam num silêncio terrível, a mãe com uma pergunta atônita nos olhos. De repente, com toda a sua força, o pai lhe deu um tabefe no rosto. Ela se encolheu na mesma hora, protegendo o rosto com uma mão magra, e a tia Florence se levantou para defendê-la. Sarah assistia a tudo com olhos ávidos. Então Roy se aprumou no sofá e disse, com voz trêmula:

"Não bate na minha mãe. Ela é a minha *mãe*. Se você bater nela de novo, seu preto filho da puta, juro por Deus que eu te mato."

Assim que essas palavras encheram a sala, pairando no ar como o momento infinitesimal de luz esfacelada que precede uma explosão, John e o pai se entreolharam fixamente. Por um segundo John pensou que o pai julgasse que aquelas palavras tivessem saído dele, porque seus olhos enlouquecidos pareciam conter uma malevolência infinita e seus lábios estavam retorcidos de dor. Então, no silêncio absoluto que se seguiu às palavras de Roy, John entendeu que o pai não o estava vendo, não estava vendo nada, a menos que fosse uma alucinação. John teve vontade de virar-se e fugir, como se tivesse se deparado, no meio da selva, com algum animal perverso, faminto, prestes a dar o bote, com olhos que eram como o Inferno escancarado; e, assim como se, ao dobrar uma esquina, ele se deparasse com a morte certa, constatou que não conseguia se mexer. Em seguida, o pai virou-se e olhou para Roy.

"O que foi que você disse?", o pai perguntou.

"Eu te disse", respondeu Roy, "pra não tocar na minha mãe."

"Você me xingou", declarou o pai.

Roy não falou nada e também não baixou a vista.

"Gabriel", começou a mãe, "Gabriel, vamos orar…"

As mãos do pai estavam à altura da cintura, e ele tirou o cinto. Seus olhos estavam cheios de lágrimas.

"Gabriel", exclamou a tia Florence, "você já não fez besteira bastante por hoje?"

Então o pai levantou o cinto, que desceu com um sibilo sobre Roy, que estremeceu e caiu para trás, o rosto virado para a parede. Mas ele não gritou. E o cinto foi erguido mais uma vez, e mais outra. O cinto sibilava no ar e fazia *plaft!* contra a carne de Roy. E a bebê Ruth começou a gritar.

"*Meu Senhor, meu Senhor*", cochichava o pai, "*meu Senhor, meu Senhor.*"

Levantou o cinto de novo, mas a tia Florence pegou-o pela ponta atrás do pai e o segurou. A mãe correu para o sofá e tomou Roy nos braços, chorando como John jamais vira uma mulher, ou outra pessoa qualquer, chorar. Roy pegou a mãe no pescoço e segurou-se a ela como se estivesse se afogando.

A tia Florence e o pai se encararam.

"É", disse a tia Florence, "você nasceu sem juízo e vai morrer sem juízo. Mas não adianta querer arrastar o mundo inteiro junto. Você não pode mudar nada, Gabriel. A essa altura, já devia ter entendido isso."

John abriu a porta da igreja com a chave do pai às seis horas. O *tarry service* começava oficialmente às oito, mas podia ter início a qualquer momento, assim que o Senhor fizesse um dos santos ir até a igreja e começar a orar. Mas era raro que alguém chegasse antes das oito e meia, pois o Espírito do Senhor era tolerante e dava aos santos tempo para fazer as compras da noite de sábado, limpar a casa e pôr as crianças na cama.

John fechou a porta após entrar e se viu na estreita nave da igreja, ouvindo a voz das crianças brincando na rua e outras vozes, mais grosseiras, dos adultos, a xingar e gritar. Dentro da igreja estava escuro; enquanto ele seguira para lá, na avenida cheia de gente, as luzes da rua se acendiam a seu redor; a luz do dia já havia acabado. Os pés de John pareciam plantados naquele assoalho de madeira; não queriam avançar mais nenhum passo. A escuridão e o silêncio da igreja pesavam nele, frios como o juízo final, e as vozes que entravam pela janela eram como gritos vindos de outro mundo. John avançou, ouvindo a madeira estalar enquanto cedia sob seus pés, até chegar à cruz dourada sobre o pano vermelho do altar, reluzente como fogo abafado, e acendeu uma luz fraca.

Na igreja pairava um cheiro perpétuo de poeira e suor; pois, tal como o tapete da sala de sua mãe, a poeira dessa igreja era invencível; e, quando os santos estavam orando ou rejubilando-se, de seus corpos emanava um fedor acre e úmido, o casamento entre os cheiros de corpos pingando suor e linho branco engomado e encharcado. Era uma igreja com fachada de loja, que desde que John se entendia por gente ficava na esquina dessa avenida pecaminosa, em frente a um hospital ao qual eram trazidos quase todas as noites criminosos feridos e agonizantes. Os santos, ao chegarem, alugaram aquela loja abandonada e retiraram tudo o que fora instalado nela; pintaram as paredes e construíram um púlpito, trouxeram um piano e cadeiras dobráveis, e compraram a maior Bíblia que encontraram. Puseram cortinas brancas na vitrine da loja e pintaram na vidraça TEMPLO DOS BATIZADOS PELO FOGO. Estavam prontos para trabalhar para o Senhor.

E o Senhor, tal como havia prometido aos dois ou três primeiros que se reuniram lá, mandou outros; esses trouxeram mais alguns e criaram uma igreja. Daquela igreja matriz, se o Senhor a abençoasse, outras filiais poderiam brotar e uma obra poderosa se espalharia pela cidade e pelo país. No decorrer da história daquele templo, o Senhor havia criado evangelizadores, professores e profetas, e os chamara para trabalhar para Ele; para percorrer o país espalhando o evangelho ou abrindo mais templos — na Filadélfia, na Geórgia, em Boston ou no Brooklyn. Aonde o Senhor os chamasse, eles iam. De vez em quando um deles voltava ao lar para testemunhar as maravilhas que o Senhor havia realizado através dele, ou dela. E, vez por outra, num domingo especial, todos eles visitavam uma das igrejas mais próximas da Irmandade.

Houve um tempo, antes de John nascer, em que o pai também fizera trabalho de campo; mas agora, tendo que ganhar o pão de cada dia de sua família, era raro ele ir mais longe do que a Filadélfia, e mesmo assim só por pouquíssimo tempo. O pai não liderava mais, como outrora, grandes reuniões de avivamento, com seu nome impresso em placas grandes que anunciavam a vinda de um homem de Deus. Outrora, o pai tivera grande reputação; mas tudo isso, ao que parecia, tinha mudado desde que ele fora embora do Sul. Talvez ele merecesse ter agora uma igreja só sua — John se perguntava se o pai queria isso; talvez devesse estar conduzindo, tal como o reverendo James, um grande rebanho rumo ao Reino. Mas seu pai não passava de um zelador da casa de Deus. Era responsável pela troca de lâmpadas queimadas, e pela limpeza da igreja, e pelos cuidados com as Bíblias, os hinários, as placas nas paredes. Nas noites de sexta-feira ele presidia ao Serviço dos Jovens Ministros e orava com eles. Raramente pregava a mensagem nas manhãs de domingo; só recorriam a ele quando não havia ninguém disponível. Ele era uma espécie de orador reserva, um faz-tudo sagrado.

No entanto, até onde John era capaz de observar, ele era tratado com muito respeito. Ninguém, ou pelo menos nenhum dos santos, jamais repreendera seu pai, ou dera a entender que a vida dele tinha alguma mácula. Mesmo assim, esse homem, esse ministro de Deus, havia batido na mãe de John, e John sentiu vontade de matá-lo — e ainda sentia.

John varrera um lado da igreja, e as cadeiras ainda estavam empilhadas no espaço diante do altar quando alguém bateu à porta. Ao abri-la, viu que era Elisha, que viera para ajudá-lo.

"Louvado seja o Senhor", disse Elisha, diante da porta, sorridente.

"Louvado seja o Senhor", replicou John. Era essa a saudação que os santos sempre empregavam uns com os outros.

O irmão Elisha entrou, fechou com força a porta e ficou a bater com os pés no chão. O mais provável é que estivesse vindo de uma quadra de basquete; sua testa reluzia de suor recente e o cabelo estava espetado. Trajava uma suéter de lã verde, que ostentava a inicial de sua escola secundária, e a camisa estava desabotoada na altura do pescoço.

"Você não está sentindo frio com essa roupa?", perguntou John, olhando-o fixamente.

"Não, irmãozinho, não estou com frio. Você acha que todo mundo é frágil que nem você?"

"Não são só os pequeninos que vão parar no cemitério", retrucou John. Sentia-se ousado e alegre como poucas vezes antes; a chegada de Elisha provocara aquela mudança de humor.

Elisha, que havia se encaminhado à sala dos fundos, virou-se para dirigir a John um olhar cheio de espanto e ameaça. "Ah. Já vi que você está disposto a ser desrespeitoso com o irmão Elisha — vou ter que te dar um corretivozinho. Espera só eu lavar a mão."

"Não precisa lavar a mão se você vem aqui para trabalhar. É só pegar aquele esfregão e botar água e sabão no balde."

"Senhor", disse Elisha, abrindo a torneira e falando, ao que parecia, para a água, "tem um preto muito desrespeitoso lá. Tomara que ele não arrume encrenca qualquer dia desses, falando do jeito que ele fala. Pelo visto, ele só vai parar se alguém acertar o olho dele." Suspirou fundo e começou a ensaboar as mãos. "Eu venho pra cá correndo pra ele não estourar uma veia levantando uma cadeira, e aí ele me recebe dizendo 'vá botar água no balde'. Esses negro não têm jeito, não." Parou e virou-se para John. "Você não tem educação, menino? Precisa aprender a falar com os mais velhos."

"Traz logo o esfregão e o balde. A gente não tem a noite inteira."

"Se continuar assim", declarou Elisha, "você vai sair daqui com um galo na cabeça."

Ele desapareceu. John ouviu-o usando a privada, e depois, enquanto rugia a descarga, derrubando coisas na sala dos fundos.

"Mas o que é que você está aprontando agora?"

"Me deixa em paz, menino. Estou me preparando para trabalhar."

"Pelo barulho, é o que parece." John largou a vassoura e foi à sala dos fundos. Elisha havia derrubado uma pilha de cadeiras dobráveis que estava num canto, e junto a elas, irritado, brandia o esfregão.

"Eu vivo te dizendo para não esconder esse esfregão lá atrás. Ninguém consegue chegar até ele."

"Eu sempre consigo. Nem todo mundo é tão desajeitado quanto você."

Elisha largou o esfregão cinzento, de cerdas rígidas, e correu até John, pegando-o com jeito e levantando-o do chão. Apertando-o pela cintura com os dois braços, tentou impedi-lo de respirar, enquanto o olhava com um sorriso que, enquanto John se debatia e esperneava, foi se transformando num esgar feroz. Com as duas mãos John socava os ombros e os bíceps de Elisha e tentava acertar seu ventre com os joelhos. Na maioria das vezes essas batalhas não duravam muito tempo, porque Elisha era bem maior e mais forte, e sabia lutar muito melhor; mas naquela noite John estava determinado a não ser vencido, ou ao menos a fazer com que a vitória tivesse um preço elevado. Com toda a sua força, lutava contra Elisha, e a força de que estava investido era quase ódio. Ele chutava, socava, torcia, empurrava, usando sua baixa estatura para confundir e exasperar Elisha, cujos punhos suados, unidos atrás das costas de John, logo escorregavam. Era um impasse: Elisha não conseguia segurar seu oponente com mais força, o qual não conseguia se soltar. E assim ficaram a dar voltas, atracados na sala estreita, e o odor do suor de Elisha pesava nas narinas de John. Ele notava as veias saltadas na testa e no pescoço de Elisha; sua respiração ficou entrecortada e difícil, e o esgar em seu rosto tornou-se mais cruel; e John, vendo essas manifestações de poder, foi tomado por um prazer enlouquecido. Os dois tropeçaram nas cadeiras dobráveis, o pé de Elisha escorregou e ele soltou o oponente. Os dois ficaram se entreolhando, meio que sorrindo. John estendeu-se no chão, com a cabeça entre as mãos.

"Não te machuquei não, né?", perguntou Elisha.

John levantou a vista. "Me machucou? Não. Eu só preciso recuperar o fôlego."

Elisha foi até a pia e jogou água fria no rosto e no pescoço. "Imagino que agora você vai me deixar trabalhar", ele comentou.

"Não fui *eu* que impedi você." John levantou-se. Constatou que suas pernas tremiam. Olhou para Elisha, que se enxugava na toalha. "Você me ensina luta livre um dia desses?"

"Não, menino", respondeu Elisha, rindo. "Não quero lutar com *você*. Você é muito forte pra mim." E começou a encher o balde grande com água quente.

John voltou para a sala da frente, passando por Elisha, e pegou a vassoura. Logo depois Elisha chegou e começou a usar o esfregão perto da porta. Ao terminar de varrer, John subiu ao púlpito para espanar três poltronas que pareciam tronos, roxas, com quadrados de linho branco no encosto da cabeça e nos braços grossos. O púlpito dominava todo o ambiente: uma plataforma de madeira elevada acima da congregação, com um atril alto no centro para a Bíblia, diante do qual ficava o pregador. Em frente à congregação estendia-se, descendo do púlpito, a toalha escarlate com a cruz dourada e a legenda: JESUS SALVA. O púlpito era sagrado. Ninguém podia elevar-se até aquela altura se não ostentasse o selo de Deus.

John espanou o piano e sentou-se no banquinho para esperar que Elisha terminasse de passar o esfregão num dos lados da igreja e ele pudesse recolocar as cadeiras. De repente Elisha perguntou, sem olhar para ele:

"Menino, já não era hora de você pensar na sua alma?"

"Acho que sim", respondeu John, com uma tranquilidade que o aterrorizou.

"Eu sei que parece difícil", disse Elisha, "vendo de fora, principalmente quando você é jovem. Mas pode crer, menino, nada dá felicidade maior do que servir o Senhor."

John não disse nada. Tocou uma tecla preta do piano, que emitiu um som abafado, como um tambor ao longe.

"Não esquece", declarou Elisha, virando-se para ele, "que você está pensando com a sua mente carnal. Você ainda está com a mente de Adão, menino, e aí fica pensando nos amigos, quer fazer o que eles fazem, quer ir no cinema, e aposto que pensa nas garotas também, não é, Johnny? Claro que pensa", acrescentou ele, com um meio sorriso, encontrando a resposta a sua pergunta no rosto de John, "e você não quer abrir mão de tudo isso. Mas, quando o Senhor te salva, Ele queima tudo isso que está no velho Adão, e te dá uma mente nova e um coração novo, e aí você não acha mais graça no mundo, toda a felicidade vem de caminhar e conversar com Jesus todos os dias."

John contemplava, numa paralisia de terror, o corpo de Elisha. Via-o — teria Elisha esquecido? — ao lado de Ella Mae diante do altar, enquanto o reverendo James o repreendia pelo mal que vivia na carne. Olhava para o rosto de Elisha, cheio de perguntas que jamais faria. E o rosto de Elisha não lhe dizia nada.

"As pessoas dizem que é difícil", prosseguiu Elisha, retomando o trabalho com o esfregão, "mas, vou te dizer uma coisa, não é tão difícil quanto viver nesse mundo mau com toda a tristeza do mundo onde no fundo não tem prazer nenhum e depois morrer e ir pro Inferno. Nada é pior do que isso." E voltou a olhar para John. "Tá vendo como o Demônio engana as pessoas pra elas perder a alma?"

"Tô", respondeu John por fim, num tom quase irritado, incapaz de suportar os próprios pensamentos, de suportar o silêncio com que Elisha o encarava.

Elisha riu. "Tem umas garotas na escola onde eu estudo" — já havia terminado de limpar um lado da igreja e fez sinal para que John recolocasse as cadeiras — "e elas são até legais, só que não estão com o pensamento em Deus, e eu tento dizer pra elas se arrepender, não amanhã, mas hoje mesmo. Elas acham que não tem sentido se preocupar com isso agora, que podem dar um jeitinho de entrar no Céu quando estiverem no leito de morte. Mas eu falo pra elas: meu bem, nem todo mundo morre deitado na cama — tem gente morrendo o tempo todo, assim, de uma hora pra outra; hoje tão aqui, amanhã não tão mais. Menino, elas não conseguem entender por que o Elisha não vai no cinema, não dança, não joga baralho nem se enfia com elas no vão das escadas." Fez uma pausa e olhou para John, que o fitava impotente, sem saber o que dizer. "E vou te contar, menino, tem umas que é mesmo demais, quer dizer, *lindas*, e quando você tem tanto poder que não se sente tentado nem por *elas*, você tem certeza que tá salvo. Eu olho e falo pra elas que Jesus me salvou um dia, e eu vou até o fim mas é com *Ele*. Não tem mulher, não tem homem, não, que vai me fazer mudar de ideia." Fez outra pausa, sorriu e baixou a vista. "Naquele domingo", continuou, "naquele domingo — lembra? — quando o reverendo James subiu no púlpito e passou um sermão em mim e na Ella Mae porque achou que a gente estava quase cometendo um pecado — pois é, menino, não vou mentir, não, eu fiquei uma fera com o velho. Mas pensei bem, e o Senhor me fez ver que ele tinha razão. Eu e a Ella Mae, a gente não tava planejando nada, não, mas o Diabo parece que se mete em tudo que é lugar — às vezes o Demônio te toca e você quase não consegue respirar. Você fica ardendo, e precisa fazer alguma coisa, só que não consegue fazer nada; eu já fiquei ajoelhado muitas vezes, chorando e me debatendo diante do Senhor — *chorando*, Johnny — e chamando o nome de Jesus. É o único nome que tem poder sobre Satanás. É o que acontece comigo às vezes, e olha que eu tô *salvo*. Como é que você imagina que vai ser com você, menino?" Olhou para John, que, de cabeça baixa, colocava as cadeiras no lugar. "Você quer ser salvo, Johnny?"

"Não sei", ele respondeu.

"Você vai tentar? Cair de joelhos um dia e pedir pra Ele te ajudar a orar?"

John virou-se para o lado e contemplou a extensão da igreja, que agora parecia um campo vasto, pronto para a colheita. Pensou num domingo do Advento, um domingo de comunhão havia não muito tempo em que os santos, todos de branco, comeram pão judaico, chato e sem sal, que era o corpo do Senhor, e beberam suco de uva roxa, que era o sangue d'Ele. E, quando se levantaram da mesa, preparada especialmente para aquele dia, eles se separaram, os homens para um lado, as mulheres para o outro, e encheram duas bacias de água, para que uns pudessem lavar os pés dos outros, tal como Cristo mandou que Seus discípulos fizessem. Ajoelharam-se, um diante do outro, mulher de frente para mulher, homem de frente para homem, e lavaram e enxugaram os pés dos irmãos. O irmão Elisha se ajoelhara diante do pai de John. No fim do culto, eles trocaram beijos sagrados. John virou-se de novo e olhou para Elisha.

Elisha devolveu o olhar e sorriu. "Pensa no que eu te falei, menino."

Quando terminaram, Elisha sentou-se ao piano e tocou para si próprio. John instalou-se numa cadeira na primeira fileira e ficou assistindo.

"Pelo visto, hoje não vem ninguém", comentou ele, depois de um longo silêncio. Elisha não parava de tocar uma música melancólica: "Ah, Senhor, tende piedade de mim".

"Eles vêm, sim", disse Elisha.

E no momento em que ele falou se ouviram batidas à porta. Elisha parou de tocar. John foi abri-la e viu duas irmãs, a irmã McCandless e a irmã Price.

"O Senhor seja louvado, meu filho", disseram elas.

"O Senhor seja louvado", respondeu John.

Elas entraram, de cabeça baixa, levando a Bíblia nas mãos. Trajavam os casacos pretos que usavam toda a semana, com velhos chapéus de feltro. John sentiu um arrepio quando elas passaram por ele, e fechou a porta.

Elisha levantou-se, e de novo elas exclamaram: "O Senhor seja louvado!". Então as duas mulheres se ajoelharam por um momento à frente de seus assentos, para orar. Era mais um ritual passional. Cada santo, ao entrar, antes de participar do culto, deveria comungar com o Senhor um pouco a sós. John ficou a observar as mulheres orando. Elisha voltou ao piano e retomou sua música melancólica. As duas se levantaram, primeiro a irmã Price, depois a irmã McCandless, e olharam ao redor.

"Somos as primeiras?", indagou a irmã Price. Sua voz era doce, a pele tinha tom de cobre. Era bem mais jovem do que a irmã McCandless, uma mulher solteira que nunca, tal como ela própria testemunhara, conhecera um homem.

"Não, irmã Price", sorriu o irmão Elisha, "o irmão Johnny aqui foi o primeiro. Eu e ele preparamos tudo hoje."

"O irmão Johnny tem muita fé", disse a irmã McCandless. "O Senhor vai fazer grandes coisas na vida dele, pode escrever o que eu digo."

Às vezes — na verdade, sempre que o Senhor manifestava Sua graça atuando através dela — tudo que a irmã McCandless dizia parecia uma ameaça. Hoje ela ainda estava muito influenciada pelo sermão que pregara na véspera. Era uma mulher enorme, uma das maiores e de pele mais preta que Deus jamais fizera, e Ele a abençoara com uma voz poderosa para o canto e para a pregação, e em breve ela ia fazer trabalho de campo. Havia muitos anos o Senhor insistia com a irmã McCandless para que ela se levantasse, como ela mesma dizia, e tocasse para a frente; mas ela tinha um temperamento tímido e temia colocar-se acima dos outros. Foi só depois que Ele a humilhou, diante daquele exato altar, que ela ousara se levantar e pregar o evangelho. Mas agora a irmã havia calçado seus sapatos de viagem. Ela iria falar alto e não se poupar, levantar a voz como uma trombeta em Sião.

"É", disse a irmã Price, com seu sorriso suave, "Ele diz que quem é fiel nas coisas mínimas sobre o muito será alçado."

Em resposta, John sorriu para ela, um sorriso que, apesar da gratidão tímida que visava exprimir, não deixava de conter ironia, até mesmo malícia. Mas a irmã Price não percebeu isso, o que aprofundou ainda mais o escárnio oculto de John.

"Foi só vocês dois que limpou a igreja?", perguntou a irmã McCandless com um sorriso perturbador — o sorriso do profeta que vê os segredos sombrios no coração dos homens.

"É, irmã McCandless", respondeu Elisha, "pelo visto é só nós dois sempre. Não sei o que o resto da garotada faz nas noites de sábado, mas eles nem chegam perto daqui."

Tampouco Elisha chegava perto da igreja nas noites de sábado; porém, como sobrinho do pastor, tinha direito a certas liberdades; para ele, sua presença em qualquer momento já era uma virtude.

"Está mais do que na hora de fazer um avivamento pros jovens", disse a irmã McCandless. "A fé deles está esfriando muito, é terrível. O Senhor não vai abençoar uma igreja que deixa os jovem tão solto, não vai, mesmo. Ele disse: porque não és nem frio nem quente vou te vomitar da minha boca. É esse o Verbo." E ela olhou a sua volta, severa, e a irmã Price concordou com a cabeça.

"E o irmão Johnny ainda nem tá salvo", declarou Elisha. "Os jovem salvo devia ter vergonha dele ser mais fiel na casa de Deus que eles."

"Ele disse que os últimos serão primeiros, e os primeiros serão últimos", comentou a irmã Price com um sorriso triunfal.

"Disse, sim", concordou a irmã McCandless. "Esse menino vai chegar no Reino antes de todos os outros, é esperar pra ver."

"Amém", falou o irmão Elisha, e sorriu para John.

"O reverendo vai vir pra ficar com a gente hoje?", perguntou a irmã McCandless após um momento.

Elisha franziu a testa e espichou o lábio inferior. "Acho que não, irmã", respondeu. "Acho que ele vai tentar ficar em casa hoje e guardar a força dele pro culto matinal. O Senhor vem falando com ele nas visões e nos sonhos, e acaba que ele não tá dormindo direito."

"É", disse a irmã McCandless, "esse homem ora que é uma beleza. Eu garanto que não é todo pastor que fica à espera do Senhor por causa do rebanho dele que nem o reverendo James."

"Pois é", concordou a irmã Price, com ênfase. "O Senhor nos abençoou com um bom pastor."

"Às vezes ele é durão", disse a irmã McCandless, "mas o Verbo é duro mesmo. O caminho da santidade não é brincadeira."

"Ele me mostrou isso", falou o irmão Elisha com um sorriso.

A irmã McCandless olhou para ele com surpresa. Então riu. "Ah", exclamou ela, "com certeza!"

"E eu adorei o que ele fez", disse a irmã Price. "Não é todo pastor que passa um carão no sobrinho dele — e na frente de toda a igreja. E o Elisha nem tinha cometido nenhum pecado grave."

"Não existe isso", acrescentou a irmã McCandless, "de pecado pequeno ou pecado grande. Quando Satanás enfia o pé na porta, ele não descansa enquanto não entra na casa. Ou você está na Palavra ou não está — com Deus não tem mais ou menos."

"Acha que a gente devia começar?", perguntou a irmã Price, na dúvida, depois de uma pausa. "Pra mim, não vem mais ninguém."

"Ah, não me venha", riu a irmã McCandless, "com esse papo de pouca fé. Pois eu acredito que o Senhor vai nos dar um grande culto hoje." Virou-se para John. "O seu pai não vem?"

"Vem, sim, senhora", respondeu John. "Ele falou que vinha."

"Eu não disse?", exclamou a irmã McCandless. "E a sua mãe, ela também vem?"

"Não sei", disse John. "Ela anda muito cansada."

"Acho que não tão cansada a ponto de não vim orar só um *pouquinho*", rebateu a irmã McCandless.

Por um momento, John a odiou, e ficou olhando com raiva para seu perfil gordo e preto. Disse a irmã Price:

"Mas, falando sério, eu fico admirada de ver como que aquela mulher trabalha daquele jeito e consegue manter os filho tudo tão limpo e arrumadinho, e vem na casa de Deus quase toda noite. Só pode ser o Senhor que dá força pra ela."

"A gente podia cantar um pouco", sugeriu a irmã McCandless, "só pra aquecer. Não gosto de entrar numa igreja onde as pessoa tá tudo sentada conversando. Me deixa murchinha na hora."

"Amém", concordou a irmã Price.

Elisha começou uma canção: "Talvez seja a última vez que eu oro", e então cantaram:

Talvez seja a última vez que eu oro contigo,
Talvez seja a última vez, não sei.

Cantavam e batiam palmas, e John percebeu que a irmã McCandless olhava a sua volta à procura de um pandeiro. Ele se levantou, subiu a escada do púlpito e pegou, na pequena abertura que havia no fundo do púlpito, três pandeiros. Deu um à irmã McCandless, que agradeceu com um sorriso e um movimento de cabeça, sem quebrar o ritmo, e pôs os outros dois numa cadeira perto da irmã Price.

Talvez seja a última vez que eu oro contigo,
Talvez seja a última vez, não sei.

John ficou a observá-las, cantando com elas — porque, se não fizesse isso, as mulheres o obrigariam a cantar —, tentando não ouvir as palavras que arrancava à força de sua própria garganta. Pensou também em bater palmas, mas não conseguiu; suas mãos permaneciam fortemente entrelaçadas no colo. Se John não cantasse, elas cairiam sobre ele, mas seu coração lhe dizia que ele não tinha direito de cantar nem de se regozijar.

Ah, talvez seja
A última vez
Talvez seja
A última vez
Ah, talvez seja
A última vez...

E John olhava para Elisha, um jovem que estava com o Senhor; a quem, como sacerdote na ordem de Melquisedeque, fora dado poder sobre a morte e o Inferno. O Senhor o havia levantado e virado na direção da luz, rumo à qual ele passara a caminhar. Quais eram os pensamentos de Elisha quando anoitecia e ele estava a sós onde olho nenhum o via, língua nenhuma prestava testemunho, se não a língua de Deus, que era como uma trombeta? Seus pensamentos, sua cama, seu corpo seriam imundos? Como seriam os seus sonhos?

Talvez seja a última vez,
Não sei.

A porta abriu-se atrás de John e uma lufada de ar gélido penetrou o ambiente. Ele olhou para trás e viu, entrando, o pai, a mãe e a tia. A única coisa que o deixava atônito era a presença da tia, pois ela jamais entrara naquela igreja: parecia ter sido convocada para testemunhar um ato sangrento. Era o que exprimia todo o seu aspecto, uma tranquilidade terrível, enquanto ela subia a nave atrás da cunhada e se ajoelhava por um momento ao lado da mãe e do pai de John para orar. O rapaz sabia que era a mão do Senhor que a havia trazido ali, e seu coração gelou. Naquela noite, Deus estava seguindo o vento. O que aquele vento haveria de dizer antes que amanhecesse?

PARTE II
As preces dos santos

Clamaram em grande voz, dizendo: "Até quando, ó Soberano Senhor, santo e verdadeiro, não julgas, nem vingas o nosso sangue dos que habitam sobre a terra?".

1. A prece de Florence

Pois a vida e a luz
É o que nos traz Jesus!

Florence soltou a voz na única canção que se lembrava de ter ouvido a mãe cantar:

Sou eu, sou eu, sou eu, Senhor,
Sou eu quem precisa orar.

Gabriel virou-se e ficou a olhá-la, atônito e triunfal, vendo a irmã finalmente se humilhar. Ela não olhava para ele. Seus pensamentos estavam concentrados em Deus. Após um momento, a congregação e o piano juntaram-se a seu canto:

Nem meu pai, nem minha mãe,
Porém eu, ah, eu, Senhor.

Florence sabia que Gabriel estava em júbilo não porque sua humildade talvez a conduzisse à graça, mas porque alguma angústia secreta a havia humilhado: aquele canto revelava que ela estava sofrendo, e era isso que alegrava o irmão. Gabriel sempre fora assim. Nada jamais o mudara; e nada jamais o mudaria. Por ora, o orgulho de Florence se sustentava; a resolução que a trouxera àquele lugar fraquejava, e ela sentia que, se Gabriel era o ungido do Senhor, antes morrer e suportar o Inferno por toda a eternidade a ter de se curvar diante de Seu altar. No entanto, estrangulou seu orgulho e levantou-se como os outros no espaço sagrado diante do altar, cantando:

Sou eu quem precisa orar.

Ajoelhando-se, coisa que não fazia havia muitos anos, e naquela companhia diante do altar, Florence extraía da canção o significado que ela tivera para sua mãe e obtinha um novo sentido para si própria. Quando criança, a canção a fazia ver uma mulher, vestida de preto, em meio a uma névoa infinita, sozinha, aguardando que a forma do Filho de Deus a conduzisse até aquele fogo branco. Essa mulher reaparecia para ela, agora mais desolada; era ela própria, sem saber onde pôr o pé; esperava, trêmula, que a névoa se dissipasse para poder caminhar em paz. Aquela longa estrada, sua vida, que ela seguia havia sessenta dolorosos anos, a levara por fim ao ponto de partida de sua mãe, o altar do Senhor. Seus pés estavam às margens daquele rio que a mãe, jubilosa, atravessara. E será que o Senhor agora estenderia a mão a Florence para curá-la e salvá-la? Porém, aproximando-se do pano escarlate ao pé da cruz dourada, ela se deu conta de que não sabia mais orar.

Sua mãe lhe ensinara que a maneira correta de orar era esquecer-se de tudo e todos que não Jesus; despejar do coração, como água de um balde, todos os pensamentos maus, todos os pensamentos do eu, toda a malevolência dirigida aos inimigos; apresentar-se com ousadia, e no entanto com mais humildade do que uma criancinha, diante d'Aquele de quem emanavam todas as coisas boas. No entanto, naquela noite, o ódio e o ressentimento pesavam como granito no coração de Florence, e o orgulho se recusava a abdicar do trono que ocupava havia tanto tempo. O que a levara ao altar não era o amor nem a humildade, e sim apenas o medo. E Deus não ouvia as preces dos medrosos, pois no coração deles não há fé. Essas preces não iam mais longe do que os lábios que as pronunciavam.

À sua volta Florence ouvia a voz dos santos, um murmúrio tenso, do qual de vez em quando se destacava o nome de *Jesus*, ora como um pássaro se elevando rapidamente no céu num dia ensolarado, ora como a névoa subindo devagar de um charco. Era assim que se orava? Na igreja que ela passou a frequentar logo que veio para o Norte, o fiel ajoelhava-se diante do altar apenas uma vez, no início, para pedir que seus pecados fossem perdoados; feito isso, era batizado e tornava-se um cristão, para nunca mais se ajoelhar. Mesmo que o Senhor colocasse um grande fardo nas costas do fiel — e Ele o fizera, mas nunca um fardo tão pesado quanto o que ela carregava agora —, orava-se em silêncio. Era indecente, essa prática dos pretos vulgares, de gritar alto ao pé do altar, as lágrimas escorrendo para que todo mundo as visse. Isso ela jamais fizera, nem mesmo quando menina na igreja que frequentava no Sul naquele tempo. Agora talvez já fosse tarde demais, e o Senhor permitiria que ela morresse nas trevas em que vivera por tantos anos.

Nos tempos de outrora, Deus curava Seus filhos. Fazia os cegos enxergarem, os mancos caminharem e ressuscitava os mortos. Mas Florence lembrou-se de uma frase, que começou a murmurar enquanto o nó dos dedos machucava os lábios: "Senhor, ajudai minha descrença".

Pois chegara a Florence a mensagem recebida por Ezequias: *Põe em ordem a tua casa, porque morrerás e não viverás.* Muitas noites atrás, enquanto ela se revirava na cama, essa mensagem lhe chegou. Depois de muitos dias e noites a mensagem foi repetida; ela tivera tempo, então, para voltar-se a Deus. No entanto, tentou escapar dele, procurando remédios entre as mulheres que conhecia; em seguida, como a dor aumentasse, recorreu aos médicos; e, quando os médicos nada conseguiram, subiu escadarias em toda a cidade e frequentou quartos onde ardia o incenso e homens e mulheres em conluio com o Demônio lhe deram pó branco, ou ervas para fazer chá, e lançaram feitiços sobre ela para que a doença se afastasse. A ardência nas entranhas não cessou — aquela ardência que, devorando-lhe as vísceras, consumia sua carne, tornando os ossos mais visíveis, e a fazia vomitar o que comia. Então uma noite viu a morte em pé em seu quarto. Mais negra do que a noite, e gigantesca, ela ocupava todo um canto do quarto estreito, observando-a com olhos como os de uma serpente de cabeça levantada, prestes a dar o bote. Então Florence gritou e clamou por Deus, acendendo a luz. E a morte foi embora, mas Florence sabia que ela ia voltar. A cada noite, estaria um pouco mais próxima de sua cama.

E depois da primeira vigília silenciosa da morte, sua vida veio a seu leito para amaldiçoá-la com muitas vozes. Sua mãe, envolta em trapos podres e enchendo o quarto com o fedor do túmulo, debruçou-se sobre ela para amaldiçoar a filha que a renegara no leito de morte. Veio Gabriel, de todas as suas épocas e idades, para amaldiçoar a irmã que debochara dele e do seu ministério. Deborah, negra, o corpo sem forma e duro como ferro, a contemplava com olhos velados triunfais, amaldiçoando a Florence que zombara de sua dor e sua esterilidade. Frank veio, até ele, com aquele sorriso de sempre, a mesma cabeça inclinada para o lado. A todos ela teria pedido perdão, se viessem com ouvidos para ouvir. Contudo, eles vinham como trombetas; ainda que tivessem vindo para ouvir e não para testemunhar, não eram eles que podiam perdoá-la, apenas Deus.

O piano havia silenciado. A sua volta se ouviam apenas as vozes dos santos.

"Pai querido" — assim orava a mãe dela —, "estamos aqui, diante de Vós, de joelhos, pra Vos pedir que olhai por nós e detenhai a mão do anjo exterminador. Senhor, salpicai na porta desta casa o sangue do cordeiro para afastar todos os homens maus. Senhor, oramos pelos filhos e filhas de todas as mães do mundo, mas queremos que Vós cuideis especialmente desta menina aqui, Senhor, e que não deixeis o mal chegar perto dela. Sabemos que Vós podeis fazer isso, Senhor. Em nome de Jesus, amém."

Foi essa a primeira prece que Florence ouviu, a única que viria a ouvir em que sua mãe pedia a proteção de Deus com mais veemência para a filha do que para o filho. Era noite, as janelas estavam bem fechadas, as persianas baixadas e a mesa grande fora empurrada contra a porta. Nos lampiões de querosene ardiam chamas baixas que projetavam grandes sombras na parede coberta de jornais. A mãe, trajando o vestido longo, sem forma e sem cor que usava todos os dias, menos aos domingos, quando se vestia de branco, com um pano escarlate amarrado na cabeça, estava ajoelhada no centro do recinto, as mãos entrelaçadas pendendo a sua frente, o rosto negro levantado, os olhos fechados. A luz débil e instável lançava sombras sob sua boca e nas órbitas dos olhos, tornando o rosto impessoal e majestoso, como o de uma profetisa, ou como uma máscara. A sala mergulhou no silêncio depois que ela disse "amém", e nesse silêncio se ouviram, ao longe, os cascos de um cavalo se aproximando. Ninguém se moveu. Gabriel, de seu cantinho perto do fogão, levantou a cabeça e olhou para a mãe.

"Eu não estou com medo, não", disse ele.

Sua mãe virou-se, levantando uma das mãos. "Caluda!"

A cidade estava em completa desordem. Deborah, uma vizinha de dezesseis anos, três anos mais velha do que Florence, havia sido arrastada para os campos na noite anterior por muitos homens brancos, que fizeram com ela coisas que a levaram a chorar e sangrar. Naquele dia, o pai de Deborah fora à casa de um dos brancos e disse que ia matar a ele e todos os outros brancos que encontrasse. Foi espancado e largado para morrer. Agora todos haviam fechado as portas e estavam orando e esperando, pois dizia-se que os brancos naquela noite iriam tocar fogo em todas as casas, coisa que já haviam feito antes.

Naquela noite opressiva, escutavam-se apenas os cascos do cavalo, que continuavam se aproximando; não se ouviam os risos que eram de esperar se fossem muitos a descer a estrada, e ninguém a xingar e a implorar piedade aos brancos ou a Deus. Os cascos passaram pela porta e seguiram em frente, estalando no pavimento, enquanto todos, atentos, os escutavam cada vez mais distantes. Só então Florence se deu conta do medo que havia sentido. Viu a mãe levantar-se e caminhar até a janela. A menina olhou por um canto do lençol que a cobria.

"Foi embora", disse ela, "seja lá quem for." E depois: "Bendito seja o nome do Senhor".

Assim vivera e morrera sua mãe; muitas vezes fora humilhada, mas nunca havia sido abandonada. Florence sempre a vira como a mulher mais velha do mundo, pois falava de Florence e Gabriel como filhos de sua velhice; ela nascera incontáveis anos atrás, no tempo da escravização, numa plantation em outro estado. Lá, ela cresceu trabalhando no campo, pois era muito alta e forte; depois se casou e teve filhos; todos eles foram tirados dela, um por doença e dois vendidos em leilão; e um, que não lhe permitiram que chamasse de filho, fora criado na casa do senhor.

Segundo seus cálculos, quando já era mulher-feita, com bem mais de trinta anos, ela calculava, tendo enterrado o marido — mas o senhor lhe dera outro —, vieram exércitos do Norte, saqueando e ateando fogo em tudo, para libertá-los. Isso foi uma resposta às preces dos fiéis, que nunca haviam deixado de pedir, dia e noite, a libertação.

Pois, graças à vontade de Deus, eles tinham ouvido, e passado adiante desde então, a história dos hebreus mantidos em cativeiro no Egito; o Senhor ouvira seus lamentos, e Seu coração se condoeu; Ele lhes pediu que esperassem mais um pouco até que Ele lhes desse a libertação. A mãe de Florence conhecia essa história, ao que parecia, desde que nasceu. E, ao longo de toda a sua vida — levantando-se de manhã, antes que o sol nascesse, trabalhando nos campos quando o sol estava no auge, atravessando os campos de volta para casa assim que o sol descia nos distantes portões do Céu, ouvindo o assobio do feitor e seu grito sinistro vindo do outro lado do campo; na brancura do inverno, quando porcos e perus e gansos eram abatidos, e a casa-grande ficava toda iluminada, e Bathsheba, a cozinheira, mandava, embrulhados num guardanapo, pedacinhos de presunto e frango e bolo deixados nas travessas pelos brancos —, em meio a tudo o que aconteceu, em suas alegrias — o cachimbo fumado ao cair da tarde, seu homem à noite, as crianças que ela amamentou e ensinou a andar — e em suas tribulações — mortes, separações, açoitamentos —, ela nunca esqueceu que a libertação fora prometida e haveria de chegar. Bastava resistir e confiar em Deus. Ela sabia que a casa-grande, a casa do orgulho onde viviam os brancos, um dia havia de cair: era o que dizia a Palavra de Deus. Eles, que agora eram tão orgulhosos, não haviam criado para si próprios e para seus filhos alicerces tão sólidos quanto os dela. Caminhavam à beira de um abismo, e seus olhos eram cegos — Deus haveria de fazê-los correr para baixo, tal como a manada de porcos que Ele fez se precipitar no mar. Embora fossem tão belos, e levassem uma vida tão confortável, ela os conhecia e tinha pena deles, pois não teriam proteção no grande dia da ira divina.

No entanto, ela dizia aos filhos, Deus era justo e não golpeava as pessoas sem antes lhes dar muitos alertas. Deus dava aos homens tempo, mas todo o tempo estava em Suas mãos, e algum dia não haveria mais tempo de abandonar o mal e fazer o bem: então apenas o redemoinho, a morte montada no redemoinho, aguardaria aquelas pessoas que haviam se esquecido de Deus. Durante toda a sua infância sinais surgiam em abundância, mas os brancos não deram atenção a nenhum deles. "Os escravo se rebelou", cochichava-se nas cabanas e no portão da casa-grande: num outro país, os escravos haviam incendiado as casas e os campos dos senhores e matado os filhos deles, batendo-os contra as pedras. "Mais um escravo no Inferno", Bathsheba comentava um dia, espantando os moleques do grande portão: um escravo havia matado seu senhor, ou o feitor, e fora lançado no Inferno para pagar seu pecado. "Não vou ficar aqui por muito tempo", alguém cantava ao lado dela no campo, alguém que na manhã seguinte já teria seguido para o Norte. Todos esses sinais, como as pragas que o Senhor lançou sobre o Egito, só serviram para endurecer ainda mais o coração dessas pessoas contra o Senhor. Elas pensavam que o açoite as salvaria, e usavam-no; ou se valiam da faca, ou da forca, ou do leilão; achavam que a bondade as salvaria, e o senhor e a senhora vinham sorridentes até as cabanas, fazendo festa com os moleques e trazendo presentes. Eram dias felizes, e todos, negros e brancos, pareciam estar bem juntos. Mas, quando a Palavra emerge da boca de Deus, nada pode fazê-lo voltar atrás.

A palavra cumpriu-se uma manhã, antes que a mãe de Florence acordasse. Muitas das histórias que sua mãe lhe contava nada significavam para a menina; ela sabia que não passavam de histórias narradas por uma negra velha numa cabana à noite para distrair os filhos do frio e da fome. Mas a história daquele dia nunca seria esquecida por Florence; foi um dia para o qual ela viveu. Houve muito corre-corre e gritaria, contou a mãe, por toda parte lá fora, e, quando ela abriu os olhos para a luz daquele dia, tão claro, disse ela, e frio, teve certeza de que a trombeta do juízo havia soado. Enquanto ainda estava sentada na cama, perplexa, perguntando-se qual seria, no dia do juízo, a melhor maneira de se comportar, Bathsheba entrou correndo, seguida por muitas crianças, negros do campo e da casa, todos embolados juntos, e gritou: "Levanta, levanta, irmã Rachel, e vê que chegou a libertação prometida pelo Senhor! Ele tirou a gente do Egito, que nem Ele prometeu, e finalmente a gente tá livre!". Bathsheba agarrou-a, as lágrimas escorrendo pelo rosto; e ela, de roupa de dormir, foi até a porta e viu o dia novo que Deus lhes dera.

Naquele dia Florence viu a casa orgulhosa ser humilhada; seda verde e veludo saindo pelas janelas, o jardim pisoteado por muitos cavaleiros e o grande portão escancarado. O senhor e a senhora e os seus, e um dos filhos por ela gerados, estavam naquela casa — onde Florence não entrou. Logo lhe ocorreu que não havia mais nenhum motivo para permanecer ali. Juntou as coisas num pano e colocou-as na cabeça, e saiu pelo grande portão, para nunca mais voltar àquela terra.

E essa passou a ser a maior ambição de Florence: sair numa manhã pela porta da cabana para nunca mais voltar. Seu pai, de quem ela mal se lembrava, partira daquele modo numa manhã não muitos meses depois do nascimento de Gabriel. E não fora só seu pai; todos os dias ela ficava sabendo que outro homem ou outra mulher se despedira daquele céu e terra de ferro e tomara o rumo do Norte. Mas sua mãe não queria ir para o Norte, onde, segundo ela, a maldade imperava e a morte caminhava poderosa pelas ruas. Ela se contentava em ficar naquela cabana lavando roupa para gente branca, embora estivesse velha e as costas lhe doessem. E queria que Florence também se contentasse — ajudando-a a lavar roupa, preparando refeições e mantendo Gabriel quieto.

Gabriel era o queridinho da mãe. Se ele nunca tivesse nascido, Florence podia até imaginar que algum dia seria liberada daquela rotina de trabalho nada recompensadora, que ela poderia pensar no próprio futuro e sair no mundo para encontrá-lo. Com o nascimento de Gabriel, quando ela estava com cinco anos, seu futuro foi engolido. Naquela casa havia um único futuro, e era o de Gabriel — a esse futuro, por ser Gabriel o filho varão, tudo o mais deveria ser sacrificado. Para sua mãe, aliás, não se tratava de um sacrifício, mas de uma opção lógica: Florence era uma menina, que algum dia haveria de se casar, ter filhos e arcar com todos os deveres de uma mulher; sendo assim, a vida na cabana era a melhor preparação possível para sua vida futura. No entanto, Gabriel era homem; um dia ele teria que sair no mundo para fazer trabalho de homem, e, portanto, precisava de carne, quando havia carne em casa, e roupas, quando se podia comprar roupas, e toda a complacência das mulheres da família, para que ele soubesse como agir com mulheres quando tivesse uma esposa. E Gabriel precisava da instrução que Florence desejava muito mais do que ele, e que ela poderia ter obtido se o irmão não tivesse nascido. Gabriel é que todas as manhãs era estapeado e esfregado e despachado para a escolinha de um único cômodo — a qual ele odiava, e na qual não aprendeu, até onde Florence era capaz de observar, quase absolutamente nada. E muitas vezes não ia à escola, envolvendo-se em vez disso em confusões com outros meninos. Quase todos os vizinhos, e até mesmo alguns dos brancos, vieram ao menos uma vez reclamar da maldade de Gabriel. A mãe ia até o quintal, arrancava um ramo fino de uma árvore e dava uma surra nele — uma surra que, Florence pensava, teria tido o efeito de matar qualquer outro garoto; e essas surras eram tão frequentes que qualquer outro menino teria criado juízo. Mas nada detinha Gabriel, por mais que seus berros chegassem até o Céu, por mais que ele gritasse, quando a mãe se aproximava, que nunca mais se comportaria mal. E, depois da surra, as calças ainda baixadas à altura dos joelhos e o rosto molhado de lágrimas e muco, Gabriel era obrigado a ajoelhar-se enquanto sua mãe orava. Ela pedia a Florence que orasse também, porém no fundo do coração Florence jamais orava. Tinha esperança de que Gabriel quebrasse o pescoço. Queria que o mal que a mãe orava para afastar um dia desse cabo dele.

Naquele tempo, Florence e Deborah, que haviam se tornado muito amigas depois do "acidente" sofrido por Deborah, odiavam todos os homens. Quando olhavam para Deborah, viam apenas seu corpo desgracioso e violado. Nos olhos deles brilhava sempre uma curiosidade lúbrica e intranquila a respeito da noite em que ela fora levada para os campos. Aquela noite lhe confiscara o direito de ser considerada uma mulher. Homem algum se aproximava dela com intenções honradas, porque ela era uma advertência viva, dirigida a si própria e a todas as mulheres negras e a todos os homens negros. Se fosse bela, e se Deus não lhe tivesse dado um espírito tão recatado, ela poderia, com uma energia irônica, ter reencenado aquele estupro nos campos para sempre. Como não podia ser considerada mulher, era vista apenas como uma prostituta, uma fonte de delícias mais bestiais e mistérios mais avassaladores do que qualquer mulher decente poderia proporcionar. O desejo brilhava nos olhos dos homens quando eles fitavam Deborah, um desejo que não podia ser suportado por ser tão impessoal, limitando a comunhão à esfera de sua vergonha. E Florence, que era bela mas não via com bons olhos nenhum dos negros que a desejavam, por não querer trocar a cabana da mãe por uma das cabanas deles e criar filhos para eles e assim acabar destruída pelo trabalho numa espécie de vala comum, reforçava em Deborah a terrível ideia contra a qual jamais surgira uma prova em sentido contrário: a ideia de que todos os homens eram assim, que seus pensamentos jamais seriam elevados e que eles viviam apenas para satisfazer com o corpo das mulheres suas necessidades brutais e humilhantes.

Um domingo, numa reunião da congregação ao ar livre, no dia do batismo de Gabriel, então com doze anos, Deborah e Florence estavam à margem de um rio, junto com as outras pessoas, assistindo. Gabriel não queria ser batizado. A ideia lhe causava medo e irritação, mas a mãe insistia que o menino já tinha idade bastante para ser responsável diante de Deus por seus pecados — ela não se esquivaria da obrigação, que lhe fora imposta pelo Senhor, de fazer tudo que pudesse no sentido de levá-lo até o trono da graça. Às margens de um rio, sob a luz violenta do meio--dia, crentes confessos e crianças da idade de Gabriel esperavam para ser levados para dentro d'água. Em destaque, com água na cintura e vestido de branco, o pregador segurava por um instante a cabeça de cada um debaixo d'água, gritando para o Céu enquanto o batizado prendia a respiração: "Eu vos batizo com água, mas Ele vos batizará com o Espírito Santo". Então, à medida que os batizados emergiam, cuspindo e cegos por um momento, ele bradava mais uma vez: "Vai, e não peques mais". Todos saíam da água exibindo sinais de que estavam sob o poder do Senhor, e na margem os santos os aguardavam, batendo seus pandeiros. Ali perto ficavam os presbíteros da igreja, com toalhas para cobrir os recém-batizados, que em seguida eram levados para dentro de tendas, uma para homens e outra para mulheres, onde trocavam de roupa.

Por fim, Gabriel, com uma camisa branca velha e calças curtas de linho, colocou-se à beira da água. Lentamente foi levado para dentro do rio, onde tantas vezes havia se banhado nu, até chegar ao pregador. E no momento em que o homem o jogou na água, gritando as palavras de João Batista, Gabriel começou a espernear e cuspir, quase desequilibrando o pregador; e, embora de início todos achassem que fosse o poder do Senhor que agia sobre ele, quando ele emergiu, ainda esperneando e com os olhos bem fechados, ficou claro que era apenas fúria e excesso de água no nariz. Algumas pessoas sorriram, mas Florence e Deborah não. Apesar de também ter ficado indignada, anos antes, quando a água lamacenta entrou na boca que ela descuidadamente abrira, Florence fez o possível para não cuspir, e não gritou. Mas agora lá estava Gabriel, espadanando água e subindo à margem furioso, e o que ela viu, com uma raiva de intensidade jamais sentida antes, foi sua nudez. Ele estava encharcado, e as roupas brancas e finas estavam grudadas em seu corpo negro como se fossem uma segunda pele. Florence e Deborah entreolharam-se, e, enquanto a cantoria tornou-se mais alta para abafar os gritos de Gabriel, Deborah desviou a vista.

Anos depois, Deborah e Florence estavam paradas à porta da casa de Deborah quando viram Gabriel, coberto de vômito, cambaleando pela estrada ao luar, e Florence gritou: "Detesto ele! Detesto! Esse preto grandalhão, saracoteando que nem um gato!". E Deborah disse, com sua voz pesada: "Você sabe, querida, que a Palavra de Deus manda a gente odiar o pecado, mas não o pecador".

Em 1900, aos vinte e seis anos, Florence saiu pela porta da cabana. Antes, estava decidida a esperar até que a mãe, que de tão doente não saía mais da cama, fosse enterrada — mas de repente percebeu que não ia esperar mais; era chegada a hora. Trabalhava como cozinheira e copeira de uma numerosa família branca da cidade, e, no dia em que seu senhor propôs que ela se tornasse sua concubina, Florence resolveu que não iria mais viver

89

em meio àquela gente desgraçada. Largou o emprego no mesmo dia (deixando atrás de si um intenso rancor conjugal), e com uma parte do dinheiro que conseguira, com astúcia, crueldade e sacrifício, economizar durante alguns anos, comprou uma passagem de trem para Nova York. No momento da compra, num acesso de raiva, guardou no fundo da mente, como um talismã, este pensamento: "Eu posso devolver se quiser, posso vender. Isso não quer dizer que eu preciso ir". Mas ela sabia que nada podia detê-la.

E foi essa partida que veio se plantar, muitos anos depois, junto com muitas outras testemunhas, ao lado de seu leito. Nuvens cinzentas obscureciam o sol naquele dia, e pela janela da cabana ela via que o chão ainda estava coberto de névoa. A mãe estava na cama, desperta; insistia com Gabriel, que tinha passado a noite na rua bebendo, e que mesmo agora não estava sóbrio por completo, a mudar de vida e a aproximar-se do Senhor. Gabriel, tomado pela confusão, pela dor e pelo sentimento de culpa que sempre se apossavam dele assim que se dava conta do sofrimento que causava na mãe, mas que se tornava quase insuportável quando ela o repreendia, estava diante do espelho, de cabeça baixa, abotoando a camisa. Florence sabia que ele não conseguiria abrir os lábios e falar; não podia dizer "sim" à mãe e a Deus; e não podia dizer "não".

"Meu amor", dizia a mãe, "não deixa a tua mãe velha morrer sem olhar nos olhos dela e dizer que um dia ela vai te ver na glória. Está ouvindo, menino?"

Dentro de alguns instantes, Florence pensou com escárnio, os olhos dele se encheriam de lágrimas e ele prometeria "se corrigir". Ele prometia se corrigir desde o dia em que fora batizado.

Florence largou a bolsa no centro daquele quarto detestável. "Mãe", disse ela, "estou indo. Vou agora de manhã."

Depois de por fim ter falado, repreendeu-se por não ter feito isso na véspera, para que tivessem tido tempo de chorar e discutir devidamente. Ela não tinha certeza se suportaria a noite anterior; mas naquele momento não havia mais quase tempo algum. O que dominava sua mente era a imagem do enorme relógio branco da estação rodoviária, cujos ponteiros não paravam de andar.

"Indo aonde?", perguntou a mãe, ríspida. Mas Florence sabia que ela havia entendido, que há muito tempo sabia que aquela hora ia chegar. O espanto com que a velha olhava para a bolsa de Florence não era bem espanto, e sim uma forma intensa e desconfiada de atenção. Um perigo imaginado se tornara presente e real, e a mãe já estava buscando uma maneira de dobrar a vontade de Florence. Tudo isso ela percebeu em um instante, e desse modo tornou-se mais forte. Ficou olhando para a mãe, à espera.

Mas, percebendo o tom de voz da mãe, Gabriel, que mal ouvira a fala de Florence, satisfeito de perceber que alguma coisa havia acontecido para desviar a atenção da mãe, baixou a vista e viu a bolsa de viagem de Florence. E repetiu a pergunta da mãe com uma voz perplexa e indignada, compreendendo o que acontecia apenas quando as palavras lhe saíram da boca:

"Isso mesmo, menina. Onde você pensa que vai?"

"Pra Nova York", ela respondeu. "Já estou com a passagem."

E sua mãe olhou para ela. Por um momento, ninguém disse nada. Então Gabriel, com uma voz diferente e assustada, indagou:

"E quando que você decidiu que ia fazer isso?"

Ela não olhou para o irmão nem respondeu à pergunta. Continuou olhando para a mãe. "Já estou com a passagem", repetiu. "Vou no trem da manhã."

"Menina", disse a mãe, em voz baixa, "você sabe mesmo o que está fazendo?"

Ela enrijeceu, vendo nos olhos da mãe um misto de pena com deboche. "Sou uma mulher-feita. Eu sei o que estou fazendo."

"E você vai embora", exclamou Gabriel, "agora — assim, sem mais nem menos? Vai embora e larga tua mãe pra trás — assim, sem mais nem menos?"

"Cala a boca", ela retrucou, virando-se para ele pela primeira vez. "Ela tem você, não tem?"

Era essa — Florence percebeu, ao vê-lo baixar a vista — a questão amarga e perturbadora. Gabriel não suportava a ideia de ser deixado sozinho com a mãe, sem nada que pudesse se colocar entre ele e seu amor culpado. Com a partida de Florence, o tempo teria engolido todos os filhos de sua mãe, menos ele; *ele*, então, precisaria compensar toda a dor que ela suportara e adoçar seus últimos momentos com inúmeras provas de seu amor. E a mãe exigia dele uma única prova: que ele não permanecesse no pecado. Com a partida de Florence, seu tempo de vacilar, seu tempo de jogar, reduzia-se de súbito a um único segundo interrogativo, em que ele teria que retesar os músculos e responder à mãe, e a todos os anjos do Céu, "sim" ou "não".

Em seu íntimo, Florence sorria um sorrisinho maldoso, enquanto via surgindo no irmão, pouco a pouco, a perplexidade, o pânico e a raiva; e voltou a olhar para a mãe. "Ela tem você", repetiu. "Não precisa de mim."

"Você vai pro Norte", disse então a mãe. "E quando pretende voltar?"

"Eu não pretendo voltar", Florence respondeu.

"Não demora e você vai voltar chorando", rebateu Gabriel, malévolo, "assim que você levar umas quatro ou cinco porradas."

Ela voltou a encarar o irmão. "Pode esperar sentado, ouviu?"

"Menina", falou a mãe, "você está me dizendo que o Demônio endureceu o teu coração a tal ponto que você é capaz de largar a tua mãe no leito de morte, e nem se importa se nunca mais voltar a ver ela nesse mundo? Meu amor, você está me dizendo que tua maldade chegou a esse ponto?"

Florence percebeu que Gabriel a observava, para ver como ela reagiria a essa pergunta — a pergunta que, apesar de toda a sua determinação, era a que mais temia ouvir. Desviou a vista da mãe, empertigou-se, recuperou o fôlego olhando pela janela pequena e rachada. Lá fora, muito além daquela névoa que se dissipava, além de onde a vista alcançava, a vida a aguardava. A mulher na cama estava velha, sua vida estava se dissipando junto com a névoa. Para Florence, era como se a mãe já estivesse sepultada; ela não se deixaria estrangular por mãos de mortos.

"Estou indo, mãe", disse então. "Tenho que ir."

A mãe inclinou-se para trás, voltando o rosto para a luz, e começou a chorar. Gabriel aproximou-se de Florence e agarrou-a pelo braço. Ela olhou para o rosto do irmão e viu que seus olhos estavam cheios de lágrimas.

"Você não pode ir", declarou ele. "Não pode. Não pode ir e deixar tua mãe assim. Ela precisa de uma mulher, Florence, pra cuidar dela. O que é que ela vai fazer aqui, sozinha comigo?"

Ela o afastou com um empurrão e aproximou-se da cama da mãe.

"Mãe", começou ela, "não fica assim não. Não tem motivo nenhum pra chorar desse jeito. Tudo o que pode acontecer comigo no Norte também pode acontecer aqui. Deus está em toda parte, mãe. Não tem por que se preocupar."

Florence sabia que falava da boca para fora; e de repente percebeu que a mãe se recusava a dignificar aquelas palavras com sua atenção. Ela concedera a Florence a vitória — de modo tão imediato que Florence chegou a se perguntar, ainda que contra a vontade e só por um instante, se aquela vitória era mesmo real. A mãe não chorava pelo futuro da filha, e sim pelo passado, chorando numa angústia da qual Florence não fazia parte. E tudo isso lhe proporcionava um medo terrível, que na mesma hora se transformou em raiva. "O Gabriel pode tomar conta da senhora", disse, com uma voz trêmula de malícia. "Ele nunca vai largar a senhora. Não é, menino?" E olhou para ele. Gabriel permanecia parado, imobilizado pela perplexidade e pela dor, a poucos centímetros da cama. "Mas eu", acrescentou, "eu tenho que ir embora." Voltou para o centro do quarto e pegou a bolsa.

"Menina", cochichou Gabriel, "será que você não tem coração?"

"*Senhor!*", exclamou a mãe; e, ao ouvir isso, o coração de Florence deu um salto; ela e Gabriel, paralisados, ficaram olhando para a cama. "Senhor, Senhor, Senhor! Senhor, tenha piedade da minha filha pecaminosa! Estende a tua mão pra ela não cair no lago que ferve pra sempre! Ah, meu Senhor, meu Senhor!" E sua voz foi baixando, até calar-se, e lágrimas escorriam-lhe rosto abaixo. "Senhor, fiz o melhor que pude com todos os filhos que o Senhor me deu. Senhor, tende piedade dos meus filhos, e dos filhos dos meus filhos."

"Florence", falou Gabriel, "por favor, não vai. Por favor. Você não pode estar indo mesmo embora, deixando a tua mãe assim!"

Lágrimas brotaram de repente nos olhos de Florence, embora ela própria não pudesse dizer por que motivo estava chorando. "Me deixa em paz", retrucou, e voltou a pegar a bolsa. Abriu a porta; o ar frio matinal entrou na casa. "Adeus", despediu-se ela. Em seguida, virou-se para Gabriel: "Fala pra ela que eu disse adeus". Saiu da cabana e desceu os poucos degraus que davam no quintal coberto de geada. Gabriel ficou a observá-la, paralisado entre a porta e a cama de onde vinha o choro. Então, quando Florence pousou a mão no portão, Gabriel saiu correndo e fechou o portão com força.

"Menina, aonde você vai? O que você tá fazendo? Acha que os homem lá do Norte vai te cobrir de pérola e brilhante?"

Com um gesto violento, Florence abriu o portão e saiu. Ele ficou a vê-la boquiaberto, os lábios úmidos. "Se você voltar a me ver algum dia", disse ela, "não vou estar coberta de trapo que nem você."

Em toda a igreja, o único som que se ouvia, mais terrível do que o silêncio mais profundo, era o das preces dos santos de Deus. Apenas a luz amarelada e melancólica brilhava sobre eles, fazendo os rostos brilharem como ouro lamacento. Suas feições, e suas atitudes, e suas muitas vozes se elevando como se fossem uma só, faziam John pensar no vale mais profundo, na noite mais longa, em Pedro e Paulo na masmorra, um orando enquanto o outro cantava; ou numa água infinita, infinitamente profunda, revolta, sem nenhuma terra firme à vista, o verdadeiro fiel agarrado a um mastro. E, matutando sobre o dia seguinte, em que a igreja se levantaria, cantando, sob a luz forte do domingo, pensou na luz pela qual eles aguardavam, que num instante enchia a alma, fazendo com que (durante aquelas inimagináveis eras de treva antes do nascimento de John) os recém-nascidos em Cristo testemunhassem: eu era cego e agora vejo.

E cantavam: "Caminha na luz, a luz mais bela. Brilha ao meu redor dia e noite, Jesus, que é do mundo a luz". E cantavam: "Ah, Senhor, Senhor, quero estar pronto, quero estar pronto. Pronto pra andar em Jerusalém como João".

Andar em Jerusalém como João. Sua mente estava inundada por visões: nada permanecia. Atormentavam-no as dúvidas e buscas. Ansiava por uma luz que lhe ensinasse, para todo o sempre, e para além de qualquer questionamento, o caminho a ser seguido; por um poder que o cingisse, para todo o sempre, e para além de todas as lágrimas, ao amor de Deus. Ou então queria se levantar agora, sair daquele tabernáculo e nunca mais voltar a ver aquela gente. Estava cheio de fúria e angústia, sentimentos insuportáveis, irrespondíveis; sua mente estava tensionada a ponto de romper-se. Pois era o tempo que enchia sua mente, o tempo que era violento com o amor misterioso de Deus. E sua mente não conseguia abarcar a tremenda extensão de tempo que unia doze sujeitos pescando às margens do mar da Galileia e os homens negros ajoelhados, chorando naquela igreja, e ele, uma testemunha.

Minha alma é testemunha do meu Senhor. Havia um silêncio terrível no fundo da mente de John, um peso tremendo, uma especulação tremenda. Que nem chegava a ser uma especulação, e sim um se revirar muito profundo, como se alguma coisa enorme, negra, informe, morta havia séculos no fundo do oceano, agora sentisse que seu repouso era perturbado por um vento suave e distante, que lhe ordenava: "Levanta-te". E esse peso começou a mover-se no fundo da mente de John, num silêncio como o silêncio do vazio antes da criação, e ele passou a sentir um terror que jamais sentira antes.

E olhou a sua volta na igreja, para as pessoas orando. A mãe Washington só havia chegado quando todos os santos já estavam de joelhos, e naquele momento, em pé, aquela negra velha terrível ajudava a tia Florence a orar. Sua neta, Ella Mae, chegara com ela, com um casaco de pele esfarrapado por cima das roupas cotidianas. Ela ajoelhou-se pesadamente num canto perto do piano, todos os sinais que alertavam sobre o salário do pecado ser a morte, gemendo de vez em quando. Elisha, que não levantara a vista quando ela chegou, orava em silêncio: sua testa estava coberta de suor. A irmã McCandless e a irmã Price gritavam de vez em quando: "Sim, Senhor!". Ou então: "Bendito seja seu nome, Jesus!". E o pai de John orava, a cabeça levantada, a voz fluindo como um rio de montanha distante.

No entanto, a tia Florence permanecia em silêncio; talvez estivesse adormecida. John nunca a vira orando numa igreja antes. Sabia que pessoas diferentes oravam de modos diferentes: será que a tia sempre orava assim? Também sua mãe estava em silêncio, mas John já a tinha visto orando antes, e aquele silêncio levava a pensar que ela estava chorando. E por que estaria chorando? E por que eles vinham àquela igreja, noite após noite, clamando a um Deus que pouco se importava com eles — se é que havia mesmo, acima daquele teto onde a tinta descascava, um Deus? Então se lembrou de que o insensato dizia em seu coração: Deus não existe — e baixou a vista, vendo que, atrás da tia Florence, a mãe Washington olhava para ele.

Frank cantava blues e bebia demais. Tinha pele cor de caramelo. Talvez por isso ela sempre imaginasse que ele estava com uma bala na boca, que manchava seus dentes perfeitos e cruéis. Durante algum tempo, ele usou um bigode bem fino, mas ela o convenceu a raspá-lo, pois, a seu ver, ficava com cara de gigolô mestiço. Com detalhes desse tipo ele nunca dava trabalho — sempre vestia camisas limpas, cortava o cabelo e a acompanhava às reuniões do Uplift, em que negros de destaque faziam discursos sobre o futuro e os deveres da raça negra. E isso, no início do casamento, dera a ela a impressão de que o controlava. Essa impressão revelou-se total e desastrosamente falsa.

Quando mais de vinte anos antes Frank a deixou, após mais de dez anos de casamento, num primeiro momento ela sentiu apenas um misto de irritação e cansaço e um imenso alívio. Ele não vinha em casa havia dois dias e três noites, e, quando por fim apareceu, tiveram uma briga mais forte do que as de costume. Toda a raiva que ela acumulara durante os anos de casamento foi despejada sobre ele naquela noite na pequena cozinha da casa deles. Frank ainda estava de macacão; não havia feito a barba e o rosto estava enlameado de suor e sujeira. Ficou em silêncio por um tempo e depois disse: "Certo, meu bem. Acho que você nunca mais quer me ver, um pecador miserável como eu". Saiu e fechou a porta; ela ouviu seus passos ecoando pelo corredor comprido, cada vez mais distantes. Permanecia parada na cozinha, segurando a cafeteira vazia que estava prestes a lavar. Pensou: *Ele vai voltar, e vai voltar bêbado.* E então lhe ocorreu um pensamento, enquanto olhava ao redor: "Senhor, seria uma bênção se ele nunca mais voltasse". O Senhor lhe dera o que ela havia pedido, que era Sua maneira espantosa, ela já tinha constatado, de atender as preces. Frank jamais voltou. Viveu por muitos anos com outra mulher e, quando a guerra estourou, morreu na França.

Agora, em algum lugar do outro lado do planeta, seu marido estava enterrado. Ele dormia numa terra que seus antepassados jamais viram. Muitas vezes ela se perguntava se sua sepultura estava identificada — se nela estava fincada, como nas fotos que vira, uma cruzinha branca. Se o Senhor alguma vez lhe tivesse permitido atravessar aquele oceano revolto, ela teria procurado, em meio aos milhões lá enterrados, a sepultura dele. Encerrada no luto, teria talvez largado flores sobre ela, como faziam outras mulheres; e ficaria por um momento, de cabeça baixa, contemplando a terra silenciosa. Como seria terrível para Frank se elevar no dia do juízo tão longe de casa! E decerto, mesmo naquele dia, haveria de manifestar raiva em relação a Deus. "Eu e o Senhor", dizia com frequência, "não se damos muito bem às vezes. Mandando no mundo do jeito que Ele bem entende, Ele acha que eu não tenho juízo." Como teria Frank morrido? Uma morte lenta ou súbita? Teria gritado? Teria a morte atacado pelas costas ou o encarado como um homem? Ela não sabia nada, pois só foi avisada de sua morte muito depois, quando os soldados voltaram para casa e ela começou a procurar o rosto de Frank na rua. Foi a mulher com quem ele vivera que lhe contou, pois Frank a tinha escolhido como sua parente mais próxima. Depois de lhe dar a notícia, a mulher, sem saber o que mais dizer, ficou olhando para Florence, com uma piedade simplória. Florence ficou furiosa e limitou-se a murmurar "obrigada" e ir embora. Odiou Frank por ter escolhido aquela mulher como testemunha oficial de sua humilhação. E perguntou-se mais uma vez o que Frank vira naquela mulher, que, embora mais moça do que ela, nunca fora tão bonita, bebia o tempo todo e saía com muitos homens.

Mas esse tinha sido seu grande erro desde o início — conhecê-lo, casar com ele e amá-lo tão amargamente. Olhando para o rosto de Frank, pensava às vezes que todas as mulheres eram amaldiçoadas desde o berço; todas, de uma maneira ou de outra, acabavam tendo o mesmo destino cruel, nascidas para vergar sob o peso dos homens. Frank dizia que a coisa era exatamente o contrário: eram os homens que sofriam por ter de aturar as mulheres — desde o nascimento até a morte. Mas era ela que tinha razão, com certeza; em relação a Frank, sempre tivera razão; c não era por culpa sua que Frank era do jeito que era, decidido a viver e a morrer como um preto medíocre.

Mas ele vivia jurando que ia melhorar; fora talvez a brutalidade de sua penitência que os mantivera juntos por tanto tempo. Havia algo nela que gostava de o ver se humilhar — quando chegava em casa fedendo a uísque, rastejando, e, com lágrimas nos olhos, a abraçava. Naqueles momentos, ele, que era sempre o senhor inquestionável, era dominado. E apertando-o em seus braços enquanto ele finalmente dormia, vinha a Florence, junto com essa sensação de luxo e poder, o pensamento: *Mas tem muita coisa boa no Frank. É só eu ter paciência que ele vai acabar saindo dessa.* "Sair dessa" seria mudar de vida e aceitar ser o marido que ela viera de tão longe para encontrar. Fora ele que lhe ensinara, o que era imperdoável, que havia gente no mundo para quem "sair dessa" era um processo perpétuo, pessoas destinadas a nunca conseguir sair. Passou dez anos saindo, mas quando por fim foi embora era o mesmo homem com quem ela tinha se casado. Não mudara nem um pouco.

Frank nunca ganhou dinheiro suficiente para comprar a casa que Florence queria, nem qualquer outra coisa que ela realmente quisesse, e esse fora um dos problemas do casamento. Não que não conseguisse ganhar dinheiro, só que não o guardava. Pegava a metade do salário da semana e comprava uma coisa que ele queria, ou que achava que ela queria. Chegava em casa nas tardes de sábado, já meio bêbado, com algum objeto inútil, como um vaso, o qual, ele imaginara, Florence gostaria de encher de flores — Florence, que nunca pensara em flores e que jamais teria comprado flores. Ou então um chapéu, sempre caro ou vulgar demais, ou um anel que parecia feito para ser usado por uma prostituta. Às vezes Frank resolvia fazer as compras de sábado a caminho de casa, para poupá-la do trabalho; nesses casos comprava um peru, o maior e mais caro que encontrava, e quilos de café, pois sempre achava que não havia café suficiente em casa, e uma quantidade de cereal para o café da manhã suficiente para abastecer um exército por um mês. A compra dessas provisões sempre lhe inspirava uma sensação de virtude pessoal, de modo que ele resolvia dar a si próprio, como uma espécie de prêmio, uma garrafa de uísque; e — para que ela não pensasse que ele estava bebendo demais — convidava algum vagabundo para vir beber com ele. Então passavam a tarde toda na sala, jogando baralho e contando piadas indecentes e empesteando o ar com uísque e fumaça. Ela ficava na cozinha, cheia de ódio, encarando o peru, o qual, como Frank sempre o comprava ainda com penas e cabeça, lhe exigia horas de trabalho pesado e sangrento. Nesses momentos, Florence se perguntava o que a levara a assumir uma vida tão dura, viajando de um lugar tão distante para encontrar apenas um apartamento de quarto e sala numa cidade de que não gostava, e um homem mais infantil do que todos que havia conhecido quando jovem.

Às vezes, da sala de estar onde estava com seu convidado, ele a chamava:

"Oi, Flo!"

E ela não dava resposta. Detestava que a chamassem de "Flo", mas Frank nunca se lembrava disso. Ele a chamava de novo e, sem ter resposta, vinha até a cozinha.

"O que deu em você, menina? Não me ouviu te chamando?"

E, quando mesmo assim ela permanecia muda, absolutamente imóvel na cadeira, fitando-o com olhos raivosos, Frank era obrigado a admitir que alguma coisa não estava bem.

"O que foi, minha velha? Está zangada comigo?"

E, assim que ele a olhava, realmente perplexo, a cabeça inclinada para o lado, com um leve sorriso, algo cedia dentro de Florence, algo que ela combatia, e Florence se levantava e dizia-lhe, irritada, em voz baixa, para que o visitante não a ouvisse:

"Eu só queria que você me dissesse como é que você acha que a gente vai passar a semana toda com um peru e dois quilo de café."

"Meu bem, eu não comprei nada que a gente não *precisa*!"

Ela suspirou, numa fúria impotente, sentindo que as lágrimas lhe brotavam nos olhos.

"Eu já te falei não sei quantas vezes pra dar o dinheiro pra *mim* quando você receber, e deixar que *eu* faço as compra — porque você não tem um pingo de juízo."

"Meu bem, eu só tava tentando te ajudar. Achei que você podia querer ir em algum lugar hoje de noite e não ter o trabalho de fazer compra."

"A próxima vez que quiser me fazer um favor, primeiro me pergunta, tá bom? E como é que posso sair se você me trouxe esse peru pra eu limpar?"

"Meu bem, eu vou limpar. E nem vai demorar muito."

Frank foi até a mesa onde estava o peru e o encarou com olho crítico, como se o visse pela primeira vez. Em seguida, encarou-a sorrindo. "Não tem motivo nenhum pra ficar zangada."

Florence começou a chorar. "Não entendo o que passa pela tua cabeça. Toda semana o Senhor te manda sair e fazer alguma besteira. Como é que você acha que a gente vai juntar dinheiro pra sair daqui se o tempo todo você gasta dinheiro em bobeira?"

Vendo-a chorar, ele tentou confortá-la, colocando a manzorra no ombro dela e beijando-a onde as lágrimas caíam.

"Desculpa, meu bem. Eu achei que ia ser uma bela surpresa."

"Quer me fazer uma bela surpresa, cria juízo! *Isso* sim é que seria uma surpresa! Você acha que eu quero ficar aqui o resto da minha vida com esses preto sujo que você vive trazendo aqui pra casa?"

"Onde é que você acha que a gente pode morar, meu bem, que não vai estar cheio de preto?"

Ela virou-se para a janela da cozinha. A janela dava para um trem elevado que passava bem perto, o que sempre a fazia pensar que ela podia cuspir na cara das pessoas que passavam voando, olhando espantadas para fora.

"Eu só não gosto desses vagabundo… que pelo visto você gosta tanto."

Então se fez o silêncio. Embora estivesse de costas para Frank, Florence sentiu que ele não estava mais sorrindo e que os olhos dele, a observá-la, haviam escurecido.

"E com que tipo de homem você achava que tinha casado?"

"Eu achava que tinha casado com um homem com um mínimo de iniciativa, que não ia querer ficar lá no fundo do poço o resto da vida!"

"E o que é que você quer que eu faça, Florence? Que eu vire branco?"

Essa pergunta sempre causava nela um êxtase de ódio. Ela virou-se e o encarou, e, esquecendo-se de que havia outra pessoa na sala, gritou:

"Não tem que ser branco pra ter um mínimo de amor-próprio! Você acha que eu me mato de trabalho nessa casa pra você e esses preto vulgar passar a tarde inteira jogando cinza no chão?"

"E quem é que tá sendo vulgar agora, Florence?", ele perguntou, em voz baixa, no silêncio imediato e terrível em que ela se deu conta do erro que cometera. "Quem é que tá agindo que nem um preto vulgar? O que é que você acha que o meu amigo tá pensando lá na sala? Eu que não ia me espantar se ele estiver pensando: *Coitado do Frank, casou com uma mulher vulgar*. E ele não tá jogando cinza no chão, não — tá botando no cinzeiro, ele sabe muito bem o que é um cinzeiro." Florence sabia que havia magoado Frank, e que ele estava zangado, pelo hábito que tinha, nessas ocasiões, de passar a língua rápido e sem cessar no lábio inferior. "Mas a gente tá indo embora, e aí você pode varrer a sala e ficar sentada lá, se quiser, até o dia do juízo."

E saiu da cozinha. Ela ouviu vozes baixas na sala e depois a porta batendo. Lembrou, tarde demais, que Frank estava com todo o dinheiro. Quando ele voltou, muito depois de anoitecer, ela o deitou e examinou seus bolsos, constatando que neles não havia nada, ou quase nada, e sentou-se no chão da sala, impotente, e chorou.

Em situações assim, Frank voltava para casa irritado e penitente. Florence só se deitava quando achava que ele já dormira. Mas ele não havia dormido. Assim que ela esticava as pernas debaixo das cobertas, Frank se virava para ela, estendendo o braço; seu hálito era quente e agridoce.

"Amorzinho, por que é que você é tão má com seu benzinho? Você não sabe que me fez sair e tomar um porre, coisa que eu não tava pensando em fazer? Eu queria sair com você essa noite." E, enquanto falava, pousava a mão no seio dela, e seus lábios tocavam-lhe o pescoço. Isso causava no íntimo de Florence uma guerra quase insuportável. Tinha impressão de que tudo na relação entre eles fazia parte de um grande plano com o objetivo de humilhá-la. Ela não queria ser tocada por ele e, ao mesmo tempo, queria: ardia de anseio e gelava de raiva. E sentia que ele percebia esse fato e por dentro sorria por ver como era fácil, nesse setor do campo de batalha, garantir a vitória. Mas ao mesmo tempo Florence tinha a sensação de que a ternura, a paixão e o amor do marido eram reais.

"Me deixa em paz, Frank. Quero dormir."

"Não quer, não. Você não quer dormir agora. Quer conversar um pouco. Você sabe como seu benzinho gosta de conversar. Escuta só." E passou de leve a língua no pescoço dela. "Ouviu?"

Ele esperou. Ela continuou em silêncio.

"É só isso que você tem pra dizer? Então vou te dizer outra coisa." E cobriu de beijos o rosto dela; o rosto, o pescoço, os braços, os seios.

"Você tá fedendo a uísque. Me deixa em paz."

"Ah. Então não sou só eu que tem língua. Fala mais alguma coisa." E passou a mão por dentro da coxa dela.

"Para."

"Não vou parar, não. Essa conversa tá muito boa, meu bem."

Dez anos. A batalha entre eles jamais terminou; nunca compraram casa própria. Frank morreu na França. Agora ela relembrava os detalhes daqueles anos que julgava ter esquecido, e por fim sentiu que o terreno pedregoso de seu coração se rompera; e as lágrimas, difíceis e lentas como sangue, começaram a escorrer por entre os dedos. De algum modo, a velha parada a seu lado adivinhou o que ocorria e exclamou: "Isso, querida. Se solta, querida. Deixa Ele jogar você lá embaixo pra depois poder te puxar pra cima". E era assim que ela deveria ter agido? Teria sido um erro lutar com tanto afinco? Agora estava velha, e só, e ia morrer. E não conseguira nada com suas batalhas. Tudo terminava assim: ela de cabeça baixa diante do altar, pedindo a Deus piedade. Atrás dela, ouvia Gabriel exclamar: "Bendito seja vosso nome, Jesus!". E, pensando nele e na via da santidade por ele seguida, sua mente ia de um lado para o outro, como uma agulha; e pensou em Deborah.

Deborah tinha lhe escrito, não muitas vezes, mas num ritmo que parecia assinalar cada crise na sua vida com Gabriel, e uma vez, no tempo em que vivia com Frank, recebera dela uma carta que ainda guardava: estava dentro de sua bolsa, a qual fora colocada no altar. Sempre tivera a intenção de mostrar essa carta a Gabriel um dia, mas nunca o fizera. Havia falado com Frank a respeito dela certa ocasião, tarde da noite, quando ele assobiava alguma melodia na cama e ela, diante do espelho, esfregava na pele creme clareador. A carta estava aberta à sua frente e ela suspirou bem alto, para atrair a atenção de Frank.

Frank parou de assobiar no meio de uma frase musical; em sua mente, ela a terminou. "O que é que você está vendo aí, meu bem?", ele perguntou, preguiçosamente.

"É uma carta da mulher do meu irmão." Ficou olhando o próprio rosto no espelho, pensando com raiva que todos aqueles cremes eram um desperdício de dinheiro, não faziam nenhum efeito.

"O que é que aqueles negro tão aprontando lá no Sul? Não é notícia ruim não, é?" E continuava a cantarolar, irreprimível, no fundo da garganta.

"Não… quer dizer, também não é uma notícia boa, mas não me causa nenhuma surpresa. Ela diz que acha que meu irmão tem um filho bastardo vivendo lá, na mesma cidade, e que ele tem medo de dizer que é dele."

"É sério? Eu achei que você tinha me dito que seu irmão era pregador."

"Isso de ser pregador nunca foi garantia de um negro deixar de fazer sujeira."

Ele riu. "Você não ama seu irmão como devia. E como é que a mulher dele ficou sabendo da tal criança?"

Florence pegou a carta e virou-se para ele. "Pra *mim*, ela já sabia, só não tinha coragem de dizer nada." Fez uma pausa e acrescentou, com relutância: "Claro que certeza, mesmo, ela não tem. Mas a Deborah não é o tipo de mulher que fica imaginando coisa. Ela está muito preocupada".

"Mas preocupada por quê? A essa altura não dá pra fazer mais nada."

"Ela não sabe se devia perguntar pra ele."

"E será que ela acha que, se perguntar, ele vai ser bobo de dizer que o filho é dele?"

Florence suspirou de novo, dessa vez de modo mais natural, e voltou-se ao espelho. "Bom… ele é pregador. E, se a Deborah tiver certa, então ele não tem nada que ser pregador. Não é melhor do que ninguém. É que nem um assassino."

Ele voltara a assobiar; parou. "Assassino? Por quê?"

"Porque ele deixou a mãe da criança morrer quando o bebê nasceu. Por isso." Fez uma pausa. "E essa história é a cara do Gabriel. Ele nunca pensa em ninguém, só nele."

Frank não disse nada, fitando as costas implacáveis da mulher. Então: "Você vai responder a carta dela?".

"Acho que vou."

"Pra dizer o quê?"

"Vou dizer que ela devia contar pro Gabriel que sabe da maldade que ele fez. E devia contar também pra toda a congregação, se for necessário."

Frank remexeu-se na cama, inquieto. "Bom, você sabe da história melhor que eu. Mas não sei se isso vai ser bom."

"Vai ser bom pra *ela*. Ele vai ter que tratar ela melhor. Você não conhece o meu irmão como eu conheço. Só tem um jeito de lidar com o Gabriel: é dar um bom susto nele. Só isso. Ele não tem o direito de sair por aí dizendo que é santo se aprontou o que aprontou."

Fez-se o silêncio; Frank assobiou mais alguns compassos da canção; depois bocejou e disse: "Você vem deitar, minha velha? Não entendo por que é que você gasta todo o seu tempo e o *meu* dinheiro nesses creme embranquecedor. Você continua tão preta quanto era no dia que nasceu".

"Você não tava lá quando eu nasci. E eu sei que você não quer uma mulher preta que nem piche." Mas levantou-se e foi em direção à cama.

"Eu nunca que falei isso. Faça um favor de apagar a luz que você vai ver que o preto também é uma cor muito bonita."

Florence se perguntava se Deborah havia falado com Gabriel; se ela deveria dar a ele a carta que pusera na bolsa. Guardava-a todos esses anos, à espera de uma oportunidade feroz. Que oportunidade seria essa, não sabia dizer; no momento, não queria saber. Pois sempre lhe parecera que a carta era um instrumento em suas mãos que poderia ser usado para destruir seu irmão por completo. Quando Gabriel estivesse totalmente derrubado, ela o impediria de reerguer-se ao exibir-lhe aquela prova de sua culpa. Mas agora pensou que não viveria para ver o dia tão pacientemente aguardado. Ela seria derrubada.

E esse pensamento lhe inspirava terror e raiva; as lágrimas secavam em seu rosto e o coração tremia, dividido entre uma terrível vontade de render-se e o desejo de dirigir uma cobrança a Deus. Por que motivo Ele havia preferido sua mãe e seu irmão, aquela velha negra e aquele negro vagabundo, enquanto ela, que só tinha tentado manter a cabeça erguida, morreria sozinha e pobre, num quarto mobiliado sujo? Bateu os punhos com força contra o altar. Ele, *ele* viveria, e a veria, com um sorriso nos lábios, ser colocada na cova! E sua mãe estaria lá, debruçada sobre os portões do Céu, vendo a filha ardendo no fosso.

Enquanto batia os punhos cerrados no altar, a velha a seu lado punha as mãos em seus ombros, exclamando: "Fala com Ele, filha! Fala com o Senhor!". E era como se ela tivesse sido lançada para fora do tempo, lá onde não havia fronteiras, pois a voz era a de sua mãe, mas as mãos eram as da morte. E Florence gritava alto, como jamais gritara na vida, deitada de bruços diante do altar, aos pés da negra velha. Suas lágrimas desciam como uma chuva ardente. E as mãos da morte acariciavam seus ombros, a voz cochichava e cochichava em seu ouvido: "Deus está no teu pé, sabe onde você mora, a morte está indo te pegar".

2. A prece de Gabriel

Já fui apresentado
Ao Pai e ao Filho,
E agora
Não sou mais um estranho.

Enquanto Florence gritava, Gabriel se afastava na escuridão, em chamas, conversando com o Senhor. O grito dela chegava-lhe de longe, como se vindo de uma profundeza inimaginável; e o que ele ouvia não era o grito da irmã, e sim o do pecador apanhado em flagrante no ato de pecar. Ele já ouvira esse grito em muitos dias e muitas noites anteriores, diante de inúmeros altares, e agora exclamou, tal como já exclamara: "Seja feita a vossa vontade, Senhor! Seja feita a vossa vontade!".

Em seguida, o silêncio dominou toda a igreja. Até mesmo a mãe Washington cessara seus gemidos. Logo alguém voltaria a gritar, e as vozes recomeçariam; haveria música, e brados, e o som dos pandeiros. Mas naquele momento, naquele silêncio carregado de espera, era como se toda a carne esperasse — hesitasse, transfixada por alguma coisa no meio do ar — pelo poder vivificante.

Esse silêncio, que se prolongava como um corredor, levava Gabriel de volta ao silêncio que precedera seu nascimento em Cristo. Tal como num nascimento, tudo o que ocorrera antes daquele momento estava envolto na escuridão, jazia no fundo do mar do olvido, e agora não era levantado contra ele, porém relacionava-se apenas com aquela corrupção cega, condenada, fétida, que ele vivera antes de sua Redenção.

O silêncio era o silêncio da alta madrugada, e ele voltava da casa da prostituta. No entanto, estava cercado pelos sons da manhã: de pássaros, invisíveis, louvando a Deus; de grilos nas trepadeiras, rãs no pântano, cães a quilômetros dali e bem perto, galos nos poleiros. O sol ainda começava a despertar; somente o alto da copa das árvores tremia com sua passagem, e a névoa se dissipava relutante, diante de Gabriel e a sua volta, recuando com o avanço da luz que preside durante o dia. Mais tarde, Gabriel diria que naquela manhã seu pecado pesava sobre ele; mas no momento sentia apenas que carregava um fardo e que ansiava por largá-lo. Esse fardo pesava mais do que a mais pesada montanha, e ele o carregava no coração. A cada passo que dava o fardo pesava mais, sua respiração se tornava mais lenta e difícil, e de repente um suor frio cobriu-lhe a fronte e encharcou-lhe as costas.

Sozinha na cabana, deitada na cama, a mãe esperava; esperava não apenas que Gabriel voltasse naquela manhã, mas também que ele se entregasse ao Senhor. Ela esperava apenas por isso, e Gabriel sabia, embora ela não mais o exortasse como havia feito até recentemente. Ela o colocara nas mãos do Senhor e aguardava com paciência para ver como Ele haveria de agir.

Pois sua mãe viveria para ver cumprida a promessa do Senhor. Recusava-se a entregar-se ao repouso final enquanto seu filho, o último de seus filhos, aquele que haveria de envolvê-la na mortalha, não entrasse na comunhão dos santos. Agora ela, que outrora havia sido impaciente, e violenta, que xingava e gritava e lutava como um homem, mergulhou no silêncio, lutando apenas, e mobilizando suas últimas forças, com Deus. E também isso ela fazia como um homem: sabendo que havia se conservado na fé, esperava que Ele cumprisse o que prometera. Gabriel sabia que ao entrar em casa a mãe não lhe perguntaria onde estivera; não ralharia com ele; e seus olhos, mesmo quando os fechasse para dormir, haveriam de segui-lo por toda parte.

Mais tarde, por ser domingo, alguns de seus irmãos e irmãs viriam visitá-la, cantando e orando ao redor de sua cama. E ela oraria por Gabriel, soerguendo-se no leito sem ajuda, a cabeça empinada, a voz firme; enquanto Gabriel, ajoelhado num canto do quarto, tremia, quase desejando que ela morresse logo; e depois tremia de novo diante dessa prova da maldade desesperada de seu coração; e oraria sem palavras pedindo perdão. Ajoelhado diante do trono ele não tinha palavras. E temia fazer um juramento perante o Céu antes que tivesse forças para cumpri-lo. E, contudo, sabia que, enquanto não fizesse o juramento, não teria forças.

Pois Gabriel desejava em sua alma, com temor e tremor, todas as glórias que a mãe pedia para ele em suas preces. Sim, ele queria o poder — queria saber que estava incluído entre os ungidos do Senhor, os amados por Ele, merecedores daquela pomba branca como a neve enviada do Céu para testemunhar que Jesus era o Filho de Deus. Gabriel queria ter domínio, falar com aquela autoridade que só podia vir de Deus. Mais tarde, haveria de testemunhar com orgulho que sempre odiara seus próprios pecados — mesmo quando corria para eles de braços abertos, mesmo no momento em que pecava. Odiava o mal que vivia em seu corpo, e o temia, tal como temia e odiava os leões da lascívia e do desejo que rondavam a cidade indefesa de sua mente. Mais tarde haveria de dizer que isso era um dom que lhe fora concedido pela mãe, que era a mão de Deus pousada em seu ombro desde a primeira infância; no entanto, antes Gabriel só sabia que com a chegada de cada noite o caos e a febre ferviam dentro dele; o silêncio na cabana entre ele e a mãe tornava-se insuportável; sem olhar para ela, encarando o espelho enquanto vestia o casaco, e tentando não ver o próprio rosto ali, dizia que ia dar uma voltinha — voltaria logo.

Às vezes Deborah ficava ao lado de Gabriel, observando-o com olhos tão pacientes e condenatórios quanto os dela. Gabriel fugia para a noite estrelada e caminhava até chegar a uma taverna, ou a uma casa que já estava em seus pensamentos durante o longo dia de sua lascívia. Então bebia até que martelos soassem distantes em seu crânio; maldizia amigos e inimigos; e lutava até que o sangue corresse; de manhã, dava por si na lama, na terra, em leitos desconhecidos e, uma ou duas vezes, na prisão; um gosto ruim na boca, as roupas em frangalhos, o fedor da própria degradação emanando de todo o seu corpo. Nesses momentos não conseguia nem mesmo chorar. Nem mesmo orar. Chegava quase a ansiar pela morte, a única coisa que podia libertá-lo daqueles grilhões cruéis.

E o tempo todo os olhos da mãe estavam fixos nele; a mão dela, como tenazes de fogo, agarrava a brasa morna de seu coração, fazendo-o sentir, diante da ideia da morte, um outro terror, mais frio. Descer à sepultura sem estar limpo, sem perdão, era afundar no poço para sempre, lá onde o aguardavam terrores maiores do que os que a Terra, tão velha e sofrida, jamais conhecera. Gabriel estaria excluído dos vivos para todo o sempre; ficaria sem nome por toda a eternidade. O lugar que fora o seu se reduziria a silêncio, pedra, restolho, sem sementes; para ele, para sempre, nenhuma esperança de glória. Assim, quando recorria à prostituta, chegava lá com raiva e depois partia num sofrimento vão — sentindo que mais uma vez fora roubado do modo mais cruel, tendo desperdiçado sua semente sagrada numa escuridão proibida onde essa semente não podia senão morrer. Maldizia então a lascívia traidora que vivia nele, e a maldizia outra vez nos outros. Porém, haveria de dizer depois: "Lembro o dia em que minha prisão tremeu e meus grilhões caíram".

E Gabriel caminhava de volta para casa, pensando na noite que deixava para trás. Vira a mulher bem no início da noitada, mas ela estava acompanhada de muitas outras pessoas, homens e mulheres, e por isso ele a ignorou. Mais tarde, porém, já ardendo por efeito do uísque, voltou a olhar para a mulher de modo direto e notou na mesma hora que ela também estava pensando nele. Não havia muitas pessoas com ela — era como se a mulher estivesse abrindo espaço para ele. Gabriel já ficara sabendo que era uma viúva do Norte, que viera à cidade apenas para passar alguns dias em visita à família. Quando Gabriel olhou para a mulher, ela também olhou para ele, e então, como se isso fizesse parte da conversa alegre que estava tendo com os amigos, a mulher riu bem alto. Tinha a fenda entre os dentes da frente que é a marca dos mentirosos, e a boca era grande; quando ria, prendia o lábio inferior entre os dentes, como se tivesse vergonha de ter uma boca tão grande, e seus seios se balançavam. Não era como o tumulto que ocorria quando uma mulher grande e gorda ria — os seios subiam e desciam apertados pelo tecido do vestido. Ela era bem mais velha do que Gabriel — teria mais ou menos a idade de Deborah, trinta e tantos anos — e não chegava a ser bonita. Porém a distância entre eles dois rapidamente foi tomada pela presença da mulher, e o cheiro dela chegou às narinas de Gabriel. Ele já quase sentia suas mãos sobre aqueles seios que se balançavam. E bebeu mais, permitindo de modo inconsciente, ou quase isso, que seu rosto assumisse a aparência de inocência e de poder que, segundo lhe dizia sua experiência com as mulheres, fazia com que o amor delas chegasse.

Sim (caminhando para casa, com frio, estremecendo), a coisa surtia efeito mesmo. Meu Deus, como eles haviam se agitado no leito pecaminoso, e como ela gritava e tremia; Deus, como o amor dela chegara! Sim (caminhando para casa em meio à névoa que se dissipava, o suor frio na testa), e, no entanto, na vaidade e no orgulho da conquista, Gabriel pensava nela, no cheiro dela, no calor do corpo dela sob suas mãos, a voz, a língua, como a língua de um gato, e os dentes, e os seios volumosos, e como ela se mexia para ele, e o agarrava, e labutava com ele, e como depois caíram, tremendo e gemendo, entrelaçados, de volta no mundo. E pensando nisso, o corpo a congelar com seu suor, e no entanto violento com a lembrança da lascívia, Gabriel chegou a uma árvore numa pequena elevação, além da qual, lá onde sua vista não alcançava, ficava sua casa, onde a mãe o esperava. E então surgiu de súbito em sua mente, com a violência da água que arrebenta represas e cobre as margens, brotando descontrolada em direção a casas condenadas, imóveis — onde, nos telhados e nas janelas, o sol ainda estremecia pálido —, a lembrança de todas as manhãs em que ele passava por aquela árvore, preso por um momento entre os pecados cometidos e os pecados ainda a serem cometidos. Naquele morro a névoa já se dissipara, e Gabriel sentiu-se, diante daquela árvore solitária, exposto ao olhar nu do Céu. Assim, por um momento, fez-se o silêncio, um silêncio completo, por toda parte — mesmo os pássaros cessaram de cantar, nenhum cão latiu, nenhum galo cantou o nascer do dia. E Gabriel sentiu que aquele silêncio era o juízo de Deus; que toda a criação havia silenciado diante da ira justa e terrível de Deus, e aguardava agora para ver o pecador — e o pecador era *ele* — sendo derrubado e expulso da presença do Senhor. E Gabriel pôs a mão na árvore, sem nem se dar conta de que a tocava, movido pelo impulso de se esconder; então exclamou: "Ah, Senhor, tende piedade! Ah, Senhor, tende piedade de mim!".

E caiu de encontro à árvore, descendo ao chão e agarrando as raízes dela. Havia gritado no silêncio e teve apenas o silêncio como resposta — e, no entanto, quando gritou, seu brado ecoara nos mais remotos limites da terra. Esse eco, seu grito solitário atravessando a criação, assustando os peixes e pássaros que dormiam, ressoando por toda parte, nos rios, nos vales e nas montanhas, provocou nele um temor tão grande que por um momento ele ficou deitado, tremendo, junto à árvore, como se quisesse ser enterrado ali. Mas seu coração, sob o peso do fardo, não se calava, não o deixava manter-se em silêncio — não o deixava respirar até que ele voltasse a gritar. E assim Gabriel gritou outra vez; e seu grito ecoou de novo; e o silêncio ainda aguardava a fala de Deus.

E vieram as lágrimas — lágrimas tantas que ele não imaginava que existissem dentro dele. Depois Gabriel disse: "Chorei como uma criancinha". Mas criança alguma jamais chorara as lágrimas que ele chorou naquela manhã, diante do Céu, à sombra da árvore poderosa. Elas emanavam de profundezas que nenhuma criança descobre, e fizeram seu corpo estremecer com calafrios que nenhuma criança suportaria. E por fim, em agonia, começou a gritar, cada grito como que rasgando sua garganta, e impedindo a respiração, fazendo lágrimas quentes descerem por seu rosto, molhando suas mãos e as raízes da árvore: "Salvai-me! Salvai-me!". E os gritos ressoavam em toda a criação, mas não houve resposta. "Não ouvi ninguém orando."

Sim, Gabriel estava naquele vale onde a mãe lhe dissera que ele se encontraria, onde não havia ajuda humana, nenhuma mão se estendia para proteger ou salvar. Ali não havia nada além da piedade de Deus — ali a batalha que se travava era entre Deus e o Demônio, entre a morte e a vida eterna. E ele tardara demais, havia se entregado ao pecado por tempo demais, e Deus não o ouviria. O tempo se esgotara, e Deus desviara o rosto.

"Aí", Gabriel testemunhava, "ouvi minha mãe cantando. Ela cantava por mim. Cantando baixinho, muito doce, ali bem do meu lado, como se soubesse que, se ela chamasse o Senhor, Ele vinha." Ao ouvir aquele canto, que ocupou todo o ar silencioso, que foi crescendo até preencher toda a Terra, que o aguardava, seu coração partiu, e no entanto começou a se elevar, livre de seu fardo; e sua garganta destravou-se, e as lágrimas desceram como se os Céus o escutassem e se abrissem. "Então louvei a Deus, que me livrou do Egito e pôs os meus pé na rocha sólida." Quando por fim levantou a vista, Gabriel viu um novo Céu e uma nova Terra; e ouviu um canto novo, pois um pregador chegara em casa. "Olhei pras minhas mãos, e as minhas mãos estavam novas. Olhei pros meus pés, e os meus pés estavam novos. E abri a minha boca pro Senhor naquele dia, e o Inferno não vai me fazer mudar de ideia." E havia, sim, cânticos por toda parte; os pássaros e os grilos e as rãs regozijavam-se, os cães ao longe saltavam e soluçavam, andando em círculos em seus pátios estreitos, e os galos cantavam do alto de todas as cercas: era um novo começo, um dia lavado em sangue!

E foi assim que teve início a sua vida como homem. Gabriel tinha acabado de completar vinte e um anos; o século ainda não tinha um ano. Ele mudou-se para a cidade, para o quarto que o aguardava no último andar da casa em que trabalhava, e começou a pregar. Casou-se com Deborah naquele mesmo ano. Depois que sua mãe morreu, começou a andar com Deborah o tempo todo. Iam juntos à casa de Deus, e, como não havia mais ninguém para cuidar dele, ela o convidava com frequência a ir a sua casa para fazer as refeições, e cuidava de suas roupas, e depois da pregação discutia com ele seu sermão; ou melhor, Gabriel ouvia enquanto Deborah elogiava.

Sem dúvida ele jamais tivera intenção de se casar com ela; essa ideia lhe parecia tão remota, Gabriel diria, como a possibilidade de voar até a Lua. Conhecia Deborah desde pequeno; ela sempre fora a amiga mais velha de sua irmã mais velha, e depois se tornou a visita mais fiel de sua mãe; para Gabriel, Deborah nunca tinha sido jovem. Era como se tivesse nascido já trajando aquele hábito severo, nada feminino, longo e desprovido de forma, sempre preto ou cinza. Parecia ter vindo ao mundo apenas para visitar os doentes, e confortar os que choravam, e preparar a roupa para os moribundos pela última vez.

Além disso, havia também a lenda de Deborah, sua história, que teria sido suficiente, mesmo se ela não fosse tão desprovida de atrativos, para situá-la eternamente fora dos portões do desejo de qualquer homem honrado. Isso, claro estava, à sua maneira silenciosa e impassível, ela parecia saber: o que as outras mulheres talvez considerassem o que mais tinham de encantador e secreto, o êxtase que podiam dar e compartilhar, para Deborah era apenas o ônus da vergonha — vergonha, a menos que um milagre de amor humano a salvasse, era tudo o que ela tinha a dar. E assim Deborah vivia naquela pequena comunidade como uma mulher que fora misteriosamente visitada por Deus, um exemplo terrível de humildade, ou uma louca santa. Seu corpo jamais ostentava nenhum ornamento; nela nada havia que tilintasse ou brilhasse, nada que fosse suave. Sua touca impecável e implacável jamais era falseada por uma fita; em seu cabelo crespo havia apenas um mínimo de óleo. Ela não fofocava com as outras mulheres — nem teria assunto para tal —, limitava-se a dizer sim e não, e ler sua Bíblia, e orar. Havia gente na igreja, até mesmo homens que pregavam o evangelho, que riam de Deborah pelas costas; mas era um riso nervoso; essas pessoas nunca tinham certeza de que não estavam rindo da maior santa que havia entre elas, o maior tesouro do Senhor, Seu vaso mais sagrado.

"Pra mim você é uma dádiva de Deus, irmã Deborah", Gabriel dizia às vezes. "Não sei o que eu faria sem você."

Pois ela lhe dava o mais belo sustento em sua nova situação; com sua fé inabalável em Deus, e sua fé em Gabriel, Deborah, mais ainda do que os pecadores que vinham chorando ao altar depois que ele pregava seu sermão, dava testemunho terreno de sua vocação; e falando, por assim dizer, na língua dos homens, ela conferia realidade ao trabalho poderoso de que o Senhor havia encarregado Gabriel.

E Deborah olhava para ele com seu sorriso tímido. "Para com isso, reverendo. Eu é que nunca me ajoelho sem dar graças a Deus pelo *senhor*."

Além disso, ela jamais o chamava de Gabriel nem de "Gabe", desde o momento em que ele começou a pregar só o chamava de "reverendo", cônscia de que o Gabriel que ela conhecera quando menino não existia mais; aquele era um novo homem em Cristo Jesus.

"Tem notícia da Florence?", ela perguntava às vezes.

"Meu Deus, irmã Deborah, eu é que devia estar te perguntando. Essa menina quase que nunca me escreve, não."

"Ela não me escreve há um tempo." Fez uma pausa. Então: "Acho que ela não está muito feliz lá no Norte, não".

"E bem feito — ela não tinha nada que cair fora daqui daquele jeito, que nem uma maluca." E depois acrescentou, com malícia: "Está sabendo se ela já casou?".

Deborah lhe dirigiu um olhar rápido, depois desviou a vista. "A Florence não tá pensando em casar, não."

Gabriel riu. "Deus abençoe o teu coração puro, irmã Deborah. Mas se essa menina não foi embora daqui procurando marido, eu não me chamo Gabriel Grimes."

"Se ela queria marido, a meu ver podia ter encontrado alguém aqui mesmo. Não vai me dizer que ela foi lá pro Norte só por isso?" E sorriu um sorriso estranho, menos grave e impessoal. Vendo isso, Gabriel pensou que o efeito sobre seu rosto era mesmo estranho: ela parecia uma menina assustada.

"Sabe", disse ele, olhando-a com mais atenção, "a Florence sempre achou que os negro daqui não tava à altura dela, não."

"Pois eu não sei", Deborah arriscou, "se algum dia ela vai achar um homem à altura dela. Orgulhosa que só ela — parece que não quer que ninguém chega perto dela."

"É", concordou Gabriel, franzindo o cenho, "tão orgulhosa que o Senhor vai dar um tombo nela um dia desses. Pode escrever o que eu digo."

"Pois é", suspirou Deborah, "diz a Palavra de Deus que o orgulho leva a pessoa à destruição."

"E a vaidade faz cair na desgraça. É o que diz a Palavra de Deus."

"É", ela sorriu de novo, "não tem como escapar da Palavra de Deus, não é, reverendo? A gente tem que ficar com ela, e pronto — porque tudo que ela diz é verdade, e nem os portão do Inferno pode com ela."

Gabriel sorriu, observando-a, e sentiu uma grande ternura encher seu coração. "*Fica* com a Palavra, irmãzinha. As janela do Céu vai se abrir e derramar tanta bênção em você que você nem vai saber onde botar elas."

Quando ela sorriu de novo, foi com uma alegria acentuada. "Ele já me abençoou, reverendo. Me abençoou quando salvou a tua alma e te mandou ir pregar o evangelho d'Ele."

"Irmã Deborah", declarou ele, falando devagar, "todo aquele tempo de pecado — você tava orando por mim?"

Ela baixou a voz um pouquinho. "A gente tava, sim, reverendo. Eu e a tua mãe, orando o tempo todo."

E Gabriel olhou para ela, tomado pela gratidão e por uma súbita conjectura louca: ele fora uma presença real para Deborah, que o observava e orava por ele durante todos aqueles anos em que, para Gabriel, ela não passava de uma sombra. E continuava orando por ele; Gabriel poderia contar com suas preces para ajudá-lo ao longo de toda a sua vida — era o que ele via agora, estampado no rosto dela. Deborah não disse nada, e não sorriu, apenas o fitava, séria, com seu olhar de bondade, um pouco questionador, um pouco tímido.

"Deus te abençoe, irmã", disse ele por fim.

Foi durante esse diálogo, ou logo depois, que a cidade foi submetida a um monstruoso encontro de avivamento. Evangelistas de todos os condados vizinhos, vindos desde a Flórida, no Sul, até Chicago, no Norte, reuniram-se todos no mesmo lugar para dividir o pão da vida. O nome do evento era Encontro de Avivamento dos Vinte e Quatro Presbíteros e foi o grande acontecimento daquele verão. Pois havia vinte e quatro presbíteros, e cada um tinha a sua noite para pregar — ou seja, para brilhar entre os homens e glorificar o Pai Celestial. Esses vinte e quatro eram todos homens de grande experiência e poder, e alguns de muita fama, e Gabriel, para seu espanto e orgulho, foi convidado para ser um deles. Aquilo era uma honra pesada para alguém que era tão jovem em sua fé e também em idade — alguém que ainda ontem jazia, coberto de vômito, nas sarjetas do pecado —, e Gabriel sentiu o coração tremer de medo quando o convite lhe foi feito. Porém sentia que era a mão de Deus que o destacara tão cedo para se pôr à prova diante de homens tão poderosos.

Gabriel deveria pregar na décima segunda noite. Ficou decidido, dada a possibilidade de que ele não atraísse público, que um número quase igual de nomes destacados se apresentaria antes e depois dele. Assim, ele seria beneficiado pela tempestade que os outros certamente já teriam provocado antes; e, se não acrescentasse nada de substancial ao efeito criado por eles, outros viriam depois para obliterar seu desempenho.

Mas Gabriel não queria que seu desempenho — no momento mais importante de sua carreira até então, do qual tanta coisa dependia — fosse obliterado; não queria que o vissem como um mero rapaz cuja participação não deveria ser levada a sério, muito menos ser considerado um candidato à premiação. Em jejum, ajoelhado diante de Deus, passou dias e noites orando, pedindo ao Senhor que realizasse uma grande obra através dele, fazendo com que todos os homens vissem que, sem dúvida, a mão de Deus estava pousada sobre ele, apontando-o como o ungido do Senhor.

Deborah, embora nada lhe tivesse sido pedido, jejuou com ele, e orou, e levou o melhor terno preto de Gabriel para que estivesse limpo e remendado e passado no grande dia. E levou-o de novo, assim que terminou o evento, para que estivesse igualmente esplêndido no domingo do grande jantar que marcaria de modo oficial o término do avivamento. Seria um domingo de festa para todos, mas em especial para os vinte e quatro presbíteros, a quem seria oferecido um banquete glorioso financiado e servido pelos santos.

Na noite em que ele deveria pregar, Gabriel e Deborah caminharam juntos até o grande salão iluminado onde pouco antes havia se apresentado uma banda de música dançante, e que fora alugado pelos santos durante todo o período do avivamento. O culto já havia começado; as luzes chegavam até as ruas, a música enchia o ar, e os passantes paravam para escutar e espiar pelas portas entreabertas. Gabriel queria que todos entrassem; queria correr pelas ruas e arrastar todos os pecadores para dentro, a fim de que ouvissem a Palavra de Deus. E, no entanto, quando se aproximaram das portas, o medo que fora contido por tantos dias e noites irrompeu dentro dele outra vez, e Gabriel se perguntou como poderia naquele momento se ver num lugar tão elevado, absolutamente sozinho, para defender o testemunho que saíra de seus lábios, de que Deus o havia chamado para pregar.

"Irmã Deborah", ele perguntou de repente, quando pararam diante das portas, "pode se sentar num lugar onde eu possa te ver?"

"Com certeza, reverendo", ela respondeu. "Sobe lá no púlpito. Confia em Deus."

Sem dizer mais nada, Gabriel virou-se, deixando-a à porta, e subiu a longa nave até o púlpito. Todos já estavam lá, homens importantes, confiantes, ordenados; sorriam e o saudavam com a cabeça enquanto ele subia os degraus; e um deles disse, olhando para a congregação, que estava tão animada quanto qualquer evangelista poderia desejar: "A gente estava só esquentando esse pessoal pra você, garoto. A gente quer ver você deixar eles *gritando*".

Gabriel sorriu no instante antes de se ajoelhar à frente de sua cadeira, uma espécie de trono, para orar; e pensou de novo, como vinha pensando há onze noites, que a naturalidade manifestada pelos presbíteros mais velhos no lugar sagrado, a leveza deles, deixava a sua alma intranquila. Sentado, esperando, viu que Deborah havia encontrado um lugar bem à frente da congregação, logo abaixo do púlpito, onde se instalou com a Bíblia no colo.

Quando, por fim, lido o texto da Escritura, feitos os testemunhos, realizada a coleta do dinheiro, ele foi apresentado — pelo presbítero que pregara na véspera — e deu por si em pé, aproximando-se do púlpito onde a grande Bíblia o aguardava, e lá embaixo viu a congregação a murmurar, Gabriel sentiu um terror vertiginoso por estar tão no alto e ao mesmo tempo, de imediato, um orgulho e um êxtase indizíveis por saber que Deus o colocara ali.

Não começou com uma canção "gritada" nem com um testemunho exaltado, e sim com uma voz seca, objetiva, apenas um pouco trêmula, pedindo que todos consultassem o sexto capítulo de Isaías, o quinto versículo; e pediu a Deborah que lesse o texto em voz alta para ele.

E ela leu, com uma voz mais forte que de costume: "Então, disse eu: 'Ai de mim! Estou perdido! Porque sou homem de lábios impuros, habito no meio de um povo de impuros lábios, e os meus olhos viram o Rei, o Senhor dos Exércitos'".

O silêncio preencheu o salão depois que ela terminou de ler a passagem. Por um momento, Gabriel sentiu-se aterrorizado diante daqueles olhos voltados para ele, e pelos presbíteros que o olhavam atrás dele, e não sabia como continuar. Então olhou para Deborah e prosseguiu.

Aquelas palavras tinham sido pronunciadas pelo profeta Isaías, que recebera o cognome "Olho de Águia" porque enxergara através dos séculos de escuridão e previra o nascimento de Cristo. Fora Isaías que havia profetizado que o homem devia ser como um refúgio contra o vento e a tempestade, fora ele que descrevera o caminho da santidade dizendo que a terra seca deveria transformar-se em brejo e ribeiros de água: até o deserto haveria de alegrar-se e florescer. Fora Isaías que profetizara, dizendo: "Pois já nasceu uma criança, Deus nos mandou um menino que será o nosso rei". Esse homem, Deus fizera crescer no caminho direito, Deus escolhera para fazer muitas obras importantes, e no entanto esse homem, diante da visão da glória de Deus, exclamou: "Ai de mim!".

"Isso!", gritou uma mulher. "*Fala!*"

"Há uma lição para todos nós nesse grito de Isaías, um significado para todos nós, uma lição dura. Se nunca demos esse grito, então nunca conhecemos a salvação; se não vivemos com esse grito, a cada hora, a cada dia, na meia-noite, à luz do meio-dia, então a salvação nos deixou para trás e nossos pés pisam o Inferno. Sim, que nosso Deus seja abençoado para sempre! Quando deixamos de tremer diante d'Ele, é porque nos desviamos do caminho."

"Amém!", exclamou uma voz de longe. "Amém! É isso aí, garoto!"

Gabriel fez uma breve pausa e enxugou a testa, o coração cheio de temor e tremor, e de poder.

"Pois lembremos que o salário do pecado é a morte; que está escrito, e quanto a isso não há erro, que aquele que pecar, esse morrerá. Lembremos que nascemos no pecado, e no pecado nossas mães nos conceberam — o pecado rege todos os nossos membros, o pecado é o líquido natural do coração imundo, o pecado olha pelo olho, amém, e nos leva à lascívia, o pecado está no ouvido, e leva à loucura, o pecado está na língua, e leva ao assassinato. Sim! O pecado é o único legado do homem natural, que nos foi passado por nosso pai natural, aquele Adão caído cuja maçã faz adoecer e fará adoecer todas as gerações que vivem, e as gerações que ainda não nasceram! Foi o pecado que expulsou o filho da manhã do Céu, o pecado que expulsou Adão do Éden, o pecado que levou Caim a matar seu irmão, o pecado que construiu a torre de Babel, o pecado que fez com que o fogo devorasse Sodoma — o pecado, desde os próprios fundamentos do mundo, vivendo e respirando no coração do homem, faz com que as mulheres deem à luz seus filhos na agonia e na escuridão, verga as costas do homem com um trabalho terrível, mantém vazia a barriga vazia, mantém nua a mesa, faz nossos filhos e filhas, cobertos de andrajos, penetrar os prostíbulos e salões de dança do mundo!"

"Amém! Amém!"

"Ah. Ai de mim. Ai de *mim*. Sim, amados, não há bem no homem. Todos os corações humanos são maus, todos os homens são mentirosos — apenas Deus é verdadeiro. Ouçamos o grito de Davi: 'O Senhor é a minha rocha, a minha cidadela, o meu libertador; o meu Deus, o meu rochedo em que me refugio; o meu escudo, a força da minha salvação, o meu baluarte'. Ouçamos Jó, sentado em meio a pó e cinzas, cercado de falsos consoladores: 'Eis que me matará, já não tenho esperança; contudo, defenderei o meu procedimento'. E ouçamos Paulo, antes chamado Saulo, perseguidor dos redimidos, golpeado na estrada de Damasco, indo pregar o evangelho: 'E, se sois de Cristo, também sois descendentes de Abraão e herdeiros segundo a promessa!'."

"Isso", exclamou um dos presbíteros, "bendito seja o nosso Deus pra sempre!"

"Pois Deus tinha um plano. Ele não permitiria que a alma do homem morresse, e por isso havia preparado um plano para a sua salvação. No princípio, bem lá no começo, quando foram lançados os fundamentos do mundo, Deus já tinha um plano, *amém!*, o plano de levar a toda carne o conhecimento da verdade. No princípio era o Verbo, e o Verbo estava com Deus e o Verbo era Deus — sim, e n'Ele era a vida, *aleluia!*, e essa vida era a luz dos homens. Meus queridos, quando Deus viu como os corações dos homens se inclinavam para o mal, como se desviavam do caminho, cada um tomando o seu, como casavam e davam a mão em casamento, como se entregavam às carnes proibidas e à bebida, e sucumbiam à lascívia, e blasfemavam, e seus corações se inchavam de orgulho pecaminoso contra o Senhor — ah, então o Filho de Deus, o cordeiro abençoado que tira os pecados do mundo, esse Filho de Deus que era o Verbo feito carne, a realização da promessa — ah, então Ele se voltou para Seu Pai, exclamando: 'Pai, prepara um corpo para mim que eu vou descer e redimir o homem pecaminoso'."

"Que *felicidade* essa noite, o Senhor seja louvado!"

"Pais aqui presentes, já tiveram um filho que se desviou do caminho? Mães, viram suas filhas serem derrubadas no orgulho e na plenitude da juventude? Algum homem aqui presente ouviu o mandamento que veio a Abraão, de que ele devia fazer um sacrifício de seu filho no altar de Deus? Pais, pensem em seus filhos, como vocês sofrem por eles e tentam levá-los no bom caminho, alimentá-los para que cresçam fortes; pensem no seu amor pelo *seu* filho e na dor que *Deus* suportou ao baixar Seu único Filho gerado para viver em meio aos homens na Terra pecaminosa, para ser perseguido, sofrer, carregar a cruz e *morrer* — não pelos pecados *d'Ele*, como os nossos filhos naturais, mas pelos pecados de *todo* o mundo, para tirar os pecados de *todo* o mundo —, pra que nós pudéssemos ter a felicidade de ouvir sinos batendo nos nossos corações nesta noite!"

"Louvado seja Ele!", gritou Deborah, e Gabriel nunca ouvira sua voz tão alta.

"Ai de mim, pois quando Deus golpeou o pecador, os olhos do pecador se abriram, e ele se viu em toda a sua imundície, nu diante da glória de Deus. Ai de mim! Pois o momento da salvação é uma luz ofuscante, penetrando no coração, descendo como um raio do Céu — do Céu que é tão alto e o pecador, tão baixo. *Ai de mim!* Pois se Deus não levantasse o pecador, ele jamais haveria de se levantar!"

"Sim, meu Senhor! Eu estive lá!"

Quantos dos presentes ali, naquela noite, haviam caído onde Isaías caiu? Quantos haviam gritado — como Isaías gritou? Quantos poderiam testemunhar, como testemunhou Isaías: "Os meus olhos viram o Rei, o Senhor dos Exércitos"? Ah, todo aquele que não conseguisse dar esse testemunho jamais veria Seu rosto, e sim ouviria, naquele grande dia: "Apartai-vos de mim, os que praticam a iniquidade", e seria lançado para toda a eternidade no lago de fogo preparado para Satanás e todos os seus anjos. Ah, o pecador se elevaria naquela noite e caminharia o pequeno trecho que levava à salvação, dali até o propiciatório?

E Gabriel esperou. Deborah o observava com um sorriso tranquilo e forte. Ele correu o olhar sobre aqueles rostos, aqueles rostos todos voltados para cima, para ele. Viu êxtase naqueles rostos, uma animação sagrada, e fé — e todos olhavam para cima, para ele. Então, bem lá atrás, levantou-se um rapaz, alto e negro, camisa branca aberta no pescoço e rasgada, as calças sujas de poeira e gastas, presas com uma gravata velha, e seu olhar atravessou toda aquela distância imensurável, terrível, ofegante, chegando até Gabriel, e o rapaz começou a caminhar pela nave longa e iluminada. Alguém gritou: "Ah, louvado seja o Senhor!". E os olhos de Gabriel se encheram de lágrimas. O rapaz ajoelhou-se, em prantos, diante do propiciatório, e a igreja começou a cantar.

Então Gabriel desviou a vista, cônscio de que naquela noite ele se saíra bem, e que Deus o havia usado. Todos os presbíteros sorriam, e um deles tomou-o pela mão, dizendo: "Foi muito bom, garoto. Muito bom".

Então veio o domingo do jantar espetacular que encerraria o avivamento — para o qual Deborah e todas as outras mulheres haviam cozido, assado e fritado durante muitos dias. Gabriel sugeriu, em tom de brincadeira, para recompensá-la em parte por ela ter afirmado que ele era o melhor pregador do evento, que Deborah era a melhor cozinheira. Tímida, Deborah retrucou que nesse ponto Gabriel estava em desvantagem, pois ela ouvira todos os pregadores, mas ele havia muito tempo não comia algo preparado por outra mulher.

Quando chegou o domingo e ele se viu mais uma vez em meio aos presbíteros, prestes a sentar-se à mesa, Gabriel sentiu uma quebra de sua expectativa alegre orgulhosa. Não se sentia à vontade entre aqueles homens — era isso —, era-lhe difícil aceitá-los como homens mais velhos e superiores a ele na fé. Eles lhe pareciam tão relaxados, quase mundanos; não eram como aqueles profetas sagrados de outrora, que se tornavam magros e nus a serviço do Senhor. Esses ministros de Deus haviam engordado e usavam roupas ricas e variadas. Estavam na ativa havia tanto tempo que não tremiam mais diante de Deus. Consideravam o poder de Deus algo que lhes era devido, algo que tornava ainda mais empolgante a atmosfera especial de confiança em que viviam. Gabriel tinha impressão de que cada um deles se valia de um saco cheio de sermões prontos para serem pregados; e sabiam de imediato qual sermão deveria ser apresentado para qual congregação. Embora pregassem com grande autoridade e fizessem as almas se humilharem diante do altar — tal como um camponês, no trabalho cotidiano, corta tantas espigas de milho —, eles não davam a Deus a glória nem sequer viam aquilo como glória; *podiam perfeitamente*, pensava Gabriel, *ser artistas de circo muito bem pagos, cada um com seu talento deslumbrante especial*. Gabriel constatava que eles, em tom de pilhéria, comparavam os números de almas que cada um havia salvado, como se estivessem marcando os pontos acumulados num salão de sinuca. E isso o ofendia e o assustava. Ele não queria jamais vir a encarar de modo tão trivial o dom de Deus.

Eles, os ministros, estavam sendo servidos a sós no salão de cima — os trabalhadores menos especializados nas vinhas de Cristo estavam sendo alimentados numa mesa no andar de baixo —, e as mulheres ficavam o tempo inteiro subindo e descendo a escada com travessas cheias, para que todos comessem à tripa forra. Deborah era uma dessas serventes, e, embora não falasse, e apesar do desconforto de Gabriel, ele quase explodia de orgulho quando ela entrava no salão, por saber que Deborah o via sentado ali, tão sereno e tão viril, em meio àqueles homens célebres, com o traje severo, preto e branco, que era seu uniforme. *Ah, pensava ele, se sua mãe pudesse estar ali para vê-lo* — o filho dela, tão elevado!

Porém, mais perto do fim do jantar, quando as mulheres trouxeram as tortas, o café, o creme de leite, quando a conversa em torno da mesa se tornou mais alegre e solta do que antes, mal a porta se fechara após a saída das mulheres e um dos presbíteros, um homem corpulento, alegre, de cabelo arruivado, cujo rosto, o que certamente testemunhava a violência de sua origem, era marcado por sardas que pareciam sangue seco, riu e disse, referindo-se a Deborah, que aquela era mesmo uma mulher santa! Ela se engasgara desde tão cedo com leite de brancos, e esse leite ainda estava azedando na barriga dela, que agora nunca havia de encontrar um negro que a deixasse provar sua substância mais rica e doce. Todos à mesa caíram na gargalhada, mas Gabriel sentiu que seu sangue gelava ao ver ministros de Deus entregar-se a tamanha leviandade, e que a mulher enviada por Deus para confortá-lo, sem o apoio de quem ele teria mais que depressa se desviado do caminho, fosse tão desonrada por eles. Aqueles homens sentiam, Gabriel percebeu, que não haveria nada de mal em trocar algumas gargalhadas grosseiras entre eles; estavam tão arraigados na fé que não seriam derrubados por um toque tão insignificante do martelo de Satanás. Mas Gabriel ficou olhando fixamente para aqueles rostos que riam ruidosamente e pensou que eles teriam muita coisa a responder no dia do juízo, pois eram pedras de tropeço no caminho do verdadeiro crente.

Então o homem de cabelo arruivado, surpreso com o rosto atônito e reprovador de Gabriel, cessou de rir de repente, perguntando: "O que houve, meu filho? Eu não disse nada que te ofendeu, não, disse?".

"Foi ela que leu a Bíblia pra você na noite em que você pregou, não foi?", perguntou um dos outros presbíteros, num tom conciliador.

"Aquela mulher", disse Gabriel, sentindo um turbilhão na cabeça, "é minha irmã no Senhor."

"Bem, o presbítero Peters, ele não sabia disso", rebateu outro homem. "Ele não teve nenhuma má intenção."

"Você não vai ficar zangado, não é?", indagou o presbítero Peters, num tom simpático — porém havia ainda, percebeu Gabriel, atento, algo de zombeteiro no rosto e na voz do homem. "Você não vai estragar nosso jantarzinho, não é?"

"Não acho direito", disse Gabriel, "falar mal de *ninguém*. A Palavra de Deus diz que não é direito fazer troça de ninguém."

"Mas lembra", declarou o presbítero Peters, no mesmo tom simpático de antes, "aqui você está falando com teus *mestres*."

"Se é assim", ele retrucou, atônito com a própria ousadia, "se eu tenho que ver vocês como um exemplo, vocês devia *dar* um bom exemplo."

"Ora", começou outro, num tom jovial, "você não pretende casar com essa mulher nem nada — então não vá criar caso e estragar o nosso encontro. O presbítero Peters não tinha má intenção. Se *você* nunca diz nada pior do que o que ele disse, pode se considerar já um eleito lá em cima, no Reino."

Diante desse comentário, uma pequena onda de risos percorreu a mesa; todos voltaram a comer e beber, como se o assunto estivesse encerrado.

No entanto, Gabriel sentia que os havia surpreendido; ele os havia desmascarado e aqueles homens estavam um pouco envergonhados e confusos diante da sua pureza. E de repente entendeu as palavras de Cristo: "Muitos são chamados, mas poucos escolhidos". Isso mesmo; e olhou para seus comensais, que haviam recuperado a jovialidade, porém estavam um tanto atentos, agora, para ele — e se perguntou: quais, entre todos aqueles, se sentariam em glória à mão direita do Pai?

E então, relembrando o comentário animado e irrefletido do presbítero Peters, o que esse homem disse fez com que se reunissem dentro de Gabriel todas aquelas dúvidas e temores sombrios, aquelas hesitações e ternura, que ele sentia em relação a Deborah; o somatório desses sentimentos, deu-se conta naquele momento, era a certeza de que havia naquela relação algo predestinado. Ocorreu-lhe que, tal como o Senhor lhe dera Deborah para ajudá-lo a se pôr de pé, assim também o Senhor o dera a ela para elevá-la, para libertá-la daquela desonra que os olhos dos homens lhe atribuíam. E essa ideia o encheu, de súbito, por completo, com a intensidade de uma visão: que mulher melhor poderia encontrar? *Ela* não era como aquelas filhas de Sião que andavam como se estivessem dançando! Não era vista a zanzar pela rua, lúbrica, os olhos sonolentos e a boca entreaberta, nem andava junto às cercas à meia-noite, descoberta, revelando a maldição de algum rapaz negro! Não; o leito matrimonial deles seria sagrado, e seus filhos continuariam a linhagem dos fiéis, uma linhagem real. E, animado com esse pensamento, um fogo mais vil despertou dentro dele, reativando um temor semiadormecido, e ele lembrou-se (enquanto a mesa, os ministros, o jantar, as conversas voltaram a envolvê-lo como antes) do que Paulo tinha escrito: "É melhor casar do que viver abrasado".

No entanto, pensou, *era bom esperar um pouco; tentaria compreender melhor os planos do Senhor em relação a isso.* Pois lembrou-se de que Deborah era muito mais velha do que ele — oito anos de diferença; e tentou imaginar, pela primeira vez na vida, aquela desonra que fora imposta a ela tantos anos atrás por homens brancos: a saia puxada para cima da cabeça, a exposição de seu segredo — obra de homens brancos. Quantos teriam sido? Como ela suportara aquilo? Teria gritado? Então pensou (mas isso não incomodava muito, pois, se Cristo se deixara ser crucificado para salvar Gabriel, então ele, para glória maior de Cristo, podia muito bem ser escarnecido) nos sorrisos que seriam provocados, as conjecturas imundas, agora um tanto adormecidas, que brotariam da noite para o dia como cogumelos, como a mamoneira de Jonas, quando as pessoas ficassem sabendo que ele e Deborah iam se casar. Deborah, que fora a prova viva e testemunha da vergonha cotidiana deles, e que se tornara para o povo uma espécie de louca santa, e ele, que fora o violador indomável de suas filhas, e ladrão de suas esposas, o próprio príncipe das trevas! E Gabriel sorria, contemplando o rosto bem alimentado dos presbíteros, as mandíbulas a trabalhar — todos eles pastores nem um pouco santos, econômos infiéis; orou para que nunca se tornasse tão gordo nem tão lascivo quanto eles, mas que Deus fizesse através dele obras poderosas: que ressoassem, talvez, por gerações ainda não nascidas, como provas doces, solenes e poderosas de Seu amor e Sua piedade imorredouros. Gabriel tremia ao sentir-se cercado por uma presença; mal conseguia permanecer sentado. Sentia que brilhava sobre ele uma luz vinda do Céu, sobre ele, o escolhido; sentia-se tal como Cristo devia ter se sentido no templo, diante dos doutores de lá, mais velhos que Ele, totalmente atônitos; e levantou a vista, sem dar importância aos olhares e pigarros dos presbíteros, nem ao silêncio que de súbito se instaurou na mesa, pensando: *É, Deus age de muitos modos misteriosos para realizar Suas maravilhas.*

"Irmã Deborah", disse ele muito mais tarde naquela noite, quando a levava em casa, "o Senhor fez uma coisa no meu coração e peço que você me ajude, orando, pedindo pra Ele me guiar."

Gabriel ficou a pensar se ela conseguira adivinhar o que ele tinha em mente. O rosto dela exprimia apenas paciência quando, virando-se para ele, disse: "Eu oro o tempo todo. Mas, se está pedindo, essa semana vou orar mais ainda".

E foi durante esse período de preces que Gabriel teve um sonho.

Depois, não conseguia lembrar como começara o sonho, o que acontecia antes, de quem ele estava acompanhado, nenhum detalhe. Pois na verdade eram dois os sonhos, sendo o primeiro uma antevisão vaga, confusa e infernal do segundo. Desse primeiro sonho, a abertura, ele só se lembrava do clima, semelhante ao do dia que o tivera — pesado, cercado por perigos, Satanás a seu lado, tentando derrubá-lo. Naquela noite, enquanto ele tentava dormir, Satanás enviou demônios para sua cabeceira — velhos amigos com quem Gabriel perdera contato, situações envolvendo bebida e jogo que ele achava que nunca mais voltariam para atormentá-lo, mulheres que ele conhecera. E as mulheres eram tão reais que era como se quase pudessem ser tocadas; voltaram a seus ouvidos os risos e suspiros delas, e ele voltou a sentir nas mãos o contato de suas coxas e seus seios. Embora Gabriel fechasse os olhos e chamasse Jesus — repetindo vez após vez o nome de Jesus —, seu corpo pagão enrijecia e ardia, e as mulheres riam. E lhe perguntavam por que ele estava sozinho naquela cama estreita quando elas estavam à sua espera; por que prendera seu corpo dentro daquela armadura de castidade enquanto elas suspiravam e se reviravam na cama pensando nele. E Gabriel suspirava e se revirava, cada movimento era uma tortura, cada toque dos lençóis era uma carícia lasciva — mais abominável em sua imaginação do que qualquer carícia que ele tivesse recebido na vida. Cerrou os punhos e começou a implorar o sangue, a exorcizar os exércitos do Inferno, mas até mesmo esse movimento era semelhante a um outro, e por fim ele se ajoelhou para orar. Pouco a pouco foi mergulhando num sono atormentado — ele ia ser apedrejado, e depois se viu num campo de batalha, e depois naufragando no mar — quando de repente acordou, sabendo que certamente havia sonhado, pois a virilha estava coberta com sua própria semente branca.

Em seguida, tremendo, levantou-se e lavou-se. Aquilo era um alerta, e ele sabia disso, parecendo ver diante de si a cova cavada por Satanás — profunda e silenciosa, à sua espera. Pensou no cão que torna ao seu vômito, no homem que fora limpo, caiu e foi possuído por sete demônios, e essa última condição foi pior do que a primeira. E pensou por fim, ajoelhado junto à cama fria, mas com um coração quase doente demais para orar, em Onã, que derramara sua semente por terra para não dar uma posteridade a seu irmão. *Filho de Davi, filho de Abraão.* E novamente chamou o nome de Jesus; e voltou a dormir.

Sonhou então que estava num lugar frio e alto, como uma montanha. Tão alto, tão alto, que ele caminhava na névoa e na nuvem, mas à sua frente estendia-se uma subida branca, a encosta íngreme desse monte. Uma voz lhe disse: "Sobe mais". E ele subiu. Pouco depois, agarrado à rocha, viu que só havia nuvens acima e névoa abaixo — e sabia que além da muralha da névoa reinava o fogo. Seus pés começaram a escorregar; pedras pequenas e grandes soavam debaixo dos seus pés; ele olhou para o alto, tremendo, com muito medo de morrer, e exclamou: "Senhor, não consigo subir mais". A voz, porém, repetiu após um momento, tranquila, forte, irresistível: "Vem, filho. Sobe mais". Assim, ele entendeu que, para não cair e morrer, tinha que obedecer à voz. Continuou a subida, e seus pés escorregaram mais uma vez; e, quando achou que fosse cair, surgiram de súbito a sua frente umas folhas verdes e espinhosas; Gabriel agarrou-se a uma delas, ferindo a mão, e a voz disse de novo: "Sobe mais". E desse modo Gabriel continuou subindo, o vento atravessando suas roupas, os pés começando a sangrar, as mãos sangrando; e mesmo assim ele subia, sentindo que as costas quase se partiam; e as pernas se tornavam dormentes e tremiam, sem que ele pudesse controlá-las; e só havia diante dele nuvens, e lá embaixo a névoa a rugir. Por quanto tempo subiu, ele não sabia. Então, de repente, a nuvem dissipou-se, Gabriel sentiu o sol como uma coroa de glória e deu por si num campo tranquilo.

Começou a caminhar. Agora trajava vestes longas e brancas. Ouviu uma voz cantando: "Era belo o vale que o Senhor me deu, perguntei pra Ele se era mesmo meu". Mas Gabriel sabia que era. Disse uma voz: "Vem comigo". E ele caminhou, e viu-se outra vez à beira de um lugar alto, porém banhado e abençoado e glorificado pelo sol forte, de modo que ele era como Deus, todo de ouro, e olhou para baixo, lá para baixo, vendo o longo percurso que seguira, a montanha íngreme que havia subido. E naquele momento, no alto da montanha, de vestes brancas, vieram os eleitos. "Não toques neles", disse a voz. "Meu selo está neles." E Gabriel virou-se e caiu deitado de bruços, e a voz lhe disse de novo: "Assim será a tua descendência". Então Gabriel despertou. A manhã iluminava a janela, e ele deu graças a Deus, deitado na cama, o rosto banhado de lágrimas, pela visão que tivera.

Quando foi ter com Deborah e lhe disse que o Senhor o levara a pedir a ela para se tornar sua esposa, sua sagrada ajudante, por um momento a mulher deu impressão de estar muda de terror. Ele nunca vira uma expressão como aquela em seu rosto. Pela primeira vez, desde que a conhecera, tocou nela, pondo as mãos em seus ombros, pensando no toque nada carinhoso que aqueles ombros haviam recebido outrora, e que agora ela se tornaria honrada. E perguntou: "Você não tá com medo, não, não é, irmã Deborah? Não tem nenhum motivo pra ter medo, não é?".

Ela tentou sorrir, mas acabou chorando. Com um movimento ao mesmo tempo violento e vacilante, inclinou a cabeça para a frente, encostando-a no peito dele.

"Não", respondeu, a voz abafada pelos braços dele, "não estou com medo, não." Mas não parou de chorar.

Gabriel acariciou seu cabelo grosso. "Deus te abençoe, garotinha", disse ele, confuso. "Deus te abençoe."

* * *

O silêncio na igreja cessou quando o irmão Elisha, ajoelhado perto do piano, deu um grito e caiu para trás, sob o poder do Senhor. Imediatamente, dois ou três outros também gritaram, e um vento, prenunciando a grande enxurrada que todos aguardavam, percorreu a igreja. Com esse grito, e os outros que vieram como ecos, o *tarry service* passou da primeira etapa, a dos murmúrios constantes, interrompidos por lamentos em voz baixa e aqui e ali um grito isolado, para a etapa das lágrimas e gemidos, de súplicas gritadas e cantos, lembrando o trabalho de parto de uma mulher. Nessa eira, a criança era a alma lutando para vir à luz, e era a própria igreja que estava em trabalho de parto, contorcendo-se, fazendo força, clamando o nome de Jesus. Quando o irmão Elisha gritou e caiu para trás, a irmã McCandless levantou-se e aproximou-se dele, para ajudá-lo a orar. Pois o renascimento da alma era perpétuo; só mesmo renascendo a cada hora era possível deter a mão de Satanás.

A irmã Price começou a cantar:

Eu quero atravessar, Senhor,
Eu quero atravessar.
Levai-me pra lá, Senhor,
Levai-me pra lá.

Uma voz solitária, à qual outras se juntaram, entre elas, hesitante, a voz de John. Gabriel reconheceu a voz. Quando Elisha gritou, Gabriel foi trazido de volta no mesmo instante para o tempo e o lugar do presente, temendo que tivesse ouvido John, que fosse John que fora derrubado, atônito, pelo poder do Senhor. Por um triz não levantou a vista e se virou para ver; mas então percebeu que era Elisha, e seu temor se dissipou.

Seja feita a vossa vontade, Senhor,
Seja feita a vossa vontade.

Seus dois filhos estavam ausentes naquela noite, nenhum dos dois jamais gritara na eira. Um deles estava morto havia quase catorze anos — morto numa taverna em Chicago, com uma faca cravada no pescoço. E o filho vivo, o garoto, Roy, já era um temerário e tinha o coração duro: estava deitado em casa, em silêncio, cheio de rancor dirigido ao pai, com um curativo na testa. Eles não estavam presentes. Apenas o filho da escrava estava ali, onde deveria estar seu herdeiro legítimo.

Eu hei de obedecer, Senhor,
Eu hei de obedecer.

Gabriel sentia que devia se levantar e orar perto de Elisha — quando um homem grita, cabe a outro agir como seu intercessor. E ele pensou com que prazer se levantaria, com que poder oraria, se fosse seu filho gritando agora, deitado na eira. Porém permaneceu ajoelhado, a cabeça baixa. Cada grito que vinha de Elisha o dilacerava. Ouvia o grito do filho morto e do filho vivo; um, gritando para sempre no fundo do poço, além de qualquer esperança de piedade; e o outro que choraria um dia, quando se esgotasse a piedade.

Então Gabriel tentou, com o testemunho que possuía, com todos os sinais do favorecimento que Deus lhe dera, colocar-se entre o filho vivo e a treva que aguardava a hora de devorá-lo. O filho vivo o havia xingado — *filho da puta* — e seu coração estava longe de Deus; era impossível que o xingamento que ouvira naquela noite dos lábios de Roy não fosse um eco, tão distante, tão persistente, do que a mãe de seu primeiro filho havia pronunciado quando ela afastou o bebê de si própria — ela mesma imediatamente partindo, com o xingamento nos lábios, rumo à eternidade. Aquela maldição havia devorado o primeiro Royal; ele fora concebido em pecado, e em pecado havia morrido; era o castigo de Deus, e era justo. Mas Roy fora gerado no leito matrimonial, o leito que Paulo chamara de sagrado, e era para ele que o Reino fora prometido. Não era possível que o filho vivo fosse amaldiçoado pelos pecados do pai; pois Deus, depois de muitos gemidos, de muitos anos, dera-lhe um sinal para que ele entendesse que fora perdoado. E, no entanto, Gabriel compreendia agora que esse filho vivo, esse Royal temerário e vivo, talvez fosse amaldiçoado pelo pecado da mãe, que jamais dele se arrependera deveras; por isso, a prova viva do pecado dela, aquele que agora se ajoelhava, um verdadeiro estranho entre os santos, colocava-se entre a alma dela e Deus.

Sim, ela tinha o coração duro, e o pescoço rígido, difícil de se curvar, essa Elizabeth que ele havia desposado: ela não parecia ser assim, anos atrás, quando o Senhor tocou seu coração para que ele a elevasse, ela e seu filho sem nome, que agora ostentava o nome de Gabriel. E o filho era exatamente igual à mãe, calado, observador, cheio de orgulho mau — eles dois seriam lançados, um dia, na treva exterior.

Uma vez Gabriel havia perguntado a Elizabeth — estavam casados havia um bom tempo, Roy era bebê e ela estava grávida de Sarah — se ela tinha se arrependido de verdade de seu pecado.

E Elizabeth virou-se para ele e disse: "Você já me perguntou isso antes. E eu já respondi que sim".

Mas ele não acreditou, e insistiu: "Tá dizendo que não ia fazer isso de novo? Se voltasse atrás, ia fazer de novo?".

Ela olhou para baixo; então, com impaciência, fitou-o outra vez. "Bom, se eu voltasse atrás, Gabriel, e fosse a mesma garota que eu era…!"

Houve um longo silêncio, enquanto Elizabeth esperava. Por fim, quase contra a vontade, Gabriel perguntou: "E… você deixava *ele* nascer de novo?".

Ela respondeu, com voz firme: "Eu sei que você não tá me pedindo para dizer que eu lamento ter colocado o Johnny no mundo, não é?". E, não tendo resposta: "Escuta aqui, Gabriel. Eu não vou deixar você me *fazer* lamentar. Nem você, nem nada, nem ninguém nesse mundo. A gente tem *dois* filhos, Gabriel, porque daqui a pouco vai ser *três*; e eu não vou fazer diferença entre eles, e você também não vai".

Mas como podia não haver diferença entre o filho de uma mulher fraca e orgulhosa e algum rapaz irresponsável, e o filho que Deus lhe prometera, que levaria adiante a linhagem jubilosa do nome do pai, que trabalharia até o dia do segundo advento para realizar o Reino de Seu Pai? Pois Deus lhe havia prometido isso muitos anos atrás, e era só por isso que Gabriel vivia — abrindo mão do mundo e de seus prazeres, das alegrias da própria vida, ele aguardara todos esses anos duros para ver a promessa do Senhor se realizar. Deixara Esther morrer, e Royal tinha morrido, e Deborah morrera estéril — mas ele se agarrara à promessa; caminhara diante de Deus sinceramente arrependido e esperava a realização da promessa. E o tempo da realização certamente estava próximo. Bastava que ele contivesse sua alma na paciência e aguardasse diante do Senhor.

E sua mente, refletindo em Elizabeth com ressentimento, mesmo assim recuou para pensar mais uma vez em Esther, que fora a mãe do primeiro Royal. E a viu, com os fantasmas mudos, pálidos e atônitos do êxtase e do desejo ainda vivos dentro dele, uma garota magra, intensa, de olhos negros, com algo de indígena nas maçãs do rosto, no porte e no cabelo, fixando nele um olhar que combinava deboche, afeto, desejo, impaciência e desprezo; trajando roupas cor de fogo que na verdade ela raramen-

139

te usava, mas que sempre apareciam em sua mente quando ele se lembrava dela. Em sua mente, ela estava associada ao fogo, às folhas cor de chama do outono, e ao sol ardente se pondo ao final da tarde atrás do morro mais distante, e às chamas eternas do Inferno.

Ela chegara à cidade logo depois que ele e Deborah se casaram, e foi trabalhar como empregada para a mesma família branca para quem Gabriel trabalhava. Assim, ele a via o tempo todo. Sempre havia rapazes esperando por Esther na porta dos fundos quando ela encerrava o expediente; Gabriel costumava vê-la afastar-se ao entardecer de braços dados com um rapaz, e as vozes e os risos dos dois em seus ouvidos eram como um deboche da sua situação. Ele sabia que Esther morava com a mãe e o padrasto, gente pecaminosa, que gostava de beber e jogar e ouvir ragtime e blues, que jamais, tirando o Natal e a Páscoa, aparecia na igreja.

Gabriel começou a sentir pena dela, e uma noite, quando ia pregar, convidou-a para ir à igreja. Foi ao receber esse convite que Esther pela primeira vez olhou de verdade para Gabriel — ele se deu conta disso na hora, e relembraria aquele olhar por muitos dias e muitas noites.

"Você vai mesmo pregar hoje? Um homem bonito feito você?"

"Com a ajuda do Senhor", ele respondeu, com uma seriedade tão extrema que quase chegava a ser hostilidade. Ao mesmo tempo, ao vê-la e ouvir sua voz, sentiu algo dar um salto dentro de si, algo que ele julgava ter suprimido para sempre.

"É, quem sabe eu vou gostar muito", disse ela após um momento, dando impressão de que por um instante se arrependera da impetuosidade que a levara a chamá-lo de "bonito".

"Você vai estar livre hoje pra ir lá?", ele não conseguiu deixar de perguntar.

E ela sorriu, adorando o que lhe pareceu um elogio oblíquo. "Não sei, não, reverendo. Mas vou tentar."

Ao fim do expediente, ela desapareceu de braços dados com mais um rapaz. Gabriel imaginava que ela não fosse comparecer. E isso lhe causou uma depressão tão estranha que ele mal conseguiu conversar com Deborah no jantar, e os dois caminharam até a igreja em silêncio. Deborah o observava com o canto do olho, um hábito silencioso e irritante dela. Era a sua maneira de manifestar respeito pela vocação de Gabriel; e teria respondido, se tivesse ocorrido a ele alguma vez lhe perguntar, que ela não queria incomodá-lo quando o Senhor impunha algo a seu coração. Naquela noite, como Gabriel ia pregar, não havia dúvida de que o Senhor falava mais do que de costume; e cabia a ela, como auxiliar do ungido de Deus, como a guardadora, por assim dizer, do templo santificado, guardar silêncio. No entanto, naquela hora ele tinha vontade de falar. Tinha vontade de fazer perguntas a Deborah — sobre tantas coisas; de ouvir sua voz, de observar seu rosto enquanto ela lhe falava do seu dia, suas esperanças, suas dúvidas, sua vida e seu amor. Mas Gabriel e Deborah jamais conversavam. A voz que ele escutava em sua mente, e o rosto que ele observava com muito amor e atenção, não pertenciam a Deborah, e sim a Esther. Mais uma vez ele sentiu um calafrio estranho em seu interior, que significava desastre e prazer; e começou a desejar que Esther não viesse, que alguma coisa o impedisse de vê-la novamente.

Porém Esther veio; chegou tarde, na hora exata em que o pastor estava prestes a apresentar o orador da vez à congregação. Não veio sozinha, e sim acompanhada da mãe — a quem prometera algum espetáculo que Gabriel não conseguia imaginar, tal como não conseguia imaginar como ela escapara do rapaz daquela noite. Mas fora isso que acontecera; Esther estava presente; preferia, portanto, ouvi-lo pregar o evangelho a gozar delícias carnais com outros. Estava presente, e o coração de Gabriel se elevou; alguma coisa explodiu em seu coração quando a porta se abriu revelando a chegada de Esther, com um leve sorriso, olhando para baixo, indo diretamente para um lugar no fundo da congregação. Não olhou para ele de modo algum, e no entanto Gabriel percebeu na mesma hora que ela o vira. E no momento seguinte imaginou-a, por causa do sermão que ia pregar, ajoelhada diante do altar, e depois a mãe e o padrasto, aquele homem viciado em jogo que falava alto, os dois levados por Esther ao culto do Senhor. Cabeças viraram-se quando elas entraram, e um murmúrio, quase inaudível, de espanto e prazer percorreu a igreja. Ali estavam aquelas pecadoras que tinham vindo para ouvir a Palavra de Deus.

E, de fato, o traje delas já evidenciava a vida pecaminosa que levavam: Esther usava um chapéu azul enfeitado com muitas fitas e um vestido pesado, vermelho cor de vinho; a mãe, grandalhona e mais retinta do que Esther, ostentava enormes brincos de ouro nas orelhas e tinha aquele ar, vagamente indecoroso, de quem se veste às pressas, que caracterizava algumas mulheres que ele conhecera em casas de má reputação. Elas se instalaram no fundo da igreja, rígidas e desconfortáveis, como irmãs no pecado, um desafio vivo à santidade austera dos santos. Deborah virou-se e olhou para os recém-chegados, e naquele momento Gabriel viu, como se pela primeira vez, como era retinta e ossuda, e como não tinha nada de desejável. Deborah o fitou com um silêncio atento; Gabriel sentiu que a mão segurando a Bíblia suava e tremia; pensou nos gemidos sem prazer em seu leito matrimonial; e odiou Deborah.

Então o pastor se levantou. Enquanto ele falava, Gabriel mantinha os olhos fechados. Sentia que as palavras que estava prestes a pronunciar fugiam dele; sentia que o poder de Deus se esvaía dele. Até que a voz do pastor cessou, Gabriel abriu os olhos no silêncio que se instaurou e percebeu que todos os olhares estavam fixos nele. E assim se levantou e encarou a congregação.

"Caros amados no Senhor", começou — mas os olhos de Esther estavam fixos nele, aquele ar estranho e zombeteiro —, "abaixemos a cabeça e oremos." Fechou os olhos e abaixou a cabeça.

Ao recordar esse sermão depois, teve a impressão de estar relembrando uma tempestade. No momento em que levantou a cabeça e voltou a olhar para os rostos da congregação, sua língua destravou-se e Gabriel foi investido do poder do Espírito Santo. Sim, o poder do Senhor estava nele aquela noite, e o sermão que ele pregou foi lembrado nas reuniões de avivamento e nas cabanas, estabelecendo um padrão para evangelistas visitantes por toda uma geração. Anos mais tarde, quando Esther e Royal e Deborah já estavam mortos, e Gabriel foi-se embora do Sul, as pessoas ainda se lembravam desse sermão e do jovem esguio e possuído que o havia pregado.

O texto por ele escolhido era o capítulo dezoito do segundo livro de Samuel, a história do jovem Aimaás, que saiu correndo cedo demais para dar ao rei Davi as notícias da batalha. Pois, antes que ele partisse, Joabe lhe perguntou: "Para que, agora, correrias tu, meu filho, pois não terás recompensa das novas?". E quando Aimaás chegou ao rei Davi, que queria muito saber o que ocorrera com seu filho impetuoso, Absalão, ele só foi capaz de dizer: "Vi um grande alvoroço, porém não sei o que era".

E era essa a história de todos aqueles que não aguardavam o conselho do Senhor; que se consideravam sábios com sua própria arrogância e saíam correndo antes de receber a mensagem. Era a história de inumeráveis pastores que não haviam conseguido, por efeito de sua arrogância, alimentar o rebanho faminto; de muitos pais e mães que davam aos filhos não pão, e sim uma pedra; que ofereciam não a verdade de Deus, mas o ouropel deste mundo. Isso não era crença, e sim descrença; não era humildade, e sim orgulho: o que agia no coração de uma pessoa desse tipo era o mesmo desejo que lançara o filho da manhã do alto do Céu nas profundezas do Inferno, o desejo de desrespeitar os tempos determinados por Deus, e arrancar poderes que não cabem aos homens d'Aquele que tinha nas mãos todo o poder. Ah, certamente eles já tinham visto, cada irmão e irmã que o som de sua voz atingia naquele momento, eles tinham visto a destruição causada por essa lamentável prematuridade! Bebês chorando sem pai, pedindo pão, e moças nas sarjetas, adoecidas pelo pecado, e rapazes sangrando nos campos gelados. Sim, e havia aqueles que gritavam — certamente já os teriam ouvido, em casa, na esquina, naquele exato púlpito — que não iam esperar mais, desprezados e rejeitados e cuspidos, como estavam agora, porém se levantariam hoje para derrubar os poderosos, trazendo a vingança que Deus prometera. Mas sangue pedia sangue, tal como o sangue de Abel bradava debaixo da terra. Não era à toa que estava escrito: "Aquele que nela puser a sua confiança não será abalado". Ah, mas às vezes a estrada era pedregosa. Será que eles pensavam às vezes que Deus havia esquecido? Ah, ponham-se de joelhos e orem pedindo paciência; ponham-se de joelhos e orem pedindo fé; ponham-se de joelhos e orem pelo poder invencível de estar prontos, no dia em que Ele aparecer, em breve, para receber a coroa da vida. Pois Deus não esquecia; nenhuma palavra que saía de Sua boca podia falhar. Melhor esperar, como Jó, por todos os dias do tempo que nos é determinado, até que chegue a nossa mudança, do que se levantar, ainda sem estar pronto, antes de Deus falar. Pois se aguardarmos humildemente diante d'Ele, Ele dará boas notícias a nossas almas; se aguardarmos, nossa mudança há de vir, e num instante, num piscar de olhos... nos transformaremos um dia, saindo dessa corrupção para a incorruptibilidade eterna, ao lado d'Ele para além das nuvens. E são essas as notícias que agora devemos transmitir a todas as nações: mais um filho de Davi ficou pendurado numa árvore, e quem não sabe o significado desse alvoroço será maldito para sempre, no Inferno! Irmão, irmã, podes correr, mas o dia há de chegar quando o Rei vai perguntar: "Que notícias trazes?". E o que responderás naquele grande dia se não sabes da morte do Seu Filho?

"Haverá uma alma aqui presente" — o rosto de Gabriel estava molhado de lágrimas, e ele estendia os braços diante da congregação — "que não conhece o sentido daquele alvoroço? Haverá uma alma aqui presente que quer falar com Jesus? Que quer esperar pelo Senhor, amém, até ouvi-Lo falar? Até que Ele faça soar na tua alma, amém, as boas novas da salvação? Ah, irmãos e irmãs" — e Esther continuava sentada, limitando-se a olhar para Gabriel de longe —, "o tempo está se esgotando. Um dia Ele vai voltar para julgar as nações, para levar Seus filhos, aleluia, ao lugar de repouso. Dizem, louvado seja Deus, que dois estarão trabalhando nos campos, e um será levado e o outro será deixado. Dois estarão deitados na cama, amém, e um será levado e o outro será deixado. Ele virá, amados, como um ladrão na noite, e homem algum sabe a hora de Sua chegada. Então será tarde demais para clamar: "Senhor, tende piedade". Agora é que é a hora de se preparar, agora, amém, nessa noite, diante do altar d'Ele. Será que alguém vem hoje? Alguém para dizer 'não' a Satanás e dar sua vida ao Senhor?"

Mas ela não se levantou, apenas olhou para ele e olhou a sua volta com um interesse animado, alegre, como se estivesse num teatro aguardando as delícias improváveis que lhe seriam oferecidas em seguida. De algum modo, Gabriel sabia que ela jamais se levantaria e faria a longa caminhada pela nave até o propiciatório. E essa certeza, por um momento, o encheu com uma raiva sagrada — vê-la ali, descarada, na congregação dos eleitos, recusando-se a abaixar a cabeça.

Gabriel disse "amém", abençoou a todos e virou-se de costas para a congregação, que imediatamente começou a cantar. Então, mais uma vez, sentiu-se esvaziado e enojado; estava encharcado de suor e sentia o cheiro do próprio corpo. Deborah, cantando e batendo no seu pandeiro à frente da congregação, o observava. De repente ele sentiu-se como uma criança impotente. Tinha vontade de esconder-se para sempre e nunca mais parar de chorar.

Esther e a mãe foram embora durante a cantoria — então tinham vindo apenas para ouvi-lo pregar. Gabriel não conseguia imaginar o que elas estariam dizendo ou pensando agora. E pensou que no dia seguinte teria de encontrá-la de novo.

"Aquela não é a menina que trabalha no mesmo lugar que você?", perguntou-lhe Deborah quando voltavam para casa.

"É", Gabriel respondeu. Não tinha vontade de falar. Queria chegar em casa, tirar aquelas roupas molhadas e dormir.

"Ela é muito bonita", disse Deborah. "Nunca tinha visto ela na igreja."

Ele não falou nada.

"Foi você que convidou ela pra ir hoje?", Deborah perguntou, depois de uma pausa.

"Fui eu", respondeu Gabriel. "Achei que ouvir a Palavra de Deus não ia fazer mal a ela."

Deborah riu. "Parece que não, não é? Ela saiu tão tranquila e pecaminosa quanto entrou — ela e a mãe dela. E você fez um sermão muito bom. Pelo visto, ela não está pensando no Senhor."

"As pessoas não têm tempo pro Senhor", Gabriel observou. "Só que vai ter um dia que *Ele* é que não vai ter tempo pra elas."

Quando chegaram em casa, Deborah se ofereceu para fazer um chá quente para ele, mas Gabriel não quis. Despiu-se em silêncio — um silêncio que ela mais uma vez respeitou — e deitou-se. Depois de algum tempo, ela se estendeu ao lado dele, como um fardo largado à noite que terá que ser carregado de novo pela manhã.

Na manhã seguinte, ao entrar no quintal quando Gabriel estava cortando lenha, Esther o saudou: "Bom dia, reverendo. Eu achava que o senhor não ia estar aqui hoje. Achei que ia ficar esgotado depois *daquele* sermão — a sua pregação é sempre animada assim?".

Ele fez uma breve pausa com o machado no ar; depois se virou, baixando o machado. "Eu prego do jeito que o Senhor me faz pregar, irmã."

Ela recuou um pouco diante de sua hostilidade. "Bom", disse, num tom diferente, "foi um sermão e tanto. Eu e a minha mãe gostamos muito de ter ido."

Gabriel deixou o machado cravado numa tora, pois com cada golpe voavam lascas, e ele temia que uma delas atingisse Esther. "Você e a sua mãe — vocês não costumam ir à igreja?"

"Ah, reverendo", ela lamentou, "a gente nunca que tem tempo. Mamãe trabalha tanto a semana toda que no domingo ela só quer ficar deitada na cama. E ela quer", acrescentou mais que depressa, após uma pausa, "que eu fique com ela."

Então Gabriel encarou-a de frente. "Você está mesmo dizendo, irmã, que não tem tempo pro Senhor? Não tem mesmo?"

"Reverendo", disse ela olhando com o desafio ousado de uma criança ameaçada, "eu faço o melhor que eu posso. É sério. Nem todo mundo é igual."

Ele riu um riso breve. "Todo mundo é igual, sim, perante o Senhor."

"É", falou, "mas nem por isso todo mundo tem que fazer tudo igual."

Em seguida se calaram, ambos compreendendo muito bem que haviam chegado a um impasse. Depois de um momento, ele virou-se e voltou a empunhar o machado. "Então vai em frente, irmã. Estou orando por você."

Alguma coisa se debateu no rosto de Esther, enquanto ela permanecia olhando-o por mais um instante — ao mesmo tempo que estava furiosa, achava graça; aquela expressão fez Gabriel pensar na que vira muitas vezes no rosto de Florence. E era também semelhante às expressões estampadas no rosto dos presbíteros durante aquele longínquo jantar de domingo, tão memorável. Enquanto Esther o olhava daquele jeito, Gabriel estava irritado demais para se permitir falar. Então ela deu de ombros, o gesto mais suave e indiferente que ele jamais vira, e sorriu. "Muito obrigada, reverendo", disse ela, e entrou na casa.

Era a primeira vez que eles haviam conversado no quintal, naquela manhã fria. Nada ocorreu naquela manhã que o alertasse para o que viria a acontecer. Esther o ofendera por persistir do modo mais descarado no pecado, era só isso; e ele orava pela alma dela, que um dia se veria nua e muda diante do juízo de Cristo. Depois Esther lhe diria que ele a havia perseguido, que seus olhos não a deixavam em paz por um segundo.

"Quem ficava me olhando naquelas manhãs no quintal não era nenhum reverendo", ela lhe dissera. "Você olhava pra mim que nem um homem, um homem que nunca ouviu falar do Espírito Santo." Porém, Gabriel acreditava que o Senhor impusera Esther a seu coração como um fardo. E ele carregava-a no coração; orava por Esther e insistia com ela enquanto havia tempo de levar sua alma para Deus.

Mas Esther não estava pensando em Deus; embora o acusasse de desejá-la carnalmente no íntimo, era ela que, ao olhar para ele, insistia em ver não o ministro de Deus, mas "um homem bonito". Em seus lábios, o próprio nome de sua vocação se tornava uma marca de desrespeito.

Tudo começou em uma noite em que ele ia pregar, quando estavam sozinhos na casa. Os moradores tinham viajado por três dias para visitar parentes; Gabriel os levara de carro até a estação ferroviária depois do jantar, enquanto Esther arrumava a cozinha. Quando ele voltou para trancar a casa, encontrou-a a sua espera nos degraus da varanda.

"Achei melhor ficar", ela explicou, "até o senhor voltar. Não tenho chave para trancar a casa, e sabe como é os branco. Vai que some alguma coisa e eles põe a culpa em mim."

Na mesma hora, Gabriel percebeu que ela tinha bebido — não estava bêbada, mas seu hálito cheirava a uísque. E isso, por algum motivo, despertou uma excitação estranha dentro dele.

"Fez muito bem, irmã", disse ele, encarando-a com dureza para deixar claro que percebera que ela havia bebido. Esther recebeu o seu olhar com um sorriso tranquilo e ousado, um sorriso que imitava a inocência, estampando em seu rosto a antiquíssima astúcia feminina.

Gabriel olhou para a casa atrás dela; então, sem pensar, e sem olhar para Esther, ofereceu-se: "Se não tem ninguém te esperando, eu ando com você um trecho do teu caminho até em casa".

"Não", Esther respondeu, "não tem ninguém esperando por mim hoje não, reverendo, muito obrigada."

Quase na mesma hora em que falou, Gabriel lamentou ter feito aquela oferta; havia pressuposto que ela fosse sair correndo para algum encontro e apenas quisesse confirmar sua intuição. Naquele momento, ao caminharem sozinhos para dentro da casa, sentia a consciência terrível daquela presença jovem e intensa a seu lado, de sua condição de perdida; e ao mesmo tempo o vazio e o silêncio da casa o alertavam de que ele estava sozinho com o perigo.

"Espera lá na cozinha", disse ele. "Vou fazer tudo o mais depressa possível."

Mas seus próprios ouvidos perceberam o tom de aspereza em sua voz, e ele não conseguia enfrentar os olhos dela. Esther sentou-se à mesa da cozinha, sorrindo, para esperá-lo. Ele tentou fazer tudo o mais depressa que podia, fechando janelas e trancando portas. Mas seus dedos estavam duros e escorregadios; o coração estava na boca. E assim se deu conta de que estava trancando todas as saídas daquela casa, menos a porta da cozinha, onde Esther o aguardava.

Quando voltou para a cozinha, ela não estava mais sentada, e sim ao lado da porta, olhando para fora, com um copo na mão. Gabriel levou um instante para perceber que ela se servira de mais uma dose do uísque do patrão.

Ela virou-se ao ouvir os passos dele, e Gabriel olhou fixamente para ela e para o copo que ela tinha na mão, com raiva e horror.

"Eu só resolvi", disse ela, quase inteiramente desprovida de vergonha, "beber um pouquinho enquanto esperava, reverendo. Mas achei que o senhor não ia me pegar em flagrante."

Bebeu o último gole e foi até a pia para lavar o copo. Tossiu de leve, uma tosse delicada e feminina, ao engolir — Gabriel não tinha certeza se a tosse era genuína ou se era um deboche dirigido a ele.

"Pelo visto", ele comentou, malévolo, "você está mesmo decidida a servir a Satanás todos os seus dias."

"Estou decidida", retrucou Esther, "a viver tudo *enquanto* eu posso. Se isso é pecado, bom, nesse caso eu vou pro Inferno pagar pelo que fiz. Mas *o senhor* não tem por que se preocupar, reverendo — não é a sua alma."

Gabriel aproximou-se dela, com muita raiva.

"Menina, você não acredita em Deus? Deus não mente — e Ele diz, com a maior clareza, que nem eu estou falando com você, que a alma que peca há de *morrer*."

Ela suspirou. "Reverendo, acho que o senhor vai acabar se cansando, o tempo todo insistindo com a pobre da Esther, tentando fazer ela ser o que ela não é. Eu não sinto isso *aqui*", falou, levando uma das mãos ao seio. "O que o senhor vai fazer? Não sabe que eu sou uma mulher crescida e que não estou disposta a mudar?"

Gabriel teve vontade de chorar. Vontade de estender a mão e detê-la, para impedir que ela caísse na destruição que perseguia com tanto ardor — guardá-la dentro de si próprio, escondê--la até que a ira de Deus tivesse passado. Ao mesmo tempo, mais uma vez subiu às suas narinas o cheiro de uísque no hálito de Esther, e por trás desse cheiro, discreto, íntimo, o odor de seu corpo. E começou a sentir-se como se estivesse num pesadelo, vendo a destruição vir em sua direção, tendo que sair dali depressa — porém incapaz de se mexer. "Jesus Jesus Jesus", sua mente repetia vez após vez, como se fosse um sino — enquanto ele se aproximava mais e mais dela, capturado pelo seu hálito e pelos seus olhos arregalados, zangados, debochados.

"Você sabe muito bem" — ele sussurrou, trêmulo de fúria — "sabe muito bem por que eu insisto com você — por que eu insisto com você desse jeito."

"Sei não", respondeu ela, recusando-se, com um leve movimento de cabeça, a reconhecer a impetuosidade de Gabriel. "Não sei mesmo por que é que você não consegue deixar a pobre da Esther tomar o uisquezinho dela e levar a vida dela sem ficar o tempo todo infernizando ela."

Gabriel suspirou de frustração, sentindo que começava a tremer. "Eu só não quero ver você cair, menina; não quero que um belo dia você acorde arrependida de todo o pecado que cometeu, já velha, e sozinha, sem ninguém que te respeite."

Mas Gabriel ouviu a própria voz, e envergonhou-se. Queria terminar aquela conversa e sair daquela casa — depois de um momento eles iriam sair e o pesadelo terminaria.

"Reverendo", ela retrucou, "eu nunca fiz nada para me envergonhar, e espero não fazer nada pra depois eu me envergonhar, *nunca*."

Ao ouvir a palavra "reverendo", Gabriel teve vontade de bater nela; em vez disso estendeu as mãos e segurou as duas mãos de Esther. E então entreolharam-se de modo direto. Havia espanto no rosto dela, e um discreto triunfo; ele percebia que seus corpos estavam quase se tocando e que ele deveria se afastar. Mas não o fez — não conseguia se mexer.

"Mas não posso fazer nada", disse ela, com malícia, depois de alguns instantes, "se *o senhor* fez coisas pra se envergonhar, reverendo."

Gabriel segurava as mãos dela como se estivesse no meio do mar e aquelas mãos fossem a salvação que o levaria até a praia. "Jesus Jesus Jesus", ele orava, "ah, Jesus Jesus. Me ajuda a ficar em pé." Achou que estivesse empurrando as mãos delas para longe — mas na verdade estava puxando Esther para junto de si. E via nos olhos dela algo que não via há muito e muito tempo, uma expressão que jamais surgia nos olhos de Deborah.

"Você *sabe*, sim", ele insistiu, "por que é que eu vivo preocupado com você — por que é que eu fico tão triste quando olho pra você."

"Mas o senhor nunca me disse nada disso", ela argumentou.

Uma das mãos pousou na cintura dela, e lá permaneceu. Os bicos dos seios dela encostaram em seu casaco, ardendo como ácido, fazendo sua garganta se fechar. Em pouco tempo seria tarde demais; ele queria que fosse tarde demais. Aquele rio, aquela sua necessidade infernal, foi subindo, inundou as margens, empurrando-o para a frente como se ele fosse um cadáver afogado havia muito tempo.

"Você *sabe*", ele sussurrou, e tocou os seios dela, e pousou o rosto em seu pescoço.

E foi assim que Gabriel caiu: pela primeira vez desde sua conversão, pela última vez na vida. Caiu: ele com Esther na cozinha dos brancos, a luz acesa, a porta entreaberta, debatendo-se e ardendo ao lado da pia. Uma queda, sim: não havia mais tempo, e pecado, morte, Inferno e o juízo foram apagados. Só existia Esther, que continha em seu corpo estreito todo o mistério e toda a paixão, e atendia a todas as necessidades dele. O tempo, que passava esbaforido, fez Gabriel esquecer o que havia de desajeitado, o suor e a sujeira, naquela primeira cópula; as mãos dele, trêmulas, a despi-la, os dois em pé, o vestido dela caindo por fim como se fosse uma arapuca em torno dos pés dela; as mãos dele arrancando-lhe a roupa de baixo para que suas mãos pudessem encontrar a carne nua, intensa; ela a protestar: "Aqui não, aqui não"; ele preocupado, em alguma parte submersa de sua mente, com a porta aberta, com o sermão que tinha que pregar, com sua vida, com Deborah; a mesa a atrapalhá-los; o colarinho dele, que, até que os dedos dela afrouxassem, ameaçava estrangulá-lo; por fim, os dois no chão, suando e gemendo, presos um no outro; presos e afastados de todos os outros, de toda ajuda celestial ou humana. Só eles podiam ajudar um ao outro. Estavam sozinhos no mundo.

Teria Royal, seu filho, sido concebido naquela noite? Ou na noite seguinte? Ou na outra? Tudo havia durado apenas nove dias. Então ele recuperara o bom senso — nove dias depois, Deus lhe deu o poder de dizer a ela que aquilo não podia continuar.

Esther recebeu a decisão dele com a mesma tranquilidade, o mesmo ar de quem quase acha graça, com que havia recebido sua queda. Gabriel entendeu que Esther, durante aqueles nove dias, achava o temor e o tremor dele caprichos infantis, uma maneira de tornar a vida mais complicada do que era necessário. Ela não pensava que a vida fosse assim; queria que a vida fosse simples. Gabriel entendia que ela tinha pena dele por vê-lo sempre preocupado. Às vezes, quando estavam juntos, Gabriel tentava lhe dizer como se sentia, que o Senhor os puniria pelo pecado que estavam cometendo. Ela se recusava a ouvi-lo: "Você não tá no púlpito agora. Tá aqui comigo. Até mesmo um reverendo tem o direito de tirar a roupa *de vez em quando* e agir como um homem natural". Quando Gabriel lhe disse que não voltaria a vê-la, Esther ficou zangada, mas não discutiu. Seus olhos lhe diziam que ela o considerava um bobo, mas que, mesmo se o amasse com desespero, ela não se rebaixaria a ponto de discutir a decisão dele — boa parte da simplicidade de Esther consistia em determinar-se a não querer aquilo que ela não podia obter com facilidade.

Assim, a coisa terminou. Embora o deixasse machucado e assustado, embora tivesse perdido o respeito de Esther para sempre (nas suas preces, pedia para que ela nunca mais fosse ouvi-lo pregar), dava graças a Deus por não ter sido pior do que foi. Pedia a Deus que o perdoasse, e nunca mais o deixasse cair.

No entanto, o que o assustava, o que o mantinha mais do que nunca de joelhos, era a consciência de que, uma vez tendo caído, nada seria mais fácil do que voltar a cair. Tendo possuído Esther, o homem carnal despertara, vendo a possibilidade de conquistas por toda parte. O que ocorrera o fazia se lembrar de que, embora fosse um homem santo, ainda era jovem; as mulheres que antes o queriam continuavam a querê-lo; bastava-lhe esticar a mão e pegar o que quisesse — até mesmo irmãs na igreja. Gabriel se esforçava para desgastar suas visões no leito matrimonial, para despertar Deborah, por quem seu ódio aumentava a cada dia.

Ele voltou a conversar com Esther no quintal bem no início da primavera. O chão ainda estava úmido de neve e gelo a derreter-se; o sol brilhava em toda parte; os galhos nus das árvores pareciam erguer-se em direção ao sol pálido, impacientes para que brotassem folhas e flores. Gabriel estava em mangas de camisa, ao lado do poço, cantarolando em voz baixa — louvando a Deus pelos perigos que havia enfrentado. Ela desceu os degraus da varanda e veio ao quintal, e, embora Gabriel ouvisse seus passos suaves e soubesse que era ela, aguardou um momento antes de se virar para trás.

Imaginava que Esther fosse ter com ele para lhe pedir ajuda a respeito de alguma coisa que estivesse fazendo dentro da casa. Como ela permaneceu muda, ele virou-se. Esther estava usando um vestido de algodão leve, com padrão de xadrez em que se alternavam quadrados de um tom claro e um escuro de marrom, e o cabelo estava preso em tranças. Parecia uma menininha, e quase o fez sorrir. Então: "O que houve?", ele perguntou; e sentiu o coração apertar por dentro.

"Gabriel", ela respondeu, "estou esperando um bebê."

Ele ficou a olhá-la; ela começou a chorar. Gabriel colocou os dois baldes de água com cuidado no chão. Esther estendeu as mãos em sua direção, mas ele se afastou.

"Menina, para com essa choradeira. O que foi que você disse?"

Mas, tendo permitido que as lágrimas começassem a correr, Esther não conseguiu detê-las de imediato. Continuou chorando, balançando-se de leve de um lado para o outro, as mãos cobrindo o rosto. Gabriel olhou em pânico à sua volta, para o quintal e a casa. "Para com isso", repetiu, sem ousar tocá-la naquele momento e naquele lugar, "e me diz o que aconteceu!"

"Eu já te disse", ela gemeu, "já te disse. Estou esperando um bebê." Olhou para ele, o rosto dilacerado e as lágrimas quentes caindo. "Juro por Deus que é verdade. Não é invenção minha, não. Juro por Deus que é verdade."

Gabriel não conseguia tirar os olhos dela, embora o que ele via lhe despertasse ódio. "E quando que você ficou sabendo?"

"Faz pouco tempo. Eu achei que podia estar enganada. Mas não tem engano nenhum. Gabriel, o que é que a gente vai fazer?"

Desse modo, enquanto ele observava seu rosto, Esther recomeçou a chorar.

"Para", ordenou ele, com uma tranquilidade que o surpreendeu. "A gente *vai* fazer alguma coisa, sim, mas fica quieta."

"O que é que a gente vai fazer, Gabriel? Me *diz* — o que é que você tá pensando em fazer?"

"Volta pra dentro de casa. Agora não dá pra gente falar disso."

"Gabriel…"

"Vai pra dentro de casa, menina. *Vai!*" E como ela continuava parada, olhando para ele: "A gente fala disso hoje à *noite*. A gente resolve isso hoje à noite!".

Esther virou-se e voltou a subir a escada na varanda. "E enxuga esse *rosto*", ele cochichou. Ela abaixou-se, levantando a ponta do vestido para secar os olhos, e ficou assim por um momento, parada no primeiro degrau, enquanto ele a olhava. Depois entrou na casa sem olhar para trás.

Esther esperava uma criança — a criança seria *dele*? Enquanto Deborah, por mais que eles dois gemessem, apesar da humildade com que ela suportava o corpo dele, mesmo assim nela não despertava nenhuma vida nova. Era no ventre de Esther, que não passava de uma prostituta, que a semente do profeta haveria de se nutrir.

E Gabriel afastou-se do poço, levantando, como se num transe, os pesados baldes de água. Aproximou-se da casa, que agora — com telhado alto e reluzente, uma janela cheia de traços dourados — parecia observá-lo e escutá-lo; até o sol acima de sua cabeça e a terra sob seus pés haviam parado de rodar; a água, como um milhão de vozes emitindo alerta, chacoalhava nos baldes que ele levava, um em cada mão; e sua mãe, dentro da terra atônita por onde ele caminhava, levantava, sem parar, os olhos.

Conversaram na cozinha quando ela fazia a limpeza.

"Como é que você" — foi a primeira pergunta dele — "tem tanta certeza que o filho é meu?"

Ela não estava mais chorando. "Não começa a falar desse jeito. A Esther não mente pra *ninguém*, e eu não saí com tanto homem que sou capaz de me confundir."

Estava muito fria e racional, e andava pela cozinha concentrando-se furiosamente em suas tarefas, quase sem olhar para ele.

Gabriel não sabia o que dizer, como chegar a ela.

"Já contou pra sua mãe?", perguntou, depois de uma pausa. "Foi no médico? Como é que você tem tanta certeza?"

Ela soltou um suspiro irritado. "Não, não falei com a minha mãe, não. Não sou maluca. Não contei pra ninguém, só pra você."

"Como é que você tem tanta certeza?", Gabriel repetiu. "Se não foi no médico?"

"Qual médico aqui dessa cidade que você quer que eu vou? Se eu falar com o médico, é a mesma coisa que eu subir no alto do telhado e berrar pra todo mundo ouvir. Não, não fui em médico nenhum, e não vou tão cedo. Não preciso de médico pra saber o que tá acontecendo dentro da minha barriga."

"E há quanto tempo você tá sabendo?"

"Por volta de um mês — umas seis semana agora."

"Seis semana? Por que você não abriu o bico antes?"

"Porque eu não tinha certeza. Achei melhor esperar pra ter certeza. Eu não queria fazer escarcéu enquanto isso. Não queria que você ficasse todo afobado e mau, como você tá agora, sem necessidade." Ela fez uma pausa, observando-o. Então: "E você disse hoje de manhã que a gente ia fazer alguma coisa. O que é que a gente vai fazer? É isso que a gente tem que resolver já, Gabriel".

"O que a gente vai fazer?", ele repetiu por fim, sentindo que a vida que o sustentava havia se esvaído. Sentou-se à mesa na cozinha e ficou olhando para o desenho do assoalho, em forma de redemoinho.

Mas a vida não havia se esvaído dela; Esther aproximou-se dele, falando baixo, com um olhar raivoso. "Estou te achando muito estranho", disse ela. "Parece que você só tá pensando em cair fora — e me deixar pra trás — o mais depressa possível. Não era assim, não, não é, reverendo? Antes você não conseguia pensar em nada e ninguém que não fosse *eu*. E agora, tá pensando em quê? Aposto que em *mim* é que não é."

"Menina", disse ele, num tom cansado, "não fala desse jeito, como quem não tem juízo. Você sabe que eu tenho que pensar na minha mulher..." — e queria falar mais, porém não conseguiu encontrar as palavras; impotente, calou-se.

"Disso eu sei", ela retrucou, com menos intensidade, mas sempre a observá-lo com olhos nos quais ainda permanecia algo do antigo toque de deboche impaciente, "mas o que tô dizendo é que, se antes deu pra você esquecer ela, devia dar pra esquecer ela de novo."

Ele não entendeu na mesma hora; mas empertigou-se na cadeira, os olhos arregalados e raivosos: "O que é que você tá dizendo, menina? O que é que você tá tentando dizer?".

Esther não piscou — apesar do desespero e da raiva, Gabriel reconhecia que ela estava muito longe de ser a criança frívola por quem ele sempre a tomara. Ou teria ela, num curto espaço de tempo, se transformado? Ao falar com Esther, porém, Gabriel estava em desvantagem: se estava despreparado para enfrentar qualquer mudança nela, ela parecia tê-lo compreendido desde o início, e, portanto, nenhuma mudança nele haveria de surpreendê-la.

"Você sabe o que eu quero dizer", ela respondeu. "Você nunca que vai ter uma vida que preste com aquela negra magricela — nunca vai conseguir fazer ela feliz — e ela nunca vai conseguir ter filho. Não sei que diabo deu na tua cabeça de casar com ela. E quem vai ter um filho teu sou *eu*!"

"Você quer", Gabriel perguntou por fim, "que eu largue minha esposa — pra ficar com você?"

"Eu pensava", ela retrucou, "que você já tinha pensado nisso muitas e muitas vezes."

"Sabe uma coisa?", disse ele, com uma raiva vacilante. "Eu nunca disse nada parecido. Nunca te falei que queria largar minha mulher."

"Não tô falando", ela gritou, já sem paciência, "sobre o que você *falou*!"

Na mesma hora, os dois olharam para as portas fechadas da cozinha — pois dessa vez não estavam sozinhos na casa. Esther suspirou e ajeitou o cabelo com a mão; Gabriel viu então que sua mão tremia, que aquela deliberação tranquila era uma pose mantida com esforço.

"Menina, você acha eu vou largar tudo e viver em pecado com você sei lá onde, só porque você me disse que meu filho está chutando dentro da sua barriga? Você acha que eu sou um trouxa, né? Eu tenho que trabalhar pra Deus — a minha vida não pertence a você. Nem a esse bebê — se é que ele é mesmo meu."

"É seu, sim", disse ela, fria, "e não tem jeito de você negar isso. Não faz tanto tempo assim, aqui mesmo, *nessa* cozinha, o que eu achava que era uma vida de pecado era o que você mais queria."

"É verdade", ele respondeu, levantando-se e virando-se para o outro lado. "Satanás me tentou e eu caí. Não sou o primeiro homem que caiu por causa de uma mulher má."

"Toma cuidado", disse Esther, "do jeito que você fala comigo. Eu também não sou a primeira moça que foi desonrada por um homem santo."

"Desonrada?", exclamou Gabriel. "Você? Como que pode ser desonrada? Andando por essa cidade que nem uma prostituta, saracoteando por aí? E agora vai me dizer que tá *desonrada*? Se não fosse eu, tinha sido outro qualquer."

"Mas foi *você*", ela retrucou, "e o que eu quero saber é o que é que a gente vai fazer."

Gabriel olhou para ela. Seu rosto estava frio e duro — feio; ela nunca estivera tão feia.

"Não sei", ele respondeu, num tom calculado, "o que *a gente* vai fazer. Mas eu te digo o que *você* devia fazer: pega um desses garotos que você andava com eles e casa com ele. Porque eu é que não vou com você pra lugar nenhum."

Ela sentou-se à mesa e olhou fixamente para ele, um olhar cheio de escárnio e espanto; acomodou-se pesadamente, como se tivesse sido derrubada. Gabriel sabia que ela estava reunindo forças; e então ela disse o que ele mais temia ouvir:

"E se eu saísse por aí pela cidade contando pra tua mulher, pro pessoal da igreja e pra todo mundo? E se eu fizesse isso, reverendo?"

"E quem você acha", ele devolveu — sentia-se envolvido por um silêncio terrível, que desabava sobre ele —, "que vai acreditar em você?"

Esther riu. "Alguém vai acreditar e te dar muito problema." E ficou a observá-lo. Gabriel começou a andar de um lado para o outro na cozinha, tentando evitar seu olhar. "É só lembrar", ela prosseguiu, "daquela primeira noite, aqui mesmo no chão da casa desses branco desgraçado, que você vai ver que é tarde demais pra falar pra Esther que você é um homem santo. Se você quiser levar uma vida de mentira, problema teu, mas não sei por que é que eu tenho que sofrer por isso."

"Pode sair contando pra todo mundo que você quiser", ele retrucou, ousado, "mas não vai ser nada bom pra você também."

Esther riu de novo. "Mas eu não sou santa. Você que é um homem casado, você que é pregador — quem você acha que as pessoas vai achar mais culpado?"

Gabriel a observava com um ódio misturado com seu antigo desejo, percebendo que mais uma vez a vitória era dela.

"Não posso me casar com você, você sabe disso", Gabriel disse. "Agora, você quer que eu faça o quê?"

"Não, e acho que você nem ia *querer* casar comigo se estivesse desimpedido. Você não ia querer casar com uma puta que nem a Esther. A Esther só serve pra noite, pro escurinho, quando ninguém vai ver você sujando a santidade com ela. A Esther só serve para ter o *teu* bastardo em algum lugar no meio do mato. Não é isso, reverendo?"

Ele não respondeu. Não conseguiu encontrar palavras. Nele só havia silêncio, como na sepultura.

Esther levantou-se e fez menção de abrir a porta da cozinha, parada, de costas para ele, olhando para o quintal e as ruas silenciosas onde os últimos raios do sol morto ainda restavam.

"Mas pensando bem", disse ela devagar, "se você não quer ficar comigo, eu também não quero ficar com você. Não quero saber de um homem cheio de vergonha e medo. Um homem assim não presta pra mim." Virou-se, à porta, e o encarou; foi a última vez que ela olhou de verdade para ele, e Gabriel levaria aquele olhar consigo para o túmulo. "Só tem uma coisa que eu quero que você faça", pediu ela. "Faz isso que fica tudo bem."

"O que é que você quer que eu faça?", Gabriel perguntou, e sentiu vergonha.

"Eu era bem capaz de andar pela cidade e falar pra todo mundo o que fez o ungido do Senhor. Só não faço isso porque não quero que minha mãe e meu pai fique sabendo que boba que eu fui. Não tenho vergonha *disso* — tenho vergonha é de *você* —, você me fez sentir uma vergonha que eu nunca senti antes. Vergonha diante do meu *Deus* — de deixar uma pessoa me tratar como lixo, que nem você fez."

Gabriel não disse nada. Ela lhe deu as costas de novo.

"Eu... só quero ir pra algum lugar", disse ela, "*algum* lugar, pra ter o meu filho, e tirar essa história toda da cabeça. Quero ir pra algum lugar e dar um jeito na minha cabeça. É *isso* que eu quero de você — e não vai custar muito caro. Pelo visto, só mesmo um homem santo pra transformar uma garota numa puta de verdade."

"Menina", ele respondeu, "*dinheiro* eu não tenho."

"Pois bem", Esther retrucou, fria, "é bom você dar um jeito de arranjar algum."

Então ela começou a chorar. Gabriel fez menção de aproximar-se, mas Esther se afastou.

"Se eu for pro campo", disse ele, impotente, "dá pra levantar um bom dinheiro pra te dar."

"Quanto tempo isso vai levar?"

"Coisa de um mês."

Ela fez que não com a cabeça. "Eu não vou ficar aqui esse tempo todo, não."

Os dois ficaram parados em silêncio junto à porta aberta da cozinha, ela lutando contra as lágrimas; ele, contra a vergonha. Só conseguia pensar: *Jesus Jesus Jesus. Jesus Jesus.*

"Você não tem nenhuma economia?", ela perguntou por fim. "Com o tempo que tá casado, já era para ter economizado alguma coisa!"

Então Gabriel lembrou que Deborah vinha economizando dinheiro desde o dia do casamento. Ela o guardava numa caixa de metal na parte de cima do armário. Ele pensou que um pecado leva a outro.

"Tenho, sim", ele respondeu, "um pouco. Não sei quanto."

"Traz amanhã", ela ordenou.

"Tá bom", ele concordou.

Ficou a observá-la enquanto ela se afastava da porta e ia ao armário pegar o chapéu e o casaco. Então voltou, vestida para sair, e sem dizer palavra passou por ele, descendo os degraus que levavam ao quintal. Abriu o portão baixo e começou a descer a rua longa, silenciosa, inundada de sol. Caminhava lentamente, de cabeça baixa, como se estivesse com frio. Gabriel a observava, pensando nas muitas vezes que a observara antes, em que ela andava com um passo tão diferente, e o riso dela chegava a seus ouvidos, zombando dele.

Ele roubou o dinheiro quando Deborah estava dormindo. E o deu a Esther na manhã seguinte. Ela avisou o patrão naquele mesmo dia, e na semana seguinte foi embora — para Chicago, segundo os pais, onde fora procurar um emprego melhor e uma vida melhor.

Deborah ficou mais calada do que nunca nas semanas que se seguiram. Às vezes Gabriel tinha certeza de que ela dera pela falta do dinheiro e concluíra que fora ele que o pegara — às vezes tinha certeza de que ela não sabia de nada. Às vezes tinha certeza de que ela sabia de tudo: do roubo e da razão do roubo. Mas Deborah não falava. No meio da primavera Gabriel foi para o campo pregar e só voltou três meses depois. Quando voltou, trouxe dinheiro e o colocou na caixa. Nenhum dinheiro havia sido acrescentado nesse ínterim, e assim Gabriel não tinha como saber se Deborah havia ou não descoberto.

Ele resolveu deixar que a coisa toda fosse esquecida e recomeçar a vida.

Mas no verão chegou uma carta, sem nome nem endereço de remetente, porém com carimbo de Chicago. Deborah lhe entregou a carta no café da manhã, aparentemente sem ter reparado na letra nem no carimbo, juntamente com um maço de folhetos de uma loja de Bíblias que eles dois distribuíam toda semana pela cidade. Ela também recebera uma carta, de Florence, e foi talvez essa novidade que distraiu sua atenção.

A carta de Esther terminava assim:

Acho que cometi um erro, sim, e estou pagando por ele agora. Mas não fique achando que você também não vai pagar — quando e como eu não sei, mas tenho certeza que um belo dia você vai cair. Não sou santa como você, mas sei o que é certo e o que é errado.

Vou ter o meu bebê e vou criar ele para ser um homem. E não vou ler para ele trecho da Bíblia nem vou levar ele pra ouvir pregador. Mesmo se ele passar a vida bebendo uísque falsificado, vai ser um homem melhor que o pai.

"O que é que a Florence conta?", ele perguntou com indiferença, amassando a carta com a mão.

Deborah levantou a vista com um sorriso tímido. "Quase nada, meu bem. Mas ela dá impressão que vai casar."

Mais para o final daquele verão, Gabriel foi de novo para o campo. Não suportava sua casa, seu emprego, a própria cidade — não suportava, um dia depois do outro, ver os mesmos cenários e as mesmas pessoas que conhecia a vida inteira. De repente todos pareciam debochar dele, julgá-lo; via sua culpa estampada no olhar de todos. Quando subia ao púlpito para pregar, sentia que o olhavam como se ele não tivesse direito de estar ali, como se o condenassem tal como outrora ele havia condenado os vinte e três presbíteros. Quando alguma alma vinha chorando ao altar, ele mal ousava rejubilar-se, pensando naquela alma que não havia baixado a cabeça, cujo sangue, talvez, lhe fosse cobrado no dia do juízo.

Assim, fugia daquela gente, e daquelas testemunhas silenciosas, para esperar e pregar em outros lugares — refazer, por assim dizer, em segredo, seus primeiros trabalhos, tentando reencontrar o fogo sagrado que tanto o transformara outrora. Mas constatava, tal como haviam feito os profetas, que toda a terra se tornava uma prisão para aquele que fugia do Senhor. Não havia paz, não havia cura, não havia esquecimento em parte alguma. Em cada igreja em que entrava, seu pecado já havia entrado antes. Estava presente nos rostos desconhecidos que lhe davam as boas-vindas, gritava para ele do altar, já estava a sua espera no seu assento quando ele subia as escadas do púlpito. Olhava para ele de sua Bíblia: não havia uma única palavra naquele livro sagrado que não o fizesse tremer. Quando falava de João na ilha de Patmos, tomado pelo Espírito Santo, no dia do Senhor, vendo coisas do passado, do presente e do futuro, e dizendo: "Continue o imundo ainda sendo imundo", era ele que, bradando essas palavras bem alto, ficava confuso; quando falava em Davi, o jovem pastor, elevado pelo poder de Deus à condição de rei de Israel, era ele que, enquanto gritavam "amém!" e "aleluia!", debatia-se mais uma vez com seus grilhões; quando falava no dia de Pentecostes, em que o Espírito Santo descera sobre os apóstolos reunidos, levando-os a falar em línguas de fogo, ele pensava em seu próprio batismo e em como havia ofendido o Espírito Santo. Não: embora seu nome fosse escrito em letras graúdas nas placas, embora o louvassem pela grande obra que Deus realizava através dele, e embora viessem dia e noite até ele junto ao altar, não havia nenhuma palavra no Livro para ele.

E Gabriel viu, em suas andanças, o quanto sua gente havia se afastado de Deus. Todos haviam se desviado do caminho e mergulhado no deserto para se prostrar diante de ídolos de ouro e prata, e madeira e pedra, deuses falsos que não podiam curá-los. A música que enchia todas as cidades em que ele entrava não era a música dos santos, e sim uma outra música, infernal, que glorificava a luxúria e debochava do caminho reto. Havia mulheres, que deveriam estar em casa, ensinando os netos a orar, que passavam as noites se contorcendo em aleluias lascivas, em salões de dança cheios de fumaça e cheirando a gim, cantando para seu "homem amado". E o homem amado delas era qualquer homem, qualquer manhã, tarde ou noite — quando um deles ia embora da cidade, elas arranjavam outro; ao que parecia, um homem podia afogar-se nas carnes cálidas delas e elas nem perceberiam. "Está te esperando, e se você não pegar, a culpa não é minha." Riam de Gabriel ao vê-lo — "um homem bonito como você?" — e lhe diziam que conheciam uma moça alta e escura que seria capaz de fazê-lo largar a Bíblia. Gabriel fugia dessas mulheres; elas o assustavam. Começou a orar por Esther. Imaginava-a um dia no lugar em que aquelas mulheres estavam agora.

E o sangue, em todas as cidades por onde ele passava, corria. Não havia nenhuma porta, em parte alguma, atrás da qual o sangue não clamasse sem parar por mais sangue; não havia uma mulher, cantando ao som de trombones ousados ou regozijando-se diante do Senhor, que não tivesse visto o pai, o irmão, o namorado ou o filho derrubado sem piedade; que não tivesse visto a irmã entrar para o grande bordel dos brancos, que não tivesse ela própria escapado por um triz desse destino; não havia um homem, quer pregasse, quer xingasse, quer tocasse seu violão na noite solitária e melancólica, quer soprasse com fúria seu trompete dourado à noite, que não tivesse sido obrigado a baixar a cabeça e beber da água lamacenta dos brancos; não havia homem cuja virilidade não tivesse sido adoecida na raiz, cuja virilha não tivesse sido desonrada, cuja semente não tivesse sido dispersada pelo esquecimento ou por coisa pior que o esquecimento, a vergonha e a raiva, a batalha sem fim. Sim, suas partes tinham sido cortadas fora, eles estavam desonrados, seus nomes não passavam de poeira que o vento espalhava com desdém pelo campo do tempo — para cair onde, florescer onde, gerar que frutas no futuro, e onde? — nem mesmo os seus nomes lhes pertenciam.

Atrás deles havia treva, nada além da treva; e a sua volta, destruição; e a sua frente, nada além do fogo — uma gente bastarda, afastada de Deus, cantando e chorando no deserto!

E, no entanto, coisa estranha, de profundezas nunca antes descobertas, sua fé se erguia; diante da maldade que Gabriel via, da maldade da qual ele fugira, ainda enxergava, como um estandarte ardente no meio do ar, aquele poder de redenção do qual ele tinha que dar testemunho até a morte; o qual, mesmo que o esmagasse por completo, ele não podia negar; embora nenhum dos vivos jamais viesse a vê-lo, *ele* o tinha visto, e cabia a ele manter a fé. Não voltaria ao Egito em busca de amigo, amante ou filho bastardo: não viraria o rosto para Deus, por mais profunda que se tornasse a escuridão em que o Senhor escondia Seu rosto dele. Um dia Deus lhe daria um sinal, e a escuridão teria fim — um dia Deus o elevaria, Ele que o deixara afundar tanto.

Logo depois do retorno de Gabriel naquele inverno, Esther também voltou para casa. A mãe e o padrasto viajaram para o Norte a fim de trazer seu corpo sem vida e seu filho vivo. Pouco depois do Natal, nos últimos dias mortos do ano, ela foi enterrada no cemitério. O frio era terrível e o chão estava coberto de gelo, tal como no dia em que Gabriel a possuiu pela primeira vez. Ele, ao lado de Deborah, cujo braço, enlaçado no seu, tremia sem parar de frio, viu aquela caixa alongada e sem enfeites ser baixada na cova. A mãe de Esther, em silêncio, parada ao lado do buraco fundo, apoiava-se no marido, que segurava o neto. "Senhor, tende piedade, tende piedade, tende piedade", alguém começou a repetir; e as velhas enlutadas de súbito se reuniram em torno da mãe de Esther para segurá-la. Então o chão encontrou-se com o caixão; a criança acordou e começou a gritar.

E Gabriel orou, pedindo que fosse afastada dele a culpa por aquele sangue. Pediu a Deus que lhe desse um sinal algum dia de que fora perdoado. Mas a criança que gritou naquele momento no cemitério lançara uma maldição, e cantara, e fora silenciada para sempre antes que Deus lhe desse um sinal.

E Gabriel viu esse filho crescer, um estranho para seu próprio pai e para Deus. Deborah, que após a morte de Esther se aproximou da família da falecida, desde o início lhe contava que os avós estavam estragando Royal da maneira mais vergonhosa. Como não podia deixar de ser, ele era o queridinho deles, um fato que, na prática, levava Deborah a franzir a testa e às vezes, com relutância, sorrir; e, como eles diziam, se havia algum sangue branco nele, não aparecia — o menino era a mãe cuspida e escarrada.

O sol jamais se levantava e se punha sem que Gabriel visse seu filho perdido e deserdado, ou ouvisse falar nele; e a cada dia que passava ele parecia ostentar com mais orgulho o destino que trazia estampado na fronte. Gabriel o via correr impetuosamente, tal como o filho impetuoso de Davi, em direção ao desastre que o aguardava desde o momento em que fora concebido. Ao que parecia, mal havia aprendido a andar e já andava com um passo arrogante; mal havia aprendido a falar e já xingava. Gabriel o via com frequência na rua, brincando no meio-fio com outros meninos da sua idade. Uma vez, quando ele passava, um dos meninos disse: "Lá vem o reverendo Grimes", e cumprimentou-o com um movimento de cabeça, num momento de silêncio respeitoso. Royal, porém, olhou acintosamente para o rosto do pregador, dizendo: "E aí, reverendo?". Então, não conseguindo se controlar, caiu na gargalhada. Gabriel teve vontade de sorrir para o menino, parar e tocá-lo na testa, mas não fez nada disso, limitando-se a seguir em frente. Ouviu atrás dele Royal cochichar bem alto: "Aposto que o dele deve ser grandão!" — e então todas as crianças riram. Nessa ocasião Gabriel se deu conta de como sua mãe teria sofrido ao ver o filho naquela inocência não redimida que levava de modo infalível à morte e ao inferno.

"Eu queria saber", comentou Deborah por acaso um dia, "por que ela chamou o filho de Royal. Você acha que é o nome do pai?"

Gabriel sabia. Uma vez dissera a Esther que se o Senhor um dia lhe desse um filho homem ele o chamaria de Royal, porque a linha dos fiéis era uma linha de realeza — seu filho seria uma criança real. E ela se lembrara disso no momento em que o expulsou de sua vida; com o que talvez tivesse sido seu último fôlego, zombara dele e de seu pai com esse nome. Assim, morrera odiando Gabriel; levara para a eternidade uma maldição sobre ele e seus descendentes.

"Imagino", ele respondeu por fim, "que deve mesmo ser o nome do pai — ou então eles deram esse nome lá no hospital do Norte depois... que ela morreu."

"A avó dele, a irmã McDonald" — Deborah estava escrevendo uma carta e não olhava para ele enquanto falava —, "sabe, ela acha que deve ter sido um desses garotos que vivem passando por aqui, procurando trabalho, a caminho do Norte — não é? Esses negro sem eira nem beira — pois ela acha que deve ter sido um deles que fez isso com a Esther. Ela conta que a Esther nunca que ia pro Norte se não estivesse tentando achar o pai daquele menino. Porque ela já estava esperando quando saiu daqui" — e nesse momento levantou a vista por um instante — "*disso* não tem dúvida."

"Imagino que sim", ele retrucou, sentindo-se incomodado com aquela falação nada costumeira da parte dela, mas sem ousar interrompê-la de modo brusco. Estava pensando em Esther, estendida imóvel na cova, ela que fora tão cheia de vida e tão desavergonhada em seus braços.

"E a irmã McDonald diz", prosseguiu Esther, "que ela saiu daqui com um pouquinho de nada de dinheiro; eles tinham que mandar dinheiro pra ela o tempo todo. Principalmente já no final da gravidez. A gente tava falando isso ontem — ela contou que a Esther tomou a decisão da noite pro dia, que ela *precisava* ir embora, ninguém segurava ela. E disse que ela não quis se meter na vida da menina — mas que, *se* ela soubesse que tinha algum problema, *nunca* que ia deixar a menina se afastar dela."

"Eu acho estranho", Gabriel murmurou, sem saber o que ele próprio estava dizendo, "ela não pensar que tinha *alguma* coisa."

"Ora, ela não pensou nada porque a Esther sempre contava *tudo* pra mãe — ela não tinha vergonha de nada com a mãe —, conversava com ela como duas mulheres. Ela disse que nunca *sonhou* que a Esther fosse capaz de fugir dela se arrumasse alguma encrenca." E levantou o olhar, fixando a vista em algum lugar para além de Gabriel, os olhos cheios de uma piedade estranha e amarga. "Pobrezinha, deve ter sofrido *muito*."

"Você e a irmã McDonald não devia ficar falando sobre isso o tempo todo", disse ele por fim. "Essas coisa já aconteceu faz muito tempo; o garoto já é crescidinho."

"É verdade", concordou Deborah, baixando a vista de novo, "mas tem umas coisa que leva tempo pra gente esquecer."

"Pra quem você tá escrevendo?", ele perguntou, sentindo-se de repente tão oprimido pelo silêncio quanto antes pela fala dela.

Deborah levantou a vista. "Estou escrevendo pra tua irmã, a Florence. Tem alguma coisa que você quer que eu diga pra ela?"

"Não. Diz só que estou orando por ela."

Quando Royal completou dezesseis anos, estourou a guerra, e todos os jovens, primeiro os filhos dos poderosos, e depois os filhos de sua própria gente, foram levados para terras distantes. Gabriel ajoelhava-se toda noite para pedir a Deus que Royal não tivesse que ir. "Mas eu soube que ele *quer* ir", disse Deborah. "A avó dele me contou que ele vive atazanando ela porque ela não deixa ele se alistar."

"Pelo visto", disse Gabriel, mal-humorado, "esse garoto só vai ficar satisfeito se for pra lá e ficar aleijado ou morrer."

"Você sabe, garoto é tudo assim", falou Deborah, alegre. "Não adianta a gente tentar dizer nada pra eles — e, quando eles aprende, já é tarde."

Gabriel constatava que sempre que Deborah falava sobre Royal um medo em suas profundezas escutava e esperava. Muitas vezes pensou em abrir o coração para ela. Mas Deborah não lhe dava oportunidade, nunca lhe dizia nada que lhe permitisse entregar-se à humildade curadora da confissão — ou que lhe permitisse por fim dizer o quanto a odiava por ser estéril. Ela cobrava dele tanto quanto lhe dava — ou seja, nada — ou, ao menos, nada de que fosse possível acusá-la. Cuidava da casa de Gabriel e dormia com ele; visitava os doentes, como sempre fizera, e confortava os moribundos, como sempre fizera. O casamento que, ele imaginara, daria ao mundo pretexto para zombar dele havia de tal modo se justificado — aos olhos do mundo — que ninguém agora poderia imaginar Gabriel ou Deborah vivendo senão um com o outro. Até mesmo as fraquezas de Deborah, que se intensificavam com o passar dos anos, mantendo-a mais tempo na cama, e sua infertilidade, tal como sua desonra outrora, agora pareciam provas misteriosas de sua entrega absoluta a Deus.

Gabriel disse "amém", cuidadoso, após o último comentário dela, e pigarreou.

"Sabe", disse Deborah, no mesmo tom alegre, "às vezes ele me lembra você quando era rapaz."

E Gabriel não a encarou, embora sentisse seu olhar fixo nele: pegou a Bíblia e a abriu. "Garoto é tudo igual", disse ele, "Jesus não muda os coração deles."

Royal não foi para a guerra, porém naquele verão foi trabalhar no cais do porto de outra cidade. Gabriel só voltou a vê-lo quando a guerra terminou.

Naquele dia, um dia que ele jamais haveria de esquecer, terminado o expediente, Gabriel foi comprar remédio para Deborah, que estava acamada com dor nas costas. Ainda não havia anoitecido e as ruas estavam cinzentas e vazias — fora aqui e ali, iluminados pela luz que saía de um salão de sinuca ou de uma taverna, grupos de homens brancos, cerca de meia dúzia em cada um. Quando Gabriel passava por um desses grupos, o silêncio se instaurava, e os homens o observavam de maneira acintosa, doidos para matar; mas ele não dizia nada, baixando a cabeça; além disso, sabiam que ele era pregador. Não havia nenhum homem negro na rua além dele. Naquela manhã fora encontrado, nos arredores da cidade, o cadáver de um soldado, o uniforme rasgado onde ele fora chicoteado, e, virada para cima, onde a pele negra fora rasgada, a carne vermelha e crua. Ele estava de bruços ao pé de uma árvore, as unhas cravadas na terra revolta. Quando o cadáver foi virado, seus olhos olhavam para cima, atônitos e horrorizados; a boca rígida estava escancarada; as calças, encharcadas de sangue, estavam rasgadas, e expostos ao ar frio e branco da manhã se viam os pelos espessos de sua virilha, incrustados de sangue negro e vermelho-ferrugem, e a ferida que ainda parecia latejar. Ele fora levado para casa em silêncio e agora estava encerrado atrás de portas fechadas, cercado pelos parentes vivos, que choravam, e oravam, que sonhavam com vingança, e aguardavam o próximo ataque. Alguém cuspiu na calçada junto aos pés de Gabriel, e ele seguiu em frente, o rosto inabalável, e ouviu um cochicho atrás dele, num tom de reprovação: ele era um negro bom, que nunca causava problema. Gabriel desejava que ninguém falasse com ele, para que ele não tivesse que sorrir diante daqueles rostos brancos tão conhecidos. Enquanto caminhava, rígido como uma flecha por motivo de cautela, ele orava, tal como sua mãe lhe ensinara, pedindo bondade amorosa; no entanto, sonhava com o bico de seu sapato golpeando a testa de um homem branco, vez após vez, até que a cabeça desabasse sobre o pescoço quebrado e seu pé mergulhasse em sangue. E pensava que fora a mão do Senhor que levara Royal para longe, porque, se ele tivesse ficado, os homens certamente o matariam, quando, ao virar uma esquina, deparou-se com o rosto de Royal.

Royal agora estava da altura de Gabriel, ombros largos, corpo esguio. Trajava um terno novo, azul, com listras azuis largas, e levava debaixo do braço, torto, um pacote de papel pardo amarrado com barbante. Ele e Gabriel se entreolharam por um segundo sem que houvesse reconhecimento. O olhar de Royal era de uma hostilidade vazia, até que, parecendo lembrar-se do rosto de Gabriel, tirou dos lábios um cigarro aceso e disse, com uma polidez forçada: "Como vai o senhor?". Sua voz era áspera, e havia um leve cheiro de uísque em seu hálito.

Mas Gabriel não conseguiu falar de imediato; esforçou-se para recuperar a respiração. Depois: "Como vai?", devolveu ele. E ficaram parados, como se um esperasse que o outro dissesse algo da maior importância, na esquina deserta. Então, quando Royal estava prestes a seguir em frente, Gabriel lembrou-se dos homens brancos espalhados pela cidade.

"Garoto", ele exclamou, "você não tem juízo? Não sabe que não tinha nada que estar andando pela rua desse jeito?"

Royal olhou para ele, sem saber se ria ou se ficava ofendido, e Gabriel voltou a falar, num tom mais suave: "Você devia tomar mais cuidado, meu filho. A cidade está cheia de branco. Eles mataram... ontem à noite...".

Mas não conseguiu continuar. Via, como se fosse uma premonição, o corpo de Royal, pesado e imobilizado para sempre, esparramado no chão, e as lágrimas cegaram seus olhos.

Royal o observava, com uma compaixão distante e irritada no rosto.

"Eu sei", retrucou abruptamente, "mas eles não vai me incomodar, não. Já mataram o negro deles dessa semana. E não tô indo longe."

Então a esquina em que estavam pareceu subitamente se balançar, com o peso do perigo de morte. Por um momento, era como se a morte e a destruição viessem correndo em direção a eles: dois negros a sós na cidade escura e silenciosa onde brancos rondavam como leões — como podiam esperar piedade deles se fossem encontrados ali, conversando? Certamente pensariam que estavam tramando uma vingança. E Gabriel começou a afastar-se, pensando em salvar seu filho.

"Deus te abençoe, menino", disse Gabriel. "Vai depressa."

"Tá bom", Royal respondeu, "obrigado." E foi se afastando, parando antes de virar a esquina. Olhou para trás. "Mas o senhor também, toma cuidado", acrescentou ele, com um sorriso.

Virou a esquina e Gabriel ficou ouvindo seus passos se afastarem. Desapareceram no silêncio; e ele não ouviu nenhuma voz interrompendo a caminhada de Royal; pouco depois não viu mais nada.

Menos de dois anos depois, Deborah lhe disse que seu filho estava morto.

E agora John tentava orar. Estava cercado por um tremendo ruído de orações a sua volta, um tremendo barulho de gritaria e cantoria. A irmã McCandless era quem puxava a cantoria, que cantava quase sozinha, porque os outros não paravam de gemer e gritar. Era uma música que ele ouvira durante toda a sua vida:

Senhor, vou viajar, Senhor,
Calcei meus sapatos de caminhar.

Sem levantar os olhos, conseguia vê-la no lugar sagrado, clamando o sangue por aqueles que lá iam, cabeça jogada para trás, olhos fechados, pé batendo no chão. Nesses momentos, não parecia a irmã McCandless que às vezes vinha visitá-los, não parecia a mulher que ia todo dia trabalhar para a gente branca no centro da cidade, que voltava para casa à noitinha, subindo, com passos tão cansados, a escada longa e escura. Não: seu rosto estava transfigurado agora, todo seu ser renovado pelo poder de sua salvação.

"A salvação é real", disse uma voz ao lado dele, "Deus é real. A morte pode chegar cedo ou tarde; por que você hesita? Agora é a hora de buscar e servir o Senhor." A salvação era real para todas aquelas outras pessoas, e talvez também fosse para ele. Bastava estender a mão para que Deus o tocasse; bastava que ele gritasse para que Deus o ouvisse. Todas essas outras pessoas, agora, que gritavam tão longe dele com tanto júbilo, outrora viviam em pecado, tal como ele agora — e elas haviam gritado e Deus as tinha ouvido, livrando-as de todos os seus problemas. E o que Deus fizera por elas também haveria de fazer por ele.

Mas — de *todos* os seus problemas? Por que sua mãe chorava? Por que o pai franzia a testa? Se o poder de Deus era tão grande, por que suas vidas eram tão sofridas?

John nunca tentara pensar no sofrimento deles antes; ou melhor, nunca o enfrentara num lugar tão estreito. Sempre estivera presente, talvez atrás dele, esses anos todos, mas ele nunca havia se virado para vê-lo. Agora o sofrimento estava a sua frente, a encará-lo fixamente, para nunca mais lhe dar trégua, a boca escancarada ao máximo. Estava prestes a engoli-lo. Só mesmo a mão de Deus poderia salvá-lo. E, no entanto, no instante seguinte, de algum modo ele compreendeu, com base no som daquela tempestade que brotava dentro de si agora de modo tão doloroso, que devastava — para sempre? — a paisagem estranha, porém confortadora, de sua mente, que a mão de Deus certamente o levaria para dentro daquela boca aberta que o aguardava, para aquela mandíbula distendida, aquele hálito quente como fogo. Ele seria levado para a escuridão, e nela permaneceria; até que, depois de um tempo incalculável, a mão de Deus viesse elevá-lo; e ele, John, por ter ficado tanto tempo na escuridão, não seria mais ele mesmo, e sim outro homem. Teria sido transformado, como se dizia, para sempre; semeado na desonra, seria elevado na honra: teria renascido.

Então não seria mais filho de seu pai, e sim filho do Pai Celestial, o Rei. Então não precisaria mais temer seu pai, pois poderia, por assim dizer, passar por cima da cabeça do pai e levar sua luta até o Céu — até o Pai que o amava, que descera e assumira a carne a fim de morrer por ele. Então ele e seu pai seriam iguais, vendo, ouvindo e compartilhando o amor de Deus. Então seu pai não poderia mais bater nele, não poderia mais desprezá-lo nem zombar dele — ele, John, o ungido do Senhor. Ele poderia falar com o pai tal como os homens falavam uns com os outros — como os filhos falavam com os pais, não com temor, e sim numa confiança doce; não com ódio, mas com amor. Seu pai não poderia expulsá-lo, pois ele fora recebido por Deus.

E no entanto, tremendo, John sabia que isso não era o que ele queria. Não *queria* amar seu pai; queria odiá-lo, cultivar aquele ódio e expressá-lo em palavras um dia. Não queria o beijo dele — não mais, depois de ter recebido tantos golpes. Não podia imaginar, em nenhum dia futuro, por maior que fosse a transformação que sofresse, tomar a mão do pai. A tempestade que rugia dentro dele naquela noite não era capaz de arrancar pela raiz esse ódio, a árvore mais majestosa em todo o país de John, tudo o que restava hoje, naquela enchente dentro dele.

E John baixou ainda mais a cabeça diante do altar, exausto e confuso. Ah, se seu pai *morresse!* Então a estrada diante de John se abriria, tal como se abria para os outros. E, no entanto, até mesmo na sepultura ele o odiaria; seu pai teria mudado de estado, mas continuaria sendo o pai de John. A sepultura não bastava como punição, justiça, vingança. O Inferno, eterno, incessante, perpétuo, sempre a arder, era a parte que cabia a seu pai; e Johnny estaria lá para assistir, para saborear, para sorrir e rir em voz alta, ouvindo por fim os gritos de tormento do pai.

E, mesmo assim, a coisa não terminaria. *O pai eterno.*

Ah, seus pensamentos eram maus — mas naquela noite ele não se importava. Em algum lugar em todo aquele redemoinho, na treva de seu coração, na tempestade, havia algo — algo que ele precisava encontrar. Não conseguia orar. Sua mente era como o próprio mar: revolta, profunda demais para que nela mergulhasse o mais corajoso dos homens, trazendo à tona vez após vez, para deslumbrar o olho nu, tesouros e destroços há muito tempo esquecidos no fundo — ossos e joias, conchas fantásticas, uma geleia que outrora fora carne, pérolas que outrora foram olhos. E ele estava à mercê desse mar, e nele pairava, cercado pela treva por todos os lados.

Na manhã daquele dia, quando Gabriel se levantou e saiu para ir ao trabalho, o céu estava carregado, quase negro, e o ar irrespirável de tão espesso. No final da tarde começou a ventar, o céu se abriu e choveu. A chuva caía como se mais uma vez no Céu o Senhor tivesse se convencido das virtudes de um dilúvio. A chuva fazia correr o caminhante curvado, impelia as crianças para dentro das casas, lambia os muros altos e fortes, e a parede do puxadinho, e a parede da cabana, batia contra os troncos e as folhas das árvores, amassava o capim alto e quebrava o pescoço da flor. O mundo escureceu, para sempre, por toda parte, e a água escorria pelas janelas como se as vidraças suportassem todas as lágrimas da eternidade, ameaçando a cada momento implodirem com essa força incontrolável que de repente se desencadeara sobre a terra. Gabriel atravessava essa selva de água (que, no entanto, não conseguira limpar o ar) voltando para casa, onde Deborah o esperava na cama da qual agora raramente tentava se levantar.

E ele havia chegado em casa não fazia nem mesmo cinco minutos quando se deu conta de que uma mudança ocorrera na qualidade do silêncio de Deborah: naquele silêncio alguma coisa aguardava, pronta para dar o bote.

Gabriel olhou para ela da mesa onde comia a refeição que ela preparara com muito sacrifício e perguntou: "Como é que você está hoje, minha velha?".

"Estou como sempre estou", respondeu com um sorriso. "Não me sinto melhor nem pior."

"Lá na igreja vamos todos orar por você", disse ele, "pra você poder voltar a se levantar."

Deborah não respondeu, e Gabriel voltou a se ocupar da refeição. Mas ela continuava a observá-lo; ele levantou a vista.

"Hoje eu tive uma notícia muito ruim", disse Deborah devagar.

"O que foi?"

"A irmã McDonald veio aqui hoje à tarde, e ela estava muito mal, Deus a tenha." Gabriel ficou imobilizado, olhando para ela. "Hoje ela recebeu uma carta contando que o neto dela — você sabe, o Royal — tantas fez que mataram ele em Chicago. Pelo visto, o Senhor amaldiçoou essa família. Primeiro a mãe, e agora o filho."

Por um momento, Gabriel ficou olhando para ela estupefato, enquanto a comida em sua boca pouco a pouco se tornava pesada e seca. Lá fora prosseguia a investida do exército da chuva, e relâmpagos riscavam a janela. Ele tentou engolir, mas sentiu engulhos. Começou a tremer. "É", Deborah prosseguiu, agora sem olhar para Gabriel, "ele já morava em Chicago mais ou menos há um ano, só fazia beber e aprontar — e a avó dele me disse que uma noite ele estava jogando com uns negros lá do Norte, e um deles ficou irritado porque achou que o menino tava tentando roubar ele, e puxou a faca e cravou no Royal. Acertou na garganta, e, segundo ela, ele morreu ali mesmo, no chão do botequim, não deu nem tempo de levarem pro hospital." Ela se virou na cama e olhou para Gabriel. "O Senhor deu a essa coitada uma cruz pesada pra carregar."

Então Gabriel tentou falar; pensou no cemitério onde Esther estava enterrada e no primeiro grito fino de Royal. "Ela vai trazer ele pra cá?"

Deborah fitou-o. "Pra cá? Meu bem, já enterraram ele lá na vala comum. Ninguém nunca mais vai visitar esse pobre coitado."

Em seguida Gabriel começou a chorar, em silêncio, sentado à mesa, todo o seu corpo se sacudindo. Deborah ficou a observá-lo por um bom tempo, até que por fim ele pousou a cabeça na mesa, virando a xícara de café, e chorou ruidosamente. Era como se tudo chorasse, águas de angústia tomando o mundo; Gabriel chorando e a chuva batendo no telhado e nas janelas, e o café pingando da mesa. E ela perguntou por fim:

"Gabriel... o Royal... Ele era carne da sua carne, não era?"

"Era", ele respondeu, feliz mesmo na sua angústia de ouvir as palavras saindo de seus lábios, "ele era meu filho."

Outro silêncio. Então: "E você despachou aquela menina, não foi? Com o dinheiro tirado da caixa?".

"Foi", ele respondeu. "Foi."

"Gabriel", ela perguntou, "por que você fez isso? Por que é que você deixou ela ir pra longe e morrer sozinha? Por que é que você nunca disse nada?"

E agora Gabriel não conseguia responder. Não conseguia levantar a cabeça.

"Por quê?", Esther insistiu. "Meu bem, eu nunca que te perguntei. Mas agora tenho o direito de saber — e logo você, que queria tanto um filho?"

Tremendo, ele se levantou da cadeira e foi lentamente até a janela, onde ficou olhando para fora.

"Pedi a meu Deus que me perdoasse", respondeu. "Mas eu não queria o filho de uma prostituta."

"A Esther não era prostituta", ela retrucou em voz baixa.

"Não era minha esposa. Não podia ser minha esposa. Eu já tinha *você*" — e disse as últimas palavras num tom venenoso — "a Esther não queria saber do Senhor — ela ia me arrastar direto pro Inferno com ela."

"E ela quase fez isso", disse Deborah.

"O Senhor me segurou", ele prosseguiu, ouvindo o trovão, vendo o relâmpago. "Ele estendeu a mão e me segurou." Depois de um momento, virando-se para dentro do quarto: "Eu não *podia* ter feito outra coisa", exclamou. "O que é que eu podia fazer? Pra onde eu podia ir com a Esther, ainda mais eu sendo pregador? E o que é que eu ia fazer com você?" Olhou para Deborah, velha e negra e paciente, cheirando a doença e velhice e morte. "Ah", prosseguiu, as lágrimas ainda escorrendo, "aposto que você ficou muito satisfeita, minha velha, não é? Quando ela te falou que ele, o Royal, o meu filho, morreu. *Você* nunca teve filho." E virou-se de novo para a janela. Então: "Há quanto tempo você está sabendo disso?".

"Estou sabendo", ela respondeu, "desde aquela noite, há tanto tempo, que a Esther foi lá na igreja."

"Você tem a mente suja", ele retrucou. "Eu ainda nem tinha encostado a mão nela."

"Não", ela respondeu devagar, "mas já tinha encostado a mão em *mim*."

Ele afastou-se um pouco da janela e ficou olhando para ela do pé da cama.

"Gabriel", disse Deborah, "eu estou esses anos todos orando, pedindo ao Senhor que tocasse meu corpo, pra eu ser que nem as outras mulheres, essas outras todas, que você vivia andando com elas." Estava muito calma; a expressão em seu rosto era de muito ressentimento e paciência. "Pelo visto, não era essa a vontade d'Ele. Parece que eu nunca consegui esquecer… o que fizeram comigo no tempo que eu era menininha." Fez uma pausa e desviou a vista. "Mas, Gabriel, se você tivesse falado alguma coisa quando aquela coitada foi enterrada, se dissesse que queria o coitadinho, eu não ia nem ligar se as pessoa falasse mal, se a gente tivesse que ir embora, eu nem ligava. Eu criava ele como se fosse meu filho, juro ao meu Deus que criava — e ele podia estar vivo agora."

"Deborah", ele perguntou, "o que é que você tava pensando esse tempo todo?"

Ela sorriu. "Eu tava pensando que é bom começar a tremer quando o Senhor te dá o que você quer." Fez uma pausa. "Eu quero você desde que eu aprendi a querer alguma coisa. E aí eu consegui."

Ele voltou para a janela, as lágrimas escorrendo.

"Meu bem", disse ela, com uma voz diferente, mais forte, "é bom você pedir pra Deus te perdoar. É bom insistir até Ele fazer você *ter certeza* que foi perdoado."

"É", ele suspirou. "Estou esperando o Senhor."

Então se instaurou o silêncio, fora o barulho da chuva. A chuva caía em bátegas; chovia, como se diz, canivetes e bebês negros. Um relâmpago riscou o céu de novo, seguido do trovão.

"Escuta", declarou Gabriel. "É Deus falando."

Agora, lentamente, ele se pôs de pé, pois metade da igreja não estava mais de joelhos: a irmã Price, a irmã McCandless e a mãe Washington; e a jovem Ella Mae, na cadeira, olhava para Elisha, deitado no chão. Florence e Elizabeth ainda estavam ajoelhadas; e John também.

E ao levantar-se Gabriel lembrou que o Senhor o trouxera a essa igreja tantos anos atrás, e que Elizabeth, uma noite, depois que ele pregou, subira toda essa longa nave até o altar, para diante de Deus arrepender-se de seu pecado. Então eles se casaram, pois Gabriel acreditou nela quando ela disse que estava transformada — e ela foi o sinal, ela e sua criança sem nome, pelo qual ele aguardara tantos anos de trevas diante do Senhor. Era como se, ao vê-los, o Senhor lhe tivesse restituído o que fora perdido.

Então, enquanto Gabriel e os outros, de pé, olhavam para Elisha no chão, John também se levantou. Fixou um olhar atônito, sonolento, severo em Elisha e os outros, estremecendo um pouco, como se estivesse com frio; depois sentiu o olhar do pai sobre ele e ergueu a vista em sua direção.

No mesmo momento, Elisha, deitado no chão, começou a falar numa língua de fogo, sob o poder do Espírito Santo. John e o pai entreolharam-se, mudos e atônitos e imóveis, com alguma coisa subitamente viva entre eles — enquanto falava o Espírito Santo. Gabriel nunca tinha visto uma expressão como aquela no rosto de John; Satanás, naquele momento, olhava pelos olhos do rapaz enquanto o Espírito falava; e, no entanto, os olhos fixos de John naquele momento faziam Gabriel pensar em outros olhos: nos de sua mãe quando ela batia nele, nos de Florence quando ela debochava dele, nos de Deborah quando ela orava por ele, nos de Esther e de Royal, e nos de Elizabeth naquela noite antes de Roy xingá-lo, e nos de Roy quando ele disse: "Seu negro filho da puta". E John não baixava os olhos, porém parecia querer ficar olhando por todo o sempre para o fundo da alma de Gabriel. E Gabriel, sem conseguir acreditar que John pudesse agir de modo tão descarado, olhava com ira e horror para o filho bastardo presunçoso de Elizabeth, que de repente o mal tornara tão velho. Quase levantou a mão para bater nele, porém não se mexeu, pois Elisha estava estendido entre eles. Então disse, em silêncio, só mexendo os lábios: "Ajoelha". John virou-se de repente, um movimento que era como uma maldição, e voltou a ajoelhar-se diante do altar.

3. A prece de Elizabeth

Senhor, queria ter morrido
Em terras do Egito!

Enquanto Elisha falava, Elizabeth sentia que o Senhor dirigia uma mensagem a seu coração, que aquele transe de fogo era destinado a ela; e que, se escutasse com humildade, Deus lhe daria a interpretação. Essa certeza não lhe inspirava êxtase, e sim medo. Temia o que Deus pudesse dizer — as afirmações de desprazer, condenações, profecias de provações ainda a ser suportadas que poderiam sair de Sua boca.

Então Elisha parou de falar e se levantou; em seguida se sentou ao piano. Vozes começaram a cantar baixinho ao seu redor; e, no entanto, Elizabeth continuava esperando. Diante dos olhos da sua imaginação tremulava, como se iluminado pelo fogo, o rosto de John, que ela trouxera ao mundo com tanta relutância. Era por essa libertação que ela chorava agora: para que ele fosse transportado, apesar da ira indizível, a um estado de graça.

Estavam cantando:

Por que será que só Jesus
Há de levar a sua cruz?

Elisha dedilhava a melodia no piano, com dedos que pareciam hesitar, quase contra sua vontade. Também Elizabeth, tensionada por sua grande relutância, obrigou o coração a dizer "amém", no momento em que a voz da mãe Washington entoou o responso:

Cada um tem sua cruz, sim,
E há uma cruz só pra mim.

Alguém chorava bem perto — seria Ella Mae? ou Florence? ou o eco amplificado de suas próprias lágrimas? O choro estava enterrado pelo canto. Elizabeth ouvira aquela música por toda a vida, havia crescido ao som dela, porém nunca a compreendera tão bem quanto agora. O canto enchia a igreja, como se a igreja tivesse se transformado num espaço oco, um vazio, em que ressoassem as vozes que a impeliram até aquele lugar escuro. Sua tia sempre a cantava, bem baixinho, com aspereza e um orgulho amargo:

A cruz consagrada usarei
Da minha vida até o fim,
E no meu lar então terei
Uma coroa para mim.

Ela devia estar bem velha, ainda com a mesma aspereza de espírito, cantando essa música naquela casinha no Sul que por tantos anos dividira com Elizabeth. E a tia não soubera da vergonha de Elizabeth, que só escreveu a respeito de John quando já estava casada com Gabriel havia muito tempo; e o Senhor jamais permitira que sua tia viesse a Nova York. A sua tia sempre profetizara que Elizabeth ia acabar mal, orgulhosa e vaidosa e insensata que era, e tendo tido uma infância completamente desregrada.

Sua tia fora o segundo da série de desastres que puseram fim à infância de Elizabeth. O primeiro ocorreu pouco antes de ela completar nove anos: sua mãe morreu, um evento que não foi reconhecido de imediato por Elizabeth como um desastre, pois ela mal conhecera a mãe e certamente nunca a amara. A mãe era uma mulher muito clara, e bela, de saúde delicada, que passava a maior parte do tempo na cama, lendo panfletos espíritas que falavam sobre as vantagens da doença e queixando-se ao pai de Elizabeth do quanto ela sofria. Da mãe Elizabeth lembrava apenas que ela chorava com muita facilidade e que cheirava a leite estragado — era talvez a cor inquietante da mãe que a fazia, sempre que estava nos braços dela, pensar em leite. Mas a mãe não segurava Elizabeth com tanta frequência. A menina em pouco tempo passou a desconfiar que a causa disso era o fato de ela ser muito mais escura do que a mãe e não ser, é claro, nem de longe tão bela quanto ela. Quando se defrontava com a mãe, ficava tímida, constrangida, emburrada. Não sabia dar resposta às perguntas insistentes e sem sentido que a mãe lhe fazia, expressas com a furiosa afetação da preocupação materna; não conseguia fingir, quando a beijava, ou se submetia aos beijos dela, que era movida por outra coisa além de uma desagradável sensação de dever. Isso, com certeza, provocava na mãe uma espécie de fúria atônita, e ela jamais se cansava de dizer a Elizabeth que ela era uma filha "desnaturada".

Mas com o pai era muito diferente; ele era — e Elizabeth sempre pensava nele assim — jovem, bonito e bondoso, e generoso; e amava a filha. Dizia-lhe que ela era a menina dos seus olhos, que morava no seu coração, que era sem dúvida a mocinha mais elegante de todas. Quando estava com o pai, Elizabeth empinava-se toda, feito uma rainha: e não tinha medo de nada, fora o momento em que ele diria que era hora de ela ir para a cama, ou que ele tinha que "cuidar da vida" dele. Sempre lhe comprava coisas, roupas e brinquedos, e nos domingos fazia com ela longas caminhadas no campo, ou então a levava ao circo, quando o circo chegava, ou então a espetáculos de marionetes. E ele era escuro, como Elizabeth, e doce, e orgulhoso; nunca se zangava com a filha, mas ela o vira zangar-se algumas vezes com outras pessoas — com a mãe dela, por exemplo, e depois, é claro, com a tia. A mãe estava sempre zangada, e Elizabeth não dava importância a isso; e, além disso, a tia estava constantemente zangada, e a menina aprendeu a suportar isso: mas se o pai alguma vez se zangasse com ela — naquele tempo —, ela teria vontade de morrer.

Nenhum dos dois jamais ficou sabendo da sua vergonha; quando a coisa aconteceu, Elizabeth não podia imaginar como dar a notícia ao pai, como causar tamanha dor a quem já suportava tanto sofrimento. Mais tarde, quando tivesse contado a ele, o pai já estaria havia muito tempo na terra silenciosa, indiferente a tudo.

Pensava nele agora, enquanto a cantoria e o choro prosseguiam a sua volta — e pensava o quanto o pai gostaria do neto, que era parecido com ele sob tantos aspectos. Talvez fosse um sonho dela, mas não lhe parecia que era sonho quando, às vezes, julgava ouvir em John ecos, curiosamente distantes e distorcidos, da doçura de seu pai, e de seu jeito curioso de rir — ele jogava a cabeça para trás e as marcas dos anos desapareciam de seu rosto, e os olhos doces adoçavam-se mais ainda, e os cantos da boca viravam para cima, como a boca de um menino — e aquele orgulho mortal de seu pai, por trás do qual o pai se recolhia para enfrentar a maldade alheia. Fora ele que lhe dissera para chorar, quando tivesse que chorar, sozinha; que nunca deixasse o mundo ver, nunca pedisse piedade; se era necessário morrer, então morria-se, mas deixar-se ser derrotado, jamais. O pai lhe falara isso numa das últimas vezes que ela o vira, quando estava sendo levada para longe, para Maryland, onde ia morar com a tia. Elizabeth teve bons motivos, nos anos que se seguiram, para se lembrar do que ele lhe dissera; e teve tempo, por fim, para descobrir em si própria as profundezas do ressentimento de seu pai de onde haviam emergido aquelas palavras.

Pois quando a mãe de Elizabeth morreu, o mundo desabou; sua tia, a irmã mais velha da mãe, chegou e horrorizou-se com o fato de a garota ser uma pessoa vaidosa e inútil; resolveu na mesma hora que seu pai não era a pessoa adequada para criar uma criança, especialmente — acrescentou, num tom severo — uma menininha inocente. E foi essa decisão de sua tia, motivo pelo qual durante muitos anos ela não a perdoou, que precipitou o terceiro desastre, a separação do pai — de tudo que ela amava no mundo.

Pois seu pai tinha o que a tia chamava de uma "casa" — não a casa onde moravam, mas outra casa, a qual, Elizabeth concluiu, era frequentada por gente ruim. E ele tinha também um "plantel", termo que confundia e horrorizava a menina. Pretos ordinários, os mais ordinários de todos, vinham de toda parte (às vezes trazendo suas mulheres, às vezes encontrando mulheres lá) para comer, consumir bebida ilegal barata e tocar música a noite toda — e fazer coisas ainda piores; era o que o silêncio terrível de sua tia dava a entender, coisas que era melhor nem mencionar. E ela jurava que moveria céus e terras para que a filha de sua irmã não fosse criada por um homem assim. Porém, sem sequer precisar olhar para o Céu, e sem incomodar na terra nada mais do que o tribunal, ela saiu vencedora: como um trovão, como um passe de mágica, como luz num momento e escuridão no momento seguinte, a vida de Elizabeth mudou. Sua mãe morreu, o pai foi expulso e ela passou a viver à sombra da tia.

Mais exatamente, pensava ela agora, *passou a viver à sombra do medo — um medo tornado ainda mais denso pelo ódio.* Elizabeth não julgava o pai nem mesmo por um momento; seu amor por ele não seria afetado se lhe houvessem dito, ou até mesmo provado, que ele era primo-irmão do Demônio. A prova não existiria para ela, e mesmo se existisse Elizabeth não lamentaria ser sua filha nem pediria nada melhor do que sofrer ao seu lado no Inferno. E quando a afastaram do pai, sua imaginação não foi de modo algum capaz de emprestar realidade às maldades de que ele era acusado — *ela*, sem dúvida, é que não o acusava. Elizabeth gritou de angústia quando o pai a entregou e virou-se para ir embora, e foi necessário carregá-la para dentro do trem. E depois, quando ela entendeu à perfeição tudo o que havia acontecido na época, mesmo assim, em seu coração, não conseguia acusá-lo. Mesmo que tivesse levado uma vida de iniquidade, ele fora muito bom para ela. A vida do pai certamente lhe custara sofrimento suficiente para que o julgamento do mundo se tornasse irrelevante. *Eles* não o conheceram como ela o conhecera; *eles* não o amaram como ela o amara! A única coisa que a entristecia era o fato de que seu pai nunca viera buscá-la, conforme havia prometido, para levá-la consigo, e durante o resto da infância ela o viu muito pouco. Já adulta, nunca mais o viu; mas isso foi culpa sua.

Não, ela não o acusava; porém acusava a tia, desde o momento em que compreendeu que a tia amara sua mãe, mas não seu pai. Isso só podia significar que a tia era incapaz de amar a *ela*, também, e em toda a sua vida com a tia nada demonstrou que Elizabeth não tivesse razão. Era bem verdade que a tia falava sempre do amor que tinha pela filha de sua irmã, dos muitos sacrifícios que fizera por ela, do quanto se esforçara para dar à sobrinha uma boa formação cristã. Mas Elizabeth não acreditava em nada daquilo, e durante todo o tempo que morou com a tia sempre a desprezou. Sentia que o que a tia chamava de amor era outra coisa — um suborno, uma ameaça, uma vontade de poder indecente. Sabia que o tipo de prisão que o amor era capaz de impor era também, de algum modo misterioso, uma liberdade para a alma e o espírito, era água no deserto, e nada tinha a ver com cadeias, igrejas, leis, recompensas e castigos que atravancavam a paisagem mental da tia.

E, no entanto, agora, em grande confusão, Elizabeth se perguntava se o engano não fora seu; se não havia algo que não percebera, e que tinha sido por isso que o Senhor a fizera sofrer. "Você que se acha tão especial", a tia lhe dissera uma vez, "é melhor se cuidar, ouviu? Fica aí andando com o nariz empinado, e o Senhor vai te fazer quebrar a cara. *Pode escrever* o que eu estou dizendo. Você vai *ver*."

Elizabeth jamais respondia àquelas acusações perpétuas; limitava-se a encarar a tia com um olhar fixo e insolente, que ao mesmo tempo registrava seu desdém e esvaziava qualquer pretexto para castigo. E esse recurso, que ela aprendera, inconscientemente, com o pai, quase sempre funcionava. Com o passar dos anos, a tia se deu conta da gélida distância que Elizabeth colocara entre elas duas, e que certamente nunca mais seria vencida. E a tia acrescentava, olhando para baixo, em voz baixa: "Porque Deus não gosta disso".

"Eu tô pouco ligando se Deus não gosta, ou se a senhora não gosta", Elizabeth respondia em seu coração. "Eu vou embora daqui. Ele vem me buscar, e eu vou embora daqui."

"Ele" era o pai, que nunca veio. Com o passar dos anos, ela passou a responder apenas: "Eu vou embora daqui". E essa determinação pendia como uma joia pesada entre seus seios; estava escrita com fogo no céu escuro de sua mente.

Mas era verdade — havia algo que ela não percebera. *A soberba precede a ruína, e a altivez do espírito, a queda*. Ela não sabia isso; não imaginava que pudesse cair. Perguntava-se agora como poderia passar esse conhecimento para seu filho; se poderia ajudá-lo a suportar o que não podia mais ser mudado; se, no decorrer da vida, ele a perdoaria — por seu orgulho, sua insensatez, sua barganha com Deus! Pois agora, aqueles anos antes de sua queda, na casa escura da tia — aquele lugar que sempre cheirava a roupas guardadas por um tempo excessivo no armário, que cheirava a mulheres velhas; que cheirava às fofocas delas, e de algum modo era permeado pelo odor do limão que a tia punha no chá, e pelo odor de peixe frito, e da destilaria que alguém mantinha no porão da casa —, aqueles anos surgiram a sua frente, por completo, avassaladores; e ela se via entrando em qualquer cômodo em que a tia estivesse, respondendo a tudo que ela perguntasse, parada diante dela, rígida como uma tábua, corroída pelo câncer do ódio e do medo, em guerra a cada minuto do dia, uma batalha que se prolongava nos sonhos. Naquele momento Elizabeth sabia do que acusava sua tia, em silêncio, desde muito cedo: de arrancar uma criança confusa dos braços do pai que ela amava. E sabia também por que às vezes, muito vagamente e contra a vontade, sentia que o pai a havia traído: era porque ele não virara o mundo do avesso para tirar a filha das mãos de uma mulher que não a amava, e que não era amada por ela. No entanto, entendia como era difícil virar o mundo do avesso, pois ela havia tentado uma vez, e fracassado. E entendia também — fazendo com que as lágrimas que chegavam a sua boca fossem mais amargas do que a mais amarga erva — que, sem o orgulho e o amargor contra a tia que ela guardara no coração por tanto tempo, jamais teria conseguido suportar o convívio com ela.

Então pensou em Richard. Fora Richard que a tirara daquela casa, e do Sul, e a levara para a cidade da destruição. Richard chegara de repente — e, do momento de sua chegada até o de sua morte, ele encheu a vida dela. Nem mesmo agora, no lugar secreto, quase impenetrável, do coração, onde se esconde a verdade e onde só a verdade pode viver, Elizabeth seria capaz de desejar não o ter conhecido; nem de negar que, estando ele presente, o júbilo do Céu não significaria nada para ela — que, sendo obrigada a escolher entre Richard e Deus, não poderia senão, mesmo chorando, afastar-se do Senhor.

E fora por isso que Deus tirara Richard dela. Era por tudo isso que ela estava pagando, e era desse orgulho, ódio, ressentimento e lascívia — dessa loucura, dessa corrupção — que seu filho era herdeiro.

Richard não havia nascido em Maryland, mas estava trabalhando lá, no verão em que ela o conheceu, como empregado de uma mercearia. Foi em 1919, e ela tinha então um ano a menos que o século. Ele tinha vinte e dois, o que naquela época parecia a ela uma idade e tanto. Ela reparou nele de imediato porque ele era muito mal-humorado, chegando às raias da indelicadeza. Atendia os clientes, dizia sua tia, com fúria, como se tivesse esperança de que a comida que eles estavam comprando os envenenasse. Elizabeth gostava de vê-lo andar; seu corpo era muito esguio, e belo, e nervoso — *nervos à flor da pele*, pensou Elizabeth, perceptiva. Richard se deslocava exatamente como um gato, andando sempre nas pontas dos pés, e com o distanciamento impressionante e indiferente dos gatos, o rosto fechado, os olhos opacos. Fumava o tempo todo, com um cigarro entre os lábios enquanto fazia as contas, e por vezes o deixava aceso no balcão enquanto ia pegar alguma coisa no estoque. Quando, à entrada de alguém, dava bom-dia ou boa-tarde, fazia isso quase sem levantar a vista, com uma indiferença que beirava a insolência. Sempre que, tendo feito sua compra e contado o troco, o freguês se virava para sair e Richard dizia "Obrigado", era num tom tão próximo de um xingamento que às vezes as pessoas se viravam, surpresas, e o encaravam.

"Ele não gosta nem um pouco de trabalhar nessa loja", Elizabeth uma vez comentou com a tia.

"Ele não gosta de trabalhar", ela retrucou, com desdém. "Igualzinho a você."

Num dia ensolarado de verão, ensolarado para sempre em sua memória, Elizabeth entrou na loja sozinha, trajando seu melhor vestido branco de verão, com o cabelo recém-esticado com cachos nas pontas, amarrado com uma fita vermelha. Estava indo a um grande piquenique da igreja com a tia e fora comprar limão. Passou pelo dono da loja, um homem gordíssimo, que se abanava, acomodado na calçada; ele lhe perguntou o que ela achava do calor, ela respondeu alguma coisa e entrou na mercearia escura, carregada de cheiros, onde moscas zuniam, e onde Richard estava sentado junto ao balcão lendo um livro.

De imediato, ela sentiu-se culpada por estar incomodando e murmurou, num tom de quem pede desculpas, que só queria comprar uns limões. Imaginava que ele fosse pegá-los com o jeito mal-humorado de sempre e depois retomaria a leitura, porém ele sorriu e disse:

"É só isso mesmo que você quer? Pensa bem. Tem certeza que não tá esquecendo nada?"

Ela nunca o vira sorrir antes; aliás, praticamente nunca ouvira sua voz. Seu coração deu um salto terrível e em seguida, de modo também terrível, pareceu parar para sempre. Ficou parada ali, olhando para ele. Se ele lhe pedisse para repetir o pedido,

Elizabeth não conseguiria de modo algum lembrar o que era. E constatou que estava olhando nos olhos dele, que antes lhe pareciam de todo opacos, e a partir dali viu neles uma luz que nunca vira antes — e ele continuava sorrindo, mas havia algo de curiosamente urgente naquele sorriso. Então Richard perguntou: "Quantos limões, menininha?".

"Seis", respondeu ela por fim, percebendo, com grande alívio, que nada acontecera: o sol continuava brilhando, o gordo continuava sentado ao lado da porta, seu coração batia como se nunca tivesse parado.

Mas ela não se deixou enganar; lembrava-se do instante em que seu coração havia parado, e sabia que ele agora batia de modo diferente.

Richard pôs os limões num saco, e, com uma timidez curiosa, Elizabeth se aproximou do balcão para lhe dar o dinheiro. Estava muitíssimo abalada, pois constatava que não conseguia nem tirar os olhos dele nem olhar para ele.

"Aquela que vem sempre com você é sua mãe?", Richard perguntou.

"Não, é minha tia." Sem saber por que o fazia, acrescentou: "Minha mãe morreu".

"Ah", ele exclamou; em seguida: "A minha também". Os dois olharam pensativos para o dinheiro no balcão. Ele o pegou, mas não se mexeu. "Eu não achava que era sua mãe", disse por fim.

"Por quê?"

"Não sei. Ela não parece com você."

Começou a acender um cigarro, e depois olhou para ela e recolocou o maço no bolso.

"Eu não me incomodo", ela apressou-se a dizer. "E de qualquer modo já estou indo. Ela tá me esperando — a gente vai sair."

Richard virou-se e abriu com um ruído a caixa registradora. Elizabeth pegou os limões. Ele lhe deu o troco. Ela pensou que devia falar alguma coisa — por algum motivo, não parecia correto simplesmente sair da mercearia —, mas não lhe ocorria nada. Richard, porém, disse:

"Então é por *isso* que você tá toda arrumada hoje. Aonde vocês vão?"

"Num piquenique — um piquenique da igreja", e de repente, sem motivo, e pela primeira vez, ela sorriu.

Ele também sorriu, e acendeu o cigarro, tomando cuidado para não soprar a fumaça em cima dela. "Você gosta de piquenique?"

"Às vezes", Elizabeth respondeu. Ainda não se sentia à vontade com o rapaz, e mesmo assim começava a pensar que gostaria de ficar ali em pé conversando com ele o dia todo. Queria perguntar o que Richard estava lendo, mas não ousou. Porém: "Como você chama?", perguntou abruptamente.

"Richard."

"Ah", disse ela, pensativa. E então: "Eu sou a Elizabeth".

"Eu sei", ele retrucou. "Ouvi sua tia te chamando uma vez."

"Bem", declarou ela, impotente, após uma longa pausa, "até logo."

"'Até *logo*?' Você não tá indo embora daqui, tá?"

"Ah, não", ela respondeu, confusa.

"Bem", começou ele, sorrindo, com uma mesura, "*bom dia*."

"É", ela concordou, "bom dia."

Virou-se e saiu para a rua; não era a mesma rua em que ela estava ao entrar minutos atrás. As ruas, o céu lá em cima, o sol, as pessoas zanzando, tudo isso, num momento, havia mudado, e nunca mais seria como antes.

"Lembra daquele dia", ele lhe perguntou muito tempo depois, "que você entrou na loja?"

"O que tem?"

"Pois você tava muito bonita."

"E eu achava que você nunca reparava em mim."

"Eu também achava que você nunca reparava em mim."

"Você tava lendo um livro."

"Tava."

"Que livro que era, Richard?"

"Ah, não lembro. Um livro qualquer."

"Você sorriu."

"Você também sorriu."

"Eu, não. Eu me lembro."

"Sorriu, sim."

"Não sorri, *não*. Só depois que você sorriu."

"Seja lá como for — você tava muito bonita."

Ela não gostava de relembrar o coração duro, as lágrimas calculadas, as mentiras, a crueldade da tia com que ela passou a guerrear, em busca da liberdade. E venceu, embora sob condições nada desprezíveis. A principal delas era que Elizabeth teria que se colocar sob a proteção de uma parenta da tia, uma mulher distante e insuportavelmente respeitável, que morava em Nova York — pois, quando o verão terminasse, Richard lhe disse que estava indo para lá e queria que ela o acompanhasse. Eles se casariam lá. Richard dizia detestar o Sul, e foi essa talvez a razão pela qual não lhes ocorreu começar a vida de casados lá. E Elizabeth sentia-se tolhida pelo medo de que, se a tia descobrisse a que ponto chegaram suas relações com Richard, ela encontraria, tal como conseguira fazer muitos anos antes no caso de seu pai, uma maneira de separar os dois. Foi esse, Elizabeth refletiu depois, o primeiro de uma série de erros sórdidos que terminaram causando sua queda catastrófica.

Porém, olhar para trás, da planície pedregosa a que se chegou, e ver a estrada que levou até lá não é a mesma coisa que caminhar naquela estrada; o ponto de vista, para dizer o mínimo, só muda ao longo da viagem; é só quando a estrada, de modo abrupto e traiçoeiro, e tão categórico que não permite nenhuma discussão, faz a curva ou desce ou sobe que se consegue ver aquilo que não poderia ter sido visto de nenhum outro lugar. Na época, se o próprio Deus descesse do Céu com suas trombetas ordenando-lhe que voltasse atrás, Elizabeth dificilmente O teria ouvido, e certamente não teria obedecido. Naquele tempo ela vivia numa tempestade de fogo, que tinha Richard como centro e coração. E toda a sua luta visava apenas chegar a ele — só isso; seu único temor era do que poderia acontecer se eles fossem mantidos separados; quanto ao que viria depois, para isso ela não reservava nenhum pensamento e nenhum temor.

O pretexto que usou para justificar a mudança para Nova York era que no Norte havia mais oportunidades para as pessoas de cor; poderia estudar numa escola nortista e encontrar um emprego melhor do que os que seriam possíveis no Sul. Sua tia, embora a ouvisse com o escárnio de sempre, mesmo assim não pôde negar que a cada geração, como ela dizia com relutância, as coisas estavam fadadas a mudar — e não havia como ela se colocar como obstáculo para Elizabeth. Assim, no inverno de 1920, no início do ano, Elizabeth deu por si num quarto de fundos feio no Harlem, na casa da parente da tia, uma mulher cuja respeitabilidade era indicada pelo incenso que ela queimava em seus aposentos e pelas sessões de espiritismo que realizava todas as noites de sábado.

Aquele prédio ainda existia, e não ficava longe dali; muitas vezes Elizabeth era obrigada a passar por ele. Sem levantar a vista, conseguia ver as janelas do apartamento em que havia morado, e a placa daquela mulher continuava na janela: MADAME WILLIAMS, ESPÍRITA.

Elizabeth arranjou emprego de camareira no mesmo hotel em que Richard trabalhava como ascensorista. Richard dizia que se casariam assim que ele conseguisse economizar alguma coisa. Mas como à noite ele ia à escola e já que ganhava muito pouco dinheiro, o casamento, que Elizabeth imaginava que fosse acontecer quase imediatamente após a chegada a Nova York, foi sendo adiado para um futuro cada vez mais remoto. Isso levantava uma questão que ela se recusara, em Maryland, a encarar, porém que agora se tornava inescapável: o problema da vida em comum do casal. A realidade, por assim dizer, pela primeira vez irrompeu em seu grande sonho, e ela começou a se perguntar, com amargor, o que a levara a crer que, uma vez com Richard, ela conseguiria resistir a ele. Conseguira conservar, a muito custo, o que sua tia chamava de sua pérola sem preço convivendo com Richard no Sul. Isso, que antes Elizabeth via como prova de sua força moral feminina, na verdade se devera, como agora estava claro, apenas ao grande medo que lhe inspirava a tia, e à falta de oportunidade naquela cidadezinha. Ali, na cidade grande, onde ninguém se importava com a vida de ninguém, onde era possível morar no mesmo prédio que pessoas com as quais jamais se trocava uma palavra, Elizabeth se viu, quando Richard a tomou nos braços, à beira de um precipício: e assim ela desceu, de modo impensado, afundando no mar terrível.

Foi assim que a coisa aconteceu. Estaria esperando por ela desde o dia em que fora tirada dos braços do pai? O mundo em que Elizabeth se via agora não era tão diferente do mundo do qual fora resgatada tantos anos antes. Lá estavam as mulheres que levavam sua tia a condenar seu pai do modo mais passional — mulheres que bebiam muito, falavam de um jeito duro, cheirando a uísque e cigarros, com a autoridade mística de mulheres iniciadas nas doces violências que podiam ser cometidas à luz da lua e das estrelas, ou às luzes ferozes da cidade, numa pilha de feno ou numa cama. E seria ela, Elizabeth, após uma queda tão doce, presa por cadeias tão fortes, uma dessas mulheres agora? E lá estavam os homens que antes vinham dia e noite visitar o "plantel" de seu pai — cheios de conversa mole, música, violência e sexo —, homens negros, pardos, que dirigiam a ela olhares lúbricos e debochados. Esses sujeitos eram amigos de Richard. Nenhum deles frequentava a igreja — era até difícil imaginar que soubessem da existência das igrejas —, e todos, a cada hora, a cada dia, nas falas, na vida, nos seus corações, maldiziam a Deus. Todos pareciam estar dizendo o que disse Richard quando, uma vez, timidamente, ela mencionou o amor de Jesus: "Pode mandar aquele filho da puta tomar no cu".

Tomada pelo terror ao ouvir isso, Elizabeth chorou; no entanto, não podia negar que aquele ressentimento abundante correspondia a uma imensa fonte de sofrimento. No final das contas, o mundo do Norte não era assim tão diferente do mundo do Sul de que ela fugira; a única diferença era que o Norte prometia mais. E a semelhança era que o que era prometido não era dado, e o que era dado com uma mão distante e relutante era tirado de volta com a outra. Agora Elizabeth compreendia, naquela cidade nervosa, vazia e ruidosa, aquele nervosismo de Richard que tanto a havia atraído — uma tensão tão absoluta, e tão desprovida de esperança, de qualquer possibilidade de alívio ou resolução, que Elizabeth a sentia nos músculos dele, e a ouvia na respiração dele, mesmo quando Richard adormecia em seu peito.

E talvez fosse por isso que ela jamais pensou em abandoná-lo, por mais que se sentisse assustada durante todo aquele tempo, vivendo num mundo em que, não fosse por Richard, ela não teria encontrado onde pôr os pés. Nunca o abandonou, porque temia o que poderia acontecer com ele sem ela. Não resistia a Richard, porque ele precisava dela. E não insistia com a questão do casamento por temer que ele, que se irritava com tanta coisa, acabasse se irritando também com ela. Elizabeth via a si própria como a força de Richard; num mundo de sombras, era a realidade indiscutível à qual ele sempre poderia voltar. E mesmo assim, apesar de tudo que havia acontecido, não conseguia arrepender--se disso. Bem que havia tentado, mas nunca conseguira, nem mesmo agora, arrepender-se de fato. Então onde estava seu arrependimento? Como poderia Deus ouvir seus brados?

De início, foram muito felizes juntos; e até o final Richard foi muito bom com ela, nunca deixou de amá-la e sempre tentou fazê-la perceber isso. Assim como nunca conseguira acusar o pai, ela também jamais acusara Richard. Compreendia a fraqueza, e o terror, e até mesmo o fim sangrento dele. O que a vida o obrigou a enfrentar, ele, seu amor, aquele menino indomável e infeliz, vários homens mais fortes e mais virtuosos talvez não conseguissem enfrentar tão bem.

Sábado era o melhor dia para eles, pois o expediente terminava às treze horas. Tinham toda a tarde juntos, e quase toda a noite, pois madame Williams realizava suas sessões de espiritismo nas noites de sábado e preferia que Elizabeth, cujo ceticismo silencioso talvez tivesse o efeito de fazer com que os espíritos relutassem em falar, não estivesse em casa. O ponto de encontro era a entrada de serviço. Richard era sempre o primeiro a chegar, e curiosamente parecia muito mais jovem e menos anônimo sem aquele uniforme feio e apertado que era obrigado a usar no trabalho. Elizabeth encontrava-o conversando ou rindo com os outros rapazes, ou jogando dados, e, quando ouvia os passos dela atravessando o comprido corredor de pedra, ele levantava a vista, rindo; e cutucando com malícia um dos outros rapazes, meio que gritava, meio que cantava: "O-lha só! Ela não é uma beleza?".

Ao ouvir isso, ela invariavelmente — e era por isso que ele invariavelmente fazia o comentário — corava, meio que sorrindo, meio que franzindo a testa, e num gesto nervoso levava a mão à gola do vestido.

"*Sweet* Georgia Brown!",* alguém exclamava.

"Pra você, é *srta.* Brown", Richard retrucava, e a pegava pelo braço.

"Isso mesmo", comentava outro, "melhor segurar bem essa gracinha, se não alguém vai pegar ela de você."

"É", dizia um terceiro, "quem sabe eu."

"*Ah*, não", exclamava Richard, caminhando com ela em direção à rua, "*ninguém* vai tirar essa minha coisinha de mim."

Coisinha: era assim que ele a chamava. E às vezes também de "boca de sanduíche", "carinha engraçada", "olhos de sapo". Elizabeth, é claro, não permitiria que nenhuma outra pessoa lhe desse tais apelidos, como também, se não estivesse vivendo, com alegria e impotência (e um pânico dormente), essa exata situação, jamais permitiria que fosse publicamente identificada como propriedade de um homem — "concubina" seria o termo usado por sua tia, e à noite, sozinha, ela saboreava a palavra, azeda como casca de limão, com a língua.

Estava afundando no mar com Richard. Depois teria que subir para a margem sozinha, mas na época ela ainda não tinha consciência disso. Despedindo-se dos rapazes no corredor, seguiam rumo às ruas do centro de Nova York.

"E o que é que vamos fazer hoje, coisinha?" Com aquele sorriso dele, e aqueles olhos inescrutáveis, entre as torres da cidade branca, cercados de gente branca apressada.

"Não sei, meu amor. O que você quer fazer?"

"Quem sabe ir a um *museu*."

Na primeira vez que ele fez essa sugestão, ela perguntou, em pânico, se deixariam que eles dois entrassem.

---

* Título e refrão ("Doce Georgia Brown") de canção composta por Ben Bernie, Maceo Pinkard e Kenneth Casey que foi lançada em 1925 e se tornou um standard. (N. T.)

"Claro, eles deixam o negro entrar", respondeu Richard. "Pois a gente não tem que ser educado — pra conviver com esses putos?"

Com Elizabeth, ele nunca era cuidadoso ao falar, o que de início lhe pareceu sinal de que ele a desprezava por ela ter sucumbido com tanta facilidade, e mais tarde lhe pareceu a prova de que ele a amava.

E, quando Richard a levava ao Museu de História Natural, ou ao Metropolitan Museum of Art, onde era quase certo que eles seriam os únicos negros presentes, e lhe mostrava os salões, que na imaginação de Elizabeth sempre pareciam frios como lápides, ela via uma vida nova nele. Isso nunca deixou de assustá-la, essa paixão que Richard investia em coisas que ela não conseguia compreender.

Pois Elizabeth jamais captou — pelo menos de modo racional — o que ele, com tanta intensidade, tentava lhe dizer naquelas tardes de sábado. Não conseguia encontrar, entre si própria e a estatueta africana, ou o totem, que ele contemplava com um deslumbramento melancólico, nenhum ponto de contato. Sua única felicidade era não trair esse sentimento. Preferia olhar, no outro museu, para as pinturas; mas mesmo ali ela não entendia nada que Richard dizia a respeito delas. Não entendia por que ele tinha tamanha adoração por coisas mortas havia tanto tempo; não entendia o sustento que elas lhe davam, que segredos ele tinha esperança de arrancar delas. Porém Elizabeth pelo menos compreendia que aquelas coisas eram para Richard uma fonte amarga de nutrição, e que os segredos contidos nelas eram para ele uma questão de vida ou morte. Isso a assustava, porque sentia que Richard tentava alcançar a lua, e, portanto, terminaria se despedaçando nas pedras; mas não dizia nada disso. Limitava-se a escutá-lo, e em seu coração orava por ele.

Mas em outros sábados iam ao cinema; iam ao teatro; visitavam os amigos dele; caminhavam pelo Central Park. Elizabeth gostava do parque porque, ainda que de modo espúrio, ele recriava algumas paisagens que ela conhecera. Quantas tardes não foram passear lá! Depois, ela passou a evitar o parque. Compravam amendoim e ficavam horas alimentando os animais do zoológico; compravam refrigerantes e bebiam sentados na grama; andavam junto ao reservatório e Richard explicava a ela como uma cidade do tamanho de Nova York encontrava água para beber. Ao mesmo tempo que lhe dava medo, Richard lhe inspirava uma admiração absoluta, por ele ter aprendido tanta coisa tão jovem. As pessoas olhavam para os dois, mas ela não se importava; ele percebia, porém parecia não perceber. Richard às vezes perguntava, no meio de uma frase — talvez a respeito de Roma antiga:

"Coisinha — você me ama?"

E Elizabeth não entendia como ele poderia duvidar. Pensava que ela própria deveria ser muito insegura, por não conseguir fazê-lo ter certeza; fitava-o nos olhos e dizia a única coisa que podia dizer:

"Que Deus me mate se eu não amar você. Não tem céu em cima da gente se eu não amo você."

Então Richard olhava para o céu, irônico, segurava-lhe o braço com uma pressão mais firme, e continuavam a caminhar.

Uma vez Elizabeth lhe perguntou:

"Richard, você ia na escola quando era pequeno?"

Ele a encarou por um bom tempo. E respondeu:

"Meu bem, eu já te contei, minha mãe morreu quando eu nasci. E meu pai, ninguém sabia onde ele tava. Ninguém cuidou de mim. Eu ficava ora aqui, ora ali. Quando uma família se cansava de mim, me mandava pra outro lugar. Eu quase não fui na escola."

"Então como é que você ficou tão inteligente? Como é que você sabe tanta coisa?"

Ele sorriu, contente, mas disse: "Coisinha, eu não sei muita coisa, não". Em seguida acrescentou, com uma mudança na expressão e na voz que ela já aprendera a identificar: "Um dia eu só resolvi que eu ia aprender tudo que esses filho da puta branco sabia, que eu ia saber melhor que eles, pra que nenhum filho da puta branco *nunca* conseguisse me humilhar, e fazer eu me sentir um merda, se eu soubesse ler o alfabeto de frente pra trás e de lado. Porra, aí ele não ia poder me derrubar. E, se ele tentasse me matar, eu levava ele junto; juro pela minha mãe que eu levava". E voltou a olhar para Elizabeth, sorriu e beijou-a, dizendo: "Foi assim que eu aprendi tanta coisa, meu bem".

Ela perguntou: "E o que é que você vai fazer, Richard? O que é que você quer ser?".

E o rosto dele anuviou-se. "Não sei. Preciso descobrir. Não consigo pôr as ideia no lugar."

Elizabeth não sabia *por que* ele não conseguia — ou tinha apenas uma vaga ideia do motivo —, mas sabia que ele estava falando a verdade.

O grande erro que ela cometeu com Richard foi não lhe contar que estava grávida. *Talvez*, pensava agora, *se tivesse contado, tudo teria sido muito diferente, e ele ainda estivesse vivo*. Porém ela descobrira a gravidez em circunstâncias tais que foi levada a decidir, para protegê-lo, não dizer nada de imediato. Já estava muito assustada, e não ousava contribuir para o pânico que o dominou no último verão de sua vida.

E, no entanto, no final das contas, era por isso, por recusar-se a exigir da força dele o que ele talvez, milagrosamente, conseguisse suportar, e que — mas como ela poderia saber? — talvez tivesse o efeito de fortalecê-lo ainda mais, que ela mais orava, pedindo perdão. Talvez tivesse perdido seu amor porque, ao fim e ao cabo, não acreditara nele o bastante.

Elizabeth morava bem longe de Richard — quatro estações do metrô; e, quando era a hora de ela voltar para casa, ele a acompanhava no metrô e a deixava à porta de casa. Num sábado em que perderam a hora e ficaram juntos até mais tarde do que de costume, Richard a deixou em casa às duas da madrugada. Despediram-se às pressas, pois Elizabeth tinha medo de ser repreendida ao chegar ao apartamento — embora, na verdade, por mais estranho que fosse, madame Williams parecesse de todo indiferente aos horários de Elizabeth — e ele queria voltar depressa e se deitar. No entanto, enquanto Richard descia apressado a rua escura, cheia de murmúrios, Elizabeth sentiu um impulso de chamá-lo, de pedir-lhe que a levasse junto e nunca mais se separasse dela. Subiu a escada depressa, sorrindo de leve dessa fantasia: era porque ele parecia tão jovem e indefeso enquanto se afastava, e, no entanto, ao mesmo tempo, tão garboso e forte.

Richard havia combinado de vir jantar no dia seguinte, para finalmente, por insistência de Elizabeth, ser apresentado a madame Williams. Mas ele não veio. Elizabeth quase enlouqueceu madame Williams de tanto atentar para os passos que subiam a escada. Tendo dito a ela que um cavalheiro viria visitá-la, é claro que ela não ousava sair da casa e sair em busca dele, o que daria a madame Williams a impressão de que ela pegava homens na rua. Às dez horas, sem ter jantado, um detalhe que a dona da casa sequer percebeu, Elizabeth foi se deitar, a cabeça doendo e o coração apertado de medo, medo do que poderia ter acontecido com Richard, que jamais a deixara esperando antes; e medo, acima de tudo, do que começava a acontecer em seu corpo.

E na manhã de segunda ele não apareceu no trabalho. Na hora do almoço, Elizabeth foi até o quarto dele. Não o encontrou lá. A senhoria disse que ele não havia estado em casa durante todo o fim de semana. Enquanto Elizabeth esperava no corredor, trêmula e indecisa, dois policiais brancos entraram.

Assim que ela os viu, e antes mesmo que eles pronunciassem o nome dele, compreendeu que alguma coisa terrível acontecera com Richard. Seu coração, tal como naquele dia ensolarado de verão em que ele falou com ela pela primeira vez, deu um salto terrível e depois imobilizou-se, uma imobilidade tremenda, debilitante. Elizabeth apoiou-se na parede com uma das mãos para não cair.

"Essa moça aqui estava justamente procurando por ele", ouviu a senhoria dizer.

Todos olharam para Elizabeth.

"Você é a garota dele?", um dos policiais perguntou.

Ela olhou para aquele rosto suado, no qual um sorriso lascivo aparecera de imediato, e empertigou-se, tentando não tremer.

"Sou", respondeu. "Onde ele está?"

"Na cadeia, meu bem", respondeu o outro policial.

"Por quê?"

"Porque assaltou a loja de um branco, pretinha. Por isso."

Elizabeth sentiu, e deu graças ao Céu por tal, que uma raiva fria e pétrea a dominava. Se não fosse isso, certamente teria caído, ou começado a chorar. Encarou o policial sorridente.

"O Richard não roubou loja nenhuma. Me diz onde ele está."

"E *eu* te digo", ele retrucou, sem sorrir, "que o seu namorado assaltou uma loja e está na cadeia por isso. E vai ficar lá. O que é que você tem a dizer agora?"

"E ele deve ter feito isso por sua causa", disse o outro policial. "Você parece ser o tipo de garota capaz de fazer um homem assaltar uma loja."

Elizabeth não disse mais nada; pensava agora em como faria para vê-lo, para tirá-lo de lá.

Um deles, o do sorriso, virou-se para a senhoria e disse: "Me dá a chave do quarto dele. Há quanto tempo ele mora aqui?".

"Mais ou menos um ano", ela respondeu. Olhou com tristeza para Elizabeth. "Ele parecia um rapaz muito bonzinho."

"Ah, sei", disse ele, subindo a escada, "todos parecem muito bonzinhos na hora de pagar o aluguel."

"O senhor me leva onde ele está?", perguntou Elizabeth ao outro policial. Olhava fascinada para a arma que ele levava no coldre, para o cassetete do outro lado. Tinha vontade de agarrar aquela pistola e dispará-la apontada para aquele rosto redondo e vermelho; pegar aquele cassetete e bater com toda a força na base de seu crânio, abaixo do quepe, até que o cabelo feio e sedoso daquele branco se misturasse com sangue e miolo.

"Claro, menina", ele respondeu, "você vem com a gente. O homem lá da delegacia quer te fazer umas perguntas."

O policial sorridente desceu. "Não tem nada lá em cima. Vamos embora."

Elizabeth caminhava entre os homens na rua ensolarada. Sabia que não adiantava nada continuar falando com eles. Estava totalmente sob o poder deles; precisaria pensar mais rápido do que eles; precisaria reprimir seu medo e seu ódio, e descobrir o que podia ser feito. Por nada desse mundo, que não fosse a vida de Richard, e talvez nem mesmo por isso, ela haveria de chorar diante deles, ou pedir-lhes um gesto de bondade.

Uma pequena multidão de crianças e passantes curiosos os seguia enquanto caminhavam pela rua comprida, poeirenta, ensolarada. Elizabeth só não queria passar por ninguém conhecido; mantinha a cabeça empinada, olhando bem para a frente, sentindo que a pele se retesava sobre os ossos como se ela estivesse usando uma máscara.

E na delegacia conseguiu de algum modo resistir aos risos brutais. (*O que é que ele estava fazendo com você, menina, até as duas da madrugada? — A próxima vez que você tiver vontade, menina, vem aqui falar comigo.*) Tinha a impressão de que ia explodir, ou vomitar, ou morrer. Embora em sua testa o suor se destacasse do jeito mais cruel, como agulhas, e ela se sentisse coberta, em todos os lados, de fedor e imundície, conseguiu arrancar deles, com muita paciência, o que queria saber: Richard estava detido numa prisão no centro da cidade, chamada Tombs* (o nome fez com que seu coração desse um salto), e ela poderia vê-lo no dia seguinte. O Estado, ou a prisão, ou alguém, já havia encontrado um advogado para ele; o julgamento seria na semana seguinte.

Mas no dia seguinte, quando o viu, Elizabeth chorou. Ele tinha sido espancado, Richard cochichou para ela, e mal conseguia andar. Seu corpo, ela descobriu depois, não tinha quase nenhuma contusão, mas estava cheio de inchaços estranhos e dolorosos, e acima de um dos olhos havia um vergão.

Ele não havia assaltado a loja, é claro, mas ao se despedir dela naquela noite de sábado entrou na estação de metrô para esperar o trem. Era tarde, os trens seguiam devagar; Richard estava sozinho na plataforma, semiadormecido, pensando, disse ele, em Elizabeth.

Então, da outra ponta da plataforma, vieram ruídos de uma correria; levantando a vista, viu dois garotos de cor a descer a escada correndo. Suas roupas estavam rasgadas, e eles estavam assustados; vieram do outro lado da plataforma e ficaram junto dele, ofegantes. Richard ia lhes perguntar qual era o problema quando, correndo pelos trilhos em direção a eles, e seguido por um homem branco, ele viu outro garoto de cor; e ao mesmo tempo um outro homem branco desceu correndo a escada do metrô.

Então ele despertou por completo, em pânico; entendeu que o que quer que fosse que estivesse acontecendo o problema

---

* Nome popular dado à cadeia municipal de Manhattan; literalmente, "túmulos". (N. T.)

agora era seu também; pois aqueles brancos não fariam distinção entre ele e os três rapazes que estavam perseguindo: eram todos de cor, todos mais ou menos da mesma idade e estavam juntos ali, na plataforma do metrô. E todos eles, sem que nenhuma pergunta lhes fosse feita, foram arrebanhados e levados para cima, para dentro do camburão, para a delegacia.

Lá, Richard deu nome, endereço, idade e profissão; então, pela primeira vez, disse que não estava envolvido, e pediu a um dos rapazes que corroborasse seu testemunho. Nisso, com algum desespero, eles o atenderam. *Poderiam ter feito isso antes*, pensou Elizabeth, *mas provavelmente acharam que teria sido inútil falar.* E os homens não acreditaram neles; o dono da loja estava vindo para fazer a identificação. E Richard tentou relaxar: o homem *não poderia* dizer que ele estava lá se nunca o vira antes.

Mas quando o dono chegou, um homem baixo com uma camisa suja de sangue — pois os rapazes o haviam esfaqueado —, acompanhado por mais um policial, ele olhou para os quatro diante dele e disse: "É, foi eles, sim".

Assim, Richard exclamou: "Mas *eu* não estava lá! Olha pra mim, que diabo — eu *não* estava lá!".

"Seus pretos filhos da puta", disse o homem, encarando-o, "são todos iguais."

Então se fez silêncio na delegacia, os olhos de todos os brancos atentos. E Richard disse, mas em voz baixa, sabendo que havia perdido: "Mas seja como for, o senhor sabe, eu não estava lá". E olhou para a camisa ensanguentada do branco e pensou, disse a Elizabeth, do fundo do coração: "Deus sabe que eu queria que tivessem te matado".

E começou o interrogatório. Os três rapazes assinaram uma confissão de imediato, mas Richard se recusou. Por fim, disse que preferia morrer a ter que confessar algo que não fizera. "Nesse caso", declarou um deles, dando-lhe um golpe na cabeça de súbito, "quem sabe você vai mesmo morrer, seu preto filho da puta." E começaram a espancá-lo. Richard não queria falar sobre isso com Elizabeth; ela se deu conta de que, diante do medo e do ódio que enchiam a cabeça dela, a imaginação fraquejou e silenciou.

"O que é que a gente vai fazer?", ela perguntou por fim.

Ele sorriu um sorriso mau — Elizabeth nunca vira um sorriso como aquele em seu rosto. "Você podia orar pra esse teu Jesus e pedir pra Ele descer e dizer alguma coisa pra esses branco." Olhou para ela por um longo momento agonizante. "Porque *eu* não sei mais o que fazer."

Ela sugeriu: "Richard, e outro advogado?".

E ele sorriu de novo. "Ora, ora", disse ele, "quer dizer que minha coisinha estava escondendo o jogo. Ela tem uma fortuna guardada numa meia, e nunca me disse nada."

Elizabeth estava havia um ano tentando economizar, mas só tinha juntado trinta dólares. Diante de Richard, tentava pensar em todas as coisas que podia fazer para levantar dinheiro, até mesmo prostituir-se. Então, dominada pela impotência, começou a estremecer de tanto soluçar. Com isso, o rosto de Richard retornou ao normal. Disse ele, com voz trêmula: "Espera aí, coisinha, não fica assim não. A gente vai dar um jeito". Porém ela não conseguia parar de soluçar. "Elizabeth", ele sussurrava, "Elizabeth, Elizabeth." Em seguida o homem veio para avisar que era hora de ir embora. E ela se levantou. Havia trazido dois maços de cigarros para Richard, que continuavam na bolsa. Desconhecendo por completo o regulamento da cadeia, não ousou entregá-los a ele sob o olhar do guarda. E de algum modo o fato de ter esquecido de lhe dar os cigarros, sabendo que ele fumava muito, a fez chorar ainda mais. Tentou — sem sucesso — sorrir para ele, e lentamente foi levada até a porta. O sol quase a cegou, e ela ouviu Richard sussurrar ao longe: "Até mais, meu bem. Se comporta".

Nas ruas, Elizabeth não sabia o que fazer. Ficou parada por algum tempo diante dos terríveis portões, depois andou e andou até chegar a um café onde taxistas e pessoas que trabalhavam nos escritórios da vizinhança entravam e saíam apressadas o dia inteiro. Normalmente tinha medo de entrar em estabelecimentos comerciais no centro da cidade, onde só havia brancos, mas naquele dia não se incomodou com isso. Parecia-lhe que se alguém lhe dissesse alguma coisa ela responderia com palavrões, como a prostituta mais baixa da rua. Se alguém encostasse nela, ela faria o possível para enviar essa alma para o Inferno.

Mas ninguém a tocou; ninguém lhe dirigiu a palavra. Ela tomou café, sentada ao sol forte que entrava pela vidraça. Só então se deu conta do quanto estava sozinha, do quanto estava assustada; nunca estivera tão assustada na vida. Sabia que estava grávida — sentia isso, como diziam as pessoas mais velhas, nos ossos; e se Richard ficasse preso, o que ela haveria de fazer? Dois, três anos — ela não sabia por quanto tempo ele poderia ficar na prisão —, e o que faria, então? E como poderia esconder esse fato da sua tia? E, se a tia descobrisse, seu pai também ficaria sabendo. Os olhos se encheram de lágrimas, e ela tomava o café frio sem gosto. E o que fariam com Richard? Se fosse para a prisão, como estaria ele quando voltasse? Elizabeth contemplou as ruas tranquilas e ensolaradas, e pela primeira vez na vida odiou tudo aquilo — a cidade branca, o mundo branco. Naquele dia, não podia pensar numa única pessoa branca decente em todo o mundo. Sentada em sua cadeira, desejou que um dia Deus, com torturas inconcebíveis, esmagasse os brancos, reduzindo-os à humildade absoluta, fazendo-os entender que os rapazes e as moças negras, que eles tratavam com tanta condescendência, com tanto desdém, e com tanto bom humor, também tinham coração — como quaisquer seres humanos —, e mais humano que o deles.

Mas Richard não ficou preso. Dados os testemunhos dos três ladrões, e o testemunho de Elizabeth, e o fato de que, sob juramento, o dono da loja manifestou indecisão, não havia provas que o condenassem. O tribunal parecia achar, com alguma complacência e certa decepção, que ele tivera muita sorte de escapar com tanta facilidade. Ele e ela foram direto para o quarto de Richard. E lá — ela jamais se esqueceria disso por toda a sua vida — ele se jogou na cama, de bruços, e chorou.

Elizabeth só vira uma única vez um homem chorar — seu pai — e não fora assim. Ela o tocou, porém ele não parou de chorar. As lágrimas dela caíam no cabelo sujo e despenteado dele. Elizabeth tentou segurá-lo, no entanto por um bom tempo ele não permitiu. Seu corpo parecia de ferro; ela não conseguia encontrar nada de macio ali. Ficou sentada, encolhida, como uma criança assustada, na beira da cama, a mão nas costas de Richard, esperando que a tempestade passasse. Foi então que ela decidiu não lhe falar ainda a respeito do bebê.

Depois de algum tempo Richard a chamou pelo nome. Então se virou, e ela o apertou contra o peito, enquanto ele suspirava e tremia. Por fim adormeceu, agarrado a ela como se estivesse mergulhando na água pela última vez.

E foi mesmo a última vez. Naquela noite, Richard cortou os pulsos com navalha e foi encontrado de manhã pela senhoria, os olhos voltados para cima, totalmente opacos, morto entre os lençóis vermelhos.

E agora estavam cantando:

Alguém precisa de Vós,
Senhor, vinde cá.

Atrás e acima dela, Elizabeth ouvia a voz de Gabriel, que havia se levantado e estava ajudando os outros a orar. Perguntou-se se John ainda estaria ajoelhado ou se teria levantado, com impaciência infantil, para olhar a sua volta. Havia nele uma rigidez que seria difícil de quebrar, mas que, assim mesmo, um dia certamente se quebraria. Tal como a rigidez dela, e a de Richard — ninguém tinha como escapar. Deus estava em todos os lugares, terrível, o Deus vivo; tão alto, como dizia a canção, que não se podia passar por cima d'Ele; tão baixo que não se podia passar por baixo d'Ele; tão largo que não se podia contorná-Lo; era preciso entrar pela porta.

E hoje, hoje ela sabia o que era essa porta: um portão vivo e cheio de ira. Ela sabia das chamas que a alma precisava atravessar, rastejando; das lágrimas que se choravam nessa travessia. Dizia-se que o coração se partia, mas ninguém falava do silêncio com que a alma ficava suspensa nessa pausa, o vazio, o terror entre os vivos e os mortos; não se contava que, depois que todas as roupas eram rasgadas e descartadas, a alma nua passava pela boca do Inferno. Uma vez lá, não havia como voltar atrás; uma vez lá, a alma lembrava, embora o coração por vezes esquecesse. Pois o mundo recorria ao coração, que respondia gaguejando; a vida, o amor, a farra, e — o mais falso de tudo — a esperança recorriam ao coração humano, que sempre esquece. Só mesmo a alma, obcecada com a jornada que fizera, e que ainda tinha que fazer, seguia rumo a seu fim misterioso e tremendo; e carregava consigo, pesado de lágrimas e amargura, o coração.

E desse modo havia uma guerra no Céu, e choro diante do trono: o coração acorrentado à alma, e a alma aprisionada dentro da carne — um choro, uma confusão e um peso insuportável preenchiam toda a Terra. Apenas o amor de Deus era capaz de impor ordem a esse caos; era para Ele que a alma devia se voltar para ser salva.

Sim, voltar-se a Ele! Como poderia ela não Lhe pedir que tivesse piedade de seu filho, e o poupasse da angústia, fruto do pecado de seu pai e sua mãe? E que seu coração conhecesse um pouco de alegria antes que essa antiga amargura descesse sobre ele?

Mas ela sabia que suas lágrimas e suas preces eram em vão. O que haveria de vir viria; nada poderia detê-lo. Ela tentara, uma vez, proteger alguém, e terminara por lançá-lo na prisão. E pensava agora, no fundo do coração e como tantas vezes antes, que no final das contas talvez tivesse sido melhor ter feito o que de início decidira fazer: entregar o filho a estranhos, que talvez o amassem mais do que Gabriel jamais o amou. Elizabeth acreditara quando ele lhe contou que Deus o enviara a ela como um sinal. Que a amaria até a morte, e que amaria seu filho sem nome como se fosse carne de sua carne. E Gabriel cumprira a letra de sua promessa: alimentara e vestira o menino, e lhe ensinara a Bíblia — mas o espírito estava ausente. E ele a amava — se é que a amava — apenas por ser ela a mãe de seu filho Roy. Tudo isso ela adivinhara ao longo dos anos sofridos. Gabriel sem dúvida não sabia que ela sabia, e talvez ele próprio não soubesse.

Elizabeth o conhecera através de Florence. As duas ficaram próximas no trabalho no meio do verão, um ano após a morte de Richard. Na época, John já tinha mais de seis meses.

Ela se sentia muito solitária naquele verão, e derrotada. Morava sozinha com John num quarto mobiliado ainda mais melancólico do que o do apartamento de madame Williams. Naturalmente, saíra de lá assim que Richard morreu, dizendo que encontrara emprego numa casa no interior e que moraria nela. Naquele verão, sentiu uma gratidão terrível pela indiferença de madame Williams, que parecia simplesmente não perceber que Elizabeth se transformara, da noite para o dia, numa velha, e que estava quase enlouquecida de medo e sofrimento. Escreveu para a tia o mais seco, breve e frio dos bilhetes, sem querer de modo algum despertar qualquer resquício de preocupação que ainda dormisse em seu peito, dizendo o mesmo que dissera à madame Williams, e tranquilizando-a, pois ela estava nas mãos de Deus. E de fato estava; através de uma amargura que só a mão Dele poderia lhe impor, essa mesma mão lhe dava amparo.

Florence e Elizabeth trabalhavam como faxineiras num edifício comercial alto, amplo e pétreo na Wall Street. Chegavam ao cair da tarde e passavam a noite atravessando os grandes corredores desertos e os escritórios silenciosos com esfregões, baldes e vassouras. Era um trabalho terrível, que Elizabeth odiava; mas era à noite, e por isso ela o assumiu com alegria, pois podia passar o dia cuidando de John sem precisar gastar com uma creche. Passava a noite toda preocupada com ele, é claro, mas pelo menos nesse horário ele estava dormindo. Orava para que a casa não pegasse fogo, que o menino não caísse da cama ou, de algum modo misterioso, abrisse o gás, e pedira à vizinha, que infelizmente bebia demais, que ficasse de olho nele. Essa vizinha, com quem às vezes passava uma hora à tarde, e a senhoria eram as únicas pessoas com quem Elizabeth tinha contato. Havia se afastado dos amigos de Richard porque, por algum motivo, não queria que eles ficassem sabendo do filho dele; e também porque no momento em que Richard morreu ficou claro para ambas as partes que tinham pouquíssimo em comum. E ela não quis conhecer pessoas novas; pelo contrário, fugia delas. Não suportava se submeter, em sua atual e decaída condição, aos olhares delas. A Elizabeth antiga estava enterrada bem longe dali — junto com seu pai perdido e silencioso, e com a tia, na sepultura de Richard —, e a Elizabeth de agora ela não reconhecia nem queria conhecer.

Mas uma noite, ao final do expediente, Florence convidou-a para um café numa cafeteria vinte e quatro horas ali perto. Elizabeth, é claro, já recebera convites de outras pessoas — por exemplo, o vigia noturno —, porém nunca os havia aceitado. Usava como desculpa o bebê, pois precisava ir embora correndo para alimentá-lo. Naquela época, fingia ser uma jovem viúva, e usava aliança. Em pouco tempo, os convites foram rareando, e ela ganhou fama de "metida".

Florence falara bem pouco com Elizabeth antes de conseguir essa impopularidade tão almejada; mas Elizabeth reparara em Florence. Ela assumia uma dignidade feroz e silenciosa que por um triz não caía no ridículo. Também era muitíssimo impopular, e não tinha nenhum envolvimento com suas colegas de trabalho. Para começar, era muito mais velha que elas, e parecia não dar motivo para troças e fofocas. Vinha para o trabalho, fazia o que tinha que fazer e ia embora. Era impossível imaginar no que ela estava pensando enquanto andava pelos corredores com passo firme e cara fechada, o cabelo amarrado com um trapo, um balde e um esfregão nas mãos. Elizabeth imaginava que ela fora muito rica e perdera o dinheiro; e sentia em relação a ela, como uma mulher em decadência reconhece outra, certa afinidade.

Um café juntas, ao raiar do dia, com o tempo tornou-se um hábito. Sentavam-se lado a lado na cafeteria, sempre vazia quando chegavam e lotada quinze minutos depois, quando iam embora, e tomavam um café e comiam sonhos antes de pegar o metrô para o norte. Enquanto tomavam café e durante a viagem de metrô, as duas conversavam, principalmente a respeito de Florence, que dizia que as pessoas a tratavam mal e que sua vida estava vazia depois da morte do marido. Ele a adorava, dizia ela a Elizabeth, e satisfazia todos os seus caprichos, mas era um irresponsável. Florence lhe dissera umas cem vezes: "Frank, faz um seguro de vida". Mas ele pensava — ah, os homens! — que não fosse morrer nunca. E agora ela, que não era mais uma menina, precisava ganhar a vida no meio da ralé negra daquela cidade ruim. Elizabeth, um pouco surpresa de constatar a necessidade de confissão naquela mulher orgulhosa, a ouvia, no entanto, com muita simpatia. Sentia uma gratidão profunda pelo interesse de Florence, que era bem mais velha e parecia tão boa.

Foi sem dúvida por isso, por efeito da idade e da bondade de Florence, que Elizabeth, sem nenhuma premeditação, acabou se abrindo com ela. Olhando para trás, parecia-lhe difícil acreditar que pudesse ter sido tão desesperada, ou tão infantil; se bem que, olhando para trás, ela compreendia com clareza seus sentimentos incoerentes: o quanto ela precisava de que algum ser humano, em qualquer lugar, soubesse a verdade a respeito dela.

Florence sempre dizia que gostaria de conhecer o pequeno Johnny; sem dúvida um filho de Elizabeth haveria de ser uma criança maravilhosa. Num domingo já perto do final do verão, Elizabeth o vestiu com as melhores roupas e o levou à casa de Florence. Naquele dia, por algum motivo, ela estava muitíssimo deprimida; e John não estava de bom humor. Ela deu por si olhando para o menino com preocupação, como se estivesse tentando ler seu futuro em seu rosto. Ele haveria de crescer, falar e fazer perguntas. Que perguntas faria, e que respostas ela daria? Com certeza não poderia ficar para sempre mentindo a respeito do pai, pois um dia ele teria idade suficiente para perceber que não era o sobrenome do pai que carregava. Richard crescera sem pai, ela lembrava-se, impotente, em desespero, enquanto carregava John pelas ruas apinhadas de gente naquele domingo de verão. *Quando uma família se cansava de mim, me mandava pra outro lugar.* Isso mesmo, para outro lugar, passando por pobreza, fome, ausência de um lar, crueldade, medo; tremendo até a morte. E pensou nos rapazes que tinham sido presos. Ainda estariam lá? John viria a ser um deles no futuro? Esses rapazes, agora, que ela via parados junto às vitrines das drogarias, às portas das sinucas, em cada esquina, que assobiavam quando ela passava, de cujos corpos esguios pareciam emanar ócio, malícia, frustração.

Que esperanças ela poderia ter, sozinha, tão faminta, de impedir que o filho mergulhasse nessa destruição tão ampla e feroz? E então, como se para confirmar todos os seus pensamentos negativos, John começou, assim que ela chegou à escada do metrô, a gemer, choramingar e chorar.

E continuou assim até o fim da viagem — de modo que, não conseguindo agradá-lo naquele dia, o que quer que fizesse, carregando aquele fardo pesado e inquieto, com o calor, e as pessoas que sorriam e a encaravam, e o medo estranho que tanto pesava sobre ela, estava prestes a chorar quando chegou à porta da casa de Florence.

Naquele momento, para seu alívio atônito, John se tornou a criança mais alegre do mundo. Florence usava um broche grená, antiquado e pesado, o qual, assim que ela abriu a porta, atraiu a atenção de John. Ele começou a tentar pegar o broche, balbuciando e cuspindo em Florence como se a conhecesse desde o início de sua curta vida.

"Ora!", exclamou Florence. "Quando ele tiver idade para *realmente* ir atrás das moças, ele vai te dar trabalho, menina."

"Deus sabe", disse Elizabeth, com azedume, "que é verdade. Ele já me dá tanto trabalho que eu nem sei o que fazer."

Enquanto isso, Florence tentava desviar a atenção de John do broche oferecendo-lhe uma laranja; mas ele já vira laranjas antes; limitou-se a olhar para ela por um instante e depois a deixou cair no chão. Começou de novo, de modo fluido e perturbador, a disputar o broche.

"Ele gostou de você", comentou Elizabeth por fim, tendo se acalmado um pouco olhando para o filho.

"Você deve tá cansada", observou então Florence. "Põe ele ali." E arrastou uma espreguiçadeira grande para perto da mesa, a fim de que John pudesse observá-las enquanto comiam.

"Recebi carta do meu irmão outro dia", ela comentou enquanto trazia a comida para a mesa. "A mulher dele, muito doente, coitada, faleceu, e ele está pensando em vir pro Norte."

"Você nunca me falou", retrucou Elizabeth, com interesse vívido e um tanto falso, "que tinha irmão! E ele tá vindo pra cá?"

"Diz ele. Acho que agora não tem mais nada segurando ele lá — depois da morte da Deborah." Sentou-se em frente a Elizabeth. "Não vejo ele", disse, pensativa, "faz mais de vinte anos."

"Então vai ser um grande dia", sorriu Elizabeth, "quando vocês se reencontrarem."

Florence fez que não com a cabeça, e com um gesto convidou Elizabeth a começar a comer. "Não, a gente nunca se deu bem, e imagino que ele não mudou."

"Vinte anos é muito tempo", argumentou Elizabeth, "não é possível que ele não tenha mudado nem *um pouco*."

"Esse homem", disse Florence, "ia ter que mudar *muito* pra nós dois se dar bem. Não" — fez uma pausa, severa e triste —, "ele não tinha nada que vir pra cá. Eu não pretendia nunca mais ver ele nesse mundo — nem no outro."

Não era assim, sentia Elizabeth, que uma irmã devia falar a respeito do irmão, ainda mais com alguém que nem o conhecia, e que provavelmente ia acabar se encontrando com ele. Perguntou, confusa:

"O que é que ele faz — o teu irmão?"

"Ele é uma espécie de pregador. Nunca ouvi ele pregando. Quando *eu* tava lá, ele só fazia correr atrás de rabo de saia e dormir na sarjeta, bêbado."

"Eu espero", disse Elizabeth, rindo, "que ele pelo menos tenha mudado de *hábito*."

"A pessoa", retrucou Florence, "pode mudar o quanto quiser. Mas, por mais que mude de hábito, o que está dentro de você está lá, e acaba saindo."

"Certo", concordou Elizabeth, pensativa; e perguntou, hesitante: "Mas você não acha que o Senhor pode mudar o coração de uma pessoa?"

"Já ouvi falar muito nisso", respondeu Florence, "mas ver que é bom, nada. Esses negro que anda por aí falando que o Senhor tocou o coração deles — não aconteceu foi nada com eles. Eles têm o mesmo coração de preto que nasceu com eles. E *esses* coração foi o Senhor quem deu — e sabe, minha querida, o Senhor não serve segunda porção pra ninguém, e eu falo por experiência própria."

"Não serve mesmo", concordou Elizabeth, pesadamente, após uma longa pausa. Virou-se e olhou para John, que destruía de modo implacável os paninhos quadrados, com borlas, que enfeitavam a espreguiçadeira de Florence. "Acho que você tem razão, sim. Pelo visto, Ele serve só uma rodada, e acabou. Quem não ganhou não ganha mais."

"Você ficou triste de repente", comentou Florence. "O que é que você tem?"

"Nada." Elizabeth voltou-se de novo para a mesa. Então, impotente, e pensando que não devia falar demais: "Eu tava só pensando nesse menino, no que vai acontecer com ele, como é que eu vou criar ele nessa cidade terrível, sozinha".

"Mas você não pretende", perguntou Florence, "ficar sozinha o resto da vida, não é? Você ainda é moça, e uma moça bem bonita. Eu se fosse você não ia ter pressa de encontrar outro marido. Acho que ainda não nasceu o negro que sabe tratar bem de uma mulher. Você tem tempo, minha querida, então não se apressa."

"Não tenho tanto tempo assim, não", disse Elizabeth, em voz baixa. Não conseguia se conter; embora alguma coisa a aconselhasse a se calar, as palavras jorravam de sua boca. "Tá vendo essa aliança? Pois fui eu que comprei. Esse menino não tem pai, não.

Pronto, ela havia falado: essas palavras não podiam ser desditas. E ela sentia, sentada à mesa de Florence, tremendo, um alívio afoito e doloroso.

Florence olhou para ela com uma pena tão intensa que parecia raiva. Olhou para John, e depois de novo para ela.

"Coitadinha de você", falou Florence, recostando-se na cadeira, o rosto ainda cheio daquela fúria estranha e pensativa, "você passou por maus bocados, não é?"

"Eu tava com *medo*", Elizabeth confessou, estremecendo, ainda se sentindo compelida a falar.

"A história de sempre", comentou Florence. "Pelo visto, não tem uma mulher nesse mundo que não foi passada pra trás por um homem que não presta. Não tem uma mulher em lugar nenhum que um homem não largou na lama, e deixou ela lá, e foi cuidar da vida dele."

Elizabeth permanecia imóvel, entorpecida, sem ter mais o que dizer.

"O que foi que ele fez?", perguntou Florence por fim. "Caiu fora e te abandonou?"

"Não, não", Elizabeth exclamou mais que depressa, e seus olhos se encheram de lágrimas, "ele não era assim, não! Ele morreu, que nem eu contei — se meteu numa encrenca e morreu —, muito antes do menino nascer." Começou a chorar com a mesma impotência com que havia falado. Florence levantou-se e aproximou-se dela, encostando a cabeça de Elizabeth em seu peito. "Ele não ia me largar, não", Elizabeth insistiu, "se não tivesse *morrido*."

E agora chorava, depois daquela austeridade prolongada, como se nunca mais pudesse parar.

"Pronto", disse Florence, carinhosa, "pronto. Você vai assustar a criaturinha. Ele não quer ver a mãe dele chorar. Tudo bem", ela sussurrou para John, que havia interrompido sua atividade destrutiva e agora olhava fixamente para as duas mulheres, "tudo bem. Tá tudo bem."

Elizabeth aprumou-se na cadeira, pegou um lenço na bolsa e começou a enxugar os olhos.

"É", disse Florence, andando até a janela, "os homem morre, sim. E a gente que é mulher fica por aí, como diz a Bíblia, pranteando os morto. Os homem morre e pra eles morreu, acabou; mas nós, a gente tem que continuar vivendo e tentando esquecer o que eles fez com a gente. É, Senhor" — e fez uma pausa; virou-se e aproximou-se outra vez de Elizabeth. "É, Senhor", repetiu, "eu sei disso melhor que ninguém."

"Desculpa", pediu Elizabeth, "se eu estraguei o seu almoço."

"Menina", repreendeu-a Florence, "se ficar pedindo desculpa eu te ponho daqui pra fora. Pega esse menino, senta aí na espreguiçadeira e põe a cabeça no lugar. Eu vou na cozinha preparar alguma coisa gelada pra gente tomar. Não se preocupa, minha querida. O Senhor não vai te deixar cair tanto assim."

Então ela conheceu Gabriel, duas ou três semanas depois, na casa de Florence, num domingo.

Nada do que Florence lhe dissera a havia preparado para esse encontro. Imaginava que Gabriel fosse mais velho do que Florence, e calvo, ou grisalho. Mas ele parecia bem mais jovem do que a irmã, tinha todos os dentes e muito cabelo. Sentado naquele domingo na sala pequena e frágil de Florence, ele parecia uma rocha a Elizabeth, no auge de sua confusão e exaustão.

Ela lembrava que ao subir a escada com o fardo pesado de John nos braços, e ao entrar no apartamento, ouviu música, a qual se tornou mais fraca quando Florence fechou a porta depois de eles entrarem. John também tinha ouvido, e reagiu se estrebuchando, agitando as mãos e fazendo barulhos que, ela imaginava, resultavam de uma tentativa de cantar. *Você é negro mesmo*, ela pensou, ao mesmo tempo achando graça e se incomodando — pois era a vitrola de alguém, num andar inferior, que enchia o ar de lamentos lentos, agudos, medidos, de um blues.

Gabriel levantou-se, foi a impressão que ela teve, com uma rapidez e um entusiasmo que não se deviam apenas à polidez. Na mesma hora, ocorreu-lhe que Florence talvez tivesse falado a seu respeito com ele. E isso a fez enrijecer com um esboço de raiva dirigido a Florence, e com orgulho e medo. No entanto, quando olhou nos olhos de Gabriel, divisou ali uma estranha humildade, e uma bondade de todo inesperada. Sentiu que a raiva se esvaía, bem como seu orgulho defensivo; mas em algum canto, encolhido, o medo permanecia.

Então Florence fez as apresentações: "Elizabeth, esse aqui é o meu irmão, que eu te falei tanto. Ele é pregador, minha querida — por isso é bom a gente ter muito cuidado conversando quando ele tá aqui".

E Gabriel comentou, com um sorriso menos irônico e ambíguo do que a fala de Florence: "Não tem que ter medo de mim, não, irmã. Eu sou só um pobre instrumento nas mãos do Senhor".

"Eu não *disse*?", exclamou Florence, severa. Tirou John dos braços da mãe. "E esse aqui é o Johnny", disse ela. "Aperta a mão do pregador, Johnny."

Mas John continuava olhando fixamente para a porta que se fechara para a música, em direção à qual, com uma insistência ao mesmo tempo furiosa e impotente, suas mãos continuavam estendidas. Ele dirigiu um olhar questionador, e acusador, à mãe, que riu ao observá-lo, dizendo: "O Johnny quer ouvir mais música. Ele só faltou começar a dançar quando a gente tava subindo a escada".

Gabriel riu, e observou, contornando Florence a fim de olhar para o rosto de John: "Tem um homem na Bíblia, meu filho, que também gostava de música. Ele tocava harpa pro rei, e uma vez ele dançou pro Senhor. Será que um dia você também vai dançar pro Senhor?".

John olhou, com a seriedade impenetrável de uma criança, para o rosto do pregador, como se estivesse revirando na cabeça aquela pergunta e fosse respondê-la assim que chegasse a uma conclusão. Gabriel sorriu para ele, um sorriso estranho — *estranhamente amoroso*, Elizabeth pensou — e o tocou no alto da cabeça.

"Um menino muito bacana", disse Gabriel. "Com esses olhão dele, ele vai ver tudo que tem na Bíblia."

E todos riram. Florence foi colocar John na espreguiçadeira que era seu trono aos domingos. E Elizabeth constatou que estava observando Gabriel, sem conseguir ver naquele homem o irmão que Florence tanto desprezava.

Sentaram-se à mesa, com John posicionado entre Elizabeth e Florence, em frente a Gabriel.

"Então", diz Elizabeth, numa tentativa nervosa de ser agradável, pois julgava necessário dizer alguma coisa, "tá se acostumando com essa cidade grande? Deve estar estranhando muito ela."

Gabriel continuava olhando para John, que também não deixava de olhar para ele. Em seguida se voltou para Elizabeth. Ela sentiu que o ar entre eles já começava a ficar carregado, e não conseguia achar um nome nem uma razão para a agitação secreta que sentia dentro de si.

"É muito grande", ele respondeu, "e pros meus olhos — e *ouvidos* — a impressão é que o Demônio tá atuando sem parar."

Era uma referência à música, que não havia cessado, mas Elizabeth na mesma hora sentiu que o comentário a incluía; isso, e alguma outra coisa nos olhos de Gabriel, a fez olhar mais que depressa para o prato.

"Aqui", Florence comentou mais que depressa, "ele não tá trabalhando mais do que tava lá no Sul. A negrada lá do Sul", disse ela para Elizabeth, "acha que Nova York é só um grande pileque dominical. Eles não sabe de nada. Alguém precisa dizer pra eles que lá tem bebida melhor que a daqui — e mais barata também."

"Mas eu tenho esperança", ele comentou, sorrindo, "que você não bebe, irmã."

"Quem tinha *esse* hábito", ela apressou-se a retrucar, "não era *eu.*"

"Não sei, não", ele insistiu, ainda sorrindo, e ainda olhando para Elizabeth, "dizem que o pessoal aqui do Norte faz coisas que lá no Sul eles nunca ia pensar em fazer."

"Quem quer fazer sujeira", pontuou Florence, "acaba fazendo, aqui ou lá. Lá no Sul eles faz muita coisa que não quer que ninguém fica sabendo."

"Como dizia a minha tia", observou Elizabeth, com um sorriso tímido, "as pessoas não devia fazer no escuro o que elas têm medo de ver na luz."

A intenção era fazer graça; mas tão logo as palavras saíram de sua boca ela desejou poder engoli-las. Em seus próprios ouvidos, soaram como uma condenação.

"Deus sabe que isso é verdade", disse Gabriel, depois de uma brevíssima pausa. "Você acredita mesmo nisso?"

Elizabeth obrigou-se a encará-lo, e naquele momento sentiu a intensidade da atenção que Florence fixou nela, como se estivesse tentando lhe fazer um alerta. Percebeu que alguma coisa na voz de Gabriel tornara Florence de súbito desconfiada e tensa. Mas continuou olhando nos olhos de Gabriel. Respondeu: "Acredito, sim. É assim que eu quero viver".

"Então o Senhor vai te abençoar", ele retrucou, "e abrir as janelas do Céu pra você — pra você e pra esse menino. Ele vai fazer tanta bênção se derramar em você que você nem vai saber o que fazer com ela. Presta atenção no que eu estou dizendo."

"Isso mesmo", disse Florence, num tom suave, "*presta atenção no que ele está dizendo.*"

Mas nenhum dos dois olhou para ela. As palavras surgiram na mente de Elizabeth e a tomaram por completo: *Tudo concorre para o bem daqueles que amam a Deus.* Ela tentou obliterar aquela frase ardente e o sentimento que nela despertava. Esse sentimento, que lhe ocorria pela primeira vez desde a morte de Richard, era a esperança; a voz de Gabriel a fazia sentir que ela não estava totalmente caída, que Deus poderia voltar a elevá-la a uma condição honrada; os olhos dele lhe diziam que ela podia voltar a ser mulher — e, dessa vez, honrada. Então, como se muito ao longe, através das nuvens, Gabriel sorriu para ela — e ela sorriu também.

A vitrola distante emperrou de repente numa nota de trompete áspera, lancinante, sardônica; aquele grito cego e feio preencheu o momento e a sala. Elizabeth olhou para John. Uma mão bateu na picape da vitrola e a agulha prateada prosseguiu em seu percurso pelas ranhuras negras espiraladas, como alguma coisa a boiar, sem âncora, no meio do mar.

"O Johnny dormiu", Elizabeth observou.

Ela, que descera com tanto êxtase e tanta dor, havia começado a subir — a subir, com seu bebê, a encosta íngreme da montanha.

Elizabeth sentiu uma grande comoção no ar que a cercava — uma grande agitação, muda, aguardando o Senhor. E o ar parecia tremer, como antes de uma tempestade. Era como se uma luz pairasse acima deles — imediatamente acima, e cercando-os por todos os lados —, prestes a explodir numa revelação. No meio de todos os gritos, de toda a cantoria que a cercava, no vento que tomou a igreja, ela não ouvia seu marido; e pensou em John, sentado, em silêncio, sonolento, bem no fundo da igreja — observando, com aquele espanto e aquele terror nos olhos. Elizabeth não levantou a vista. Queria esperar ainda mais um pouco, para que Deus falasse com ela.

Fora diante daquele exato altar que ela viera ajoelhar-se, tantos anos atrás, para ser perdoada. Quando chegou o outono, e o ar tornou-se seco e cortante, e o vento forte, ela estava sempre com Gabriel. Florence não aprovava aquilo, e dizia isso com frequência; mas limitava-se a reprovar — porque, Elizabeth concluiu, não tinha nada de concreto contra o irmão; apenas não gostava dele. Mas mesmo se Florence tivesse encontrado uma linguagem irresistível em que exprimir suas profecias, Elizabeth não lhe teria dado ouvidos, porque Gabriel se tornara sua força. Ele cuidava dela e de seu bebê como se isso tivesse se tornado sua vocação; era muito bom com John, brincava com ele, comprava-lhe coisas, como se fosse seu filho. Elizabeth sabia que sua esposa morrera sem lhe dar uma criança, o que Gabriel sempre desejara — ele dizia que continuava orando para que Deus lhe concedesse a bênção de um filho. Deitada na cama, sozinha, e pensando na bondade de Gabriel, ela às vezes imaginava que John seria aquele filho, que haveria de crescer um dia para confortar e abençoar a eles dois. Então pensou que agora ela também voltaria a abraçar a fé abandonada, e voltaria a caminhar naquela luz da qual, na companhia de Richard, havia fugido para tão longe. Às vezes, pensando em Gabriel, lembrava-se de Richard — sua voz, seu hálito, seus braços —, uma lembrança muitíssimo dolorosa; nesses momentos esquivava-se antecipadamente do toque de Gabriel. Mas se recusava a aceitar essa atitude. Dizia a si própria que era uma tolice e um pecado olhar para trás quando sua segurança estava à sua frente, como um esconderijo escavado na encosta da montanha.

"Irmã", ele lhe perguntou uma noite, "você não acha que devia dar o coração pro Senhor?"

Estavam caminhando nas ruas escuras, em direção à igreja. Ele já fizera essa pergunta antes, mas nunca naquele tom; nunca antes ela sentira uma necessidade tão premente de responder.

"Acho que sim", foi a resposta.

"Se você chamar o Senhor", disse Gabriel, "Ele vai te levantar, vai te dar tudo o que você deseja. Eu sou testemunha", prosseguiu, sorrindo para ela, "se você chama o Senhor, espera o Senhor, Ele responde. As promessas de Deus não falham nunca."

Estavam de braços dados, e Elizabeth sentiu que ele tremia de paixão.

"Até você chegar", ela começou, com uma voz baixa e trêmula, "eu quase que nunca não ia à igreja, reverendo. Eu não conseguia enxergar o caminho — eu estava de cabeça baixa, de vergonha... e pecado."

Quase não conseguiu pronunciar as últimas palavras, e, quando falou, os olhos estavam cheios de lágrimas. Já lhe dissera que John não tinha nome; e tentara falar um pouco sobre seu sofrimento também. Naquele tempo Gabriel parecia compreender, e não a julgava. Quando ele mudara tanto? Ou então Gabriel não havia mudado, e sim os olhos dela, que tinham se aberto por efeito da dor que ele lhe causara?

"Pois bem", disse Gabriel, "eu cheguei, e foi a mão do Senhor que me trouxe. Ele juntou a gente como um sinal. Você se ajoelha e depois me diz se não é assim — cai de joelhos e pede a Ele pra falar com você hoje."

Sim, um sinal, pensou Elizabeth, *um sinal de Sua misericórdia, de Seu perdão.*

Chegando às portas da igreja, ele parou, fitou-a e fez sua promessa.

"Irmã Elizabeth, quando você se ajoelhar hoje, quero que peça ao Senhor pra falar pro seu coração, e te dizer como responder ao que eu vou te contar."

Ela estava um pouco abaixo dele, um dos pés sobre o pequeno degrau de pedra que levava à entrada da igreja, e olhava para cima, para o rosto dele. E encarando aquele rosto, que brilhava — na luz fraca e amarelada que havia em torno deles — como o rosto de um homem que lutara com anjos e demônios, e contemplara a face de Deus, ocorreu a ela o pensamento estranho e súbito de que se tornara mulher.

"Irmã Elizabeth", declarou ele, "o Senhor tem falado com meu coração, e acho que é a vontade d'Ele que a gente vire marido e mulher."

E fez uma pausa; ela não disse nada. Os olhos de Gabriel percorreram o corpo dela.

"Eu sei", ele prosseguiu, tentando sorrir, falando mais baixo, "que eu sou bem mais velho que você. Mas isso não faz diferença, não. Ainda sou um homem bem forte. Eu já aprontei muito, irmã Elizabeth, e quem sabe eu consigo impedir que você... faça alguns dos erros que eu fiz, Deus seja abençoado... que você tropece... outra vez... menina... enquanto nós dois estiver nesse mundo."

Ela continuava esperando.

"E eu vou te amar", ele diz, "e te honrar... até o dia em que Deus me chamar pra voltar pra casa."

Lágrimas lentas brotaram nos olhos dela: de felicidade, pelo que acontecera com ela; de angústia, pela estrada que a levara até lá.

"E vou amar teu filho, teu menininho", ele acrescentou por fim, "igual ele fosse meu. Ele nunca vai precisar se preocupar com nada; nunca vai passar frio nem fome enquanto eu estiver vivo e tiver minhas duas mão pra trabalhar. Juro por meu Deus, porque Ele me devolveu uma coisa que eu achei que tava perdida."

Sim, pensou Elizabeth, *um sinal — sinal de que Ele é poderoso e pode salvar*. Então ela subiu o degrau e ficou ao lado dele, diante das portas.

"Irmã Elizabeth", disse Gabriel, e ela levaria até o túmulo a lembrança da delicadeza e da humildade dele naquele momento, "você vai orar?"

"Vou, sim", ela respondeu. "Eu tenho orado. Eu vou orar."

Já haviam entrado naquela igreja, passado por aquelas portas; e quando o pastor fez o chamado para o altar ela se levantou, ouvindo as vozes que louvavam a Deus, e subiu a longa nave da igreja; aquela nave, chegando àquele altar, diante daquela cruz dourada; e àquelas lágrimas, e àquela batalha — será que a batalha terminaria um dia? Quando Elizabeth se levantou, e quando eles voltaram a caminhar pela rua, ele a chamou de filha de Deus, servidora do ministro de Deus. Beijou-a na testa, em lágrimas, e disse que Deus os havia unido para que um fosse a salvação do outro. E ela chorou, em grande felicidade, porque a mão de Deus mudara sua vida e a levantara, colocando-a na rocha sólida, a sós.

Pensou naquele dia distante em que John viera ao mundo — aquele momento, o começo da vida e da morte dela. Ela afundara naquele dia, sozinha, com um peso intolerável na cintura, um segredo no ventre, no fundo, na escuridão, chorando e gemendo e maldizendo a Deus. Por quanto tempo ela havia sangrado, e suado, e gritado, nenhum idioma falado na Terra poderia exprimir — por quanto tempo ela havia rastejado pela escuridão, ela jamais, jamais saberia. Ali fora seu começo, e ela ainda lutava contra a escuridão; em direção ao momento em que faria as pazes com Deus, em que O ouviria falar, e Ele enxugaria todas as suas lágrimas; tal como, naquela outra escuridão, após uma eternidade, ela ouvira John gritar.

Tal como agora, no súbito silêncio, ela o ouvia gritar: não o grito da criança recém-nascida, diante da luz comum da Terra; mas o grito do homem-criança, bestial, diante da luz que desce do Céu. Ela abriu os olhos e ficou em pé; todos os santos a cercavam; Gabriel estava parado, o olhar fixo, rígido como um pilar do templo. Na eira, no centro dos santos, a gritar e cantar, John estava deitado, atônito, sob o poder do Senhor.

PARTE III
A eira

Então, disse eu: "Ai de mim! Estou perdido! Porque sou homem de lábios impuros, habito no meio de um povo de impuros lábios, e os meus olhos viram o Rei, o Senhor dos Exércitos!".

Então afivelei os sapatos,
E parti.

Ele sabia, sem entender como a coisa se dera, que estava deitado no chão, no espaço poeirento diante do altar que ele e Elisha haviam limpado; e sabia que no alto brilhava a luz azul que ele próprio tinha acendido. Uma poeira áspera e terrível enchia suas narinas, e os pés dos santos, agitando o soalho em que estava deitado, levantavam pequenas nuvens de poeira que recobriam seus lábios. John ouvira os gritos dos santos, muito longe, muito acima — sabia-se incapaz de subir tanto algum dia. Ele era como uma pedra, um cadáver, um pássaro moribundo que caíra de uma altura tremenda; algo que não tinha mais força própria, para sequer revirar-se.

E alguma coisa se mexia no corpo de John que não era John. Ele sentia-se invadido, nadificado, possuído. Aquele poder o atingira, na cabeça ou no coração; e num único momento, de modo integral, enchendo-o de uma angústia que nunca na vida ele poderia ter imaginado, que certamente não conseguiria suportar, que mesmo agora lhe parecia inacreditável, esse sentimento o abrira — o abrira como o machado abre ao meio um pedaço de lenha, como as pedras se quebram; ele o rasgara e derrubara num único instante, de modo que John não sentira a ferida, e sim apenas a agonia; não sentira a queda, e sim apenas o medo; e agora jazia, impotente, gritando, no fundo da treva.

Queria levantar-se — uma voz maliciosa, irônica, insistia com ele para que se colocasse de pé — e, no mesmo instante, sair daquele templo para o mundo.

Queria obedecer à voz, a única voz que falava com ele; queria assegurá-la de que faria tudo que fosse possível para levantar-se; ficaria deitado apenas por um segundo, depois daquela queda terrível, para recuperar o fôlego. E nesse exato momento constatou que não podia se levantar; alguma coisa acontecera com seus braços, suas pernas, seus pés — ah, alguma coisa acontecera com John! E ele começou a gritar de novo, num transe de pavor e perplexidade, e sentiu que começava a se mexer — não a se levantar em direção à luz, mas a afundar de novo, um mal-estar no ventre, um aperto na virilha; sentiu que se revirava, vez após vez, no chão empoeirado, como se Deus o tivesse tocado de leve com a ponta do pé. E a poeira lhe causava tosse e náuseas; enquanto John se remexia, toda a Terra balançava, transformando o espaço num vazio absoluto, levando o caos à ordem, ao equilíbrio, ao tempo. Nada restava: tudo fora engolido pelo caos. E: *Então é isso?*, perguntava a alma aterrorizada de John; *O que é isso?* — em vão, sem receber resposta. Apenas a voz irônica insistia com ele mais uma vez para que se levantasse daquele chão imundo se não quisesse acabar ficando igual a toda aquela negrada.

Então a angústia diminuiu por um momento, como o mar se recolhe por um instante para em seguida se lançar de novo contra os rochedos: John sabia que aquele recolhimento seria seguido pelo retorno. E ele tossia e soluçava no espaço poeirento diante do altar, deitado de bruços. E continuava a afundar, cada vez mais longe do êxtase, da cantoria, da luz lá no alto.

John tentava — mas, no maior desespero, a escuridão completa não apresenta nenhum ponto de partida, não contém nenhum começo, tampouco fim — redescobrir e, por assim dizer, apreender e segurar com força, na palma da mão, o instante antes de sua queda, de sua transformação. Mas aquele momento também estava preso na escuridão, também não se exprimia em palavras nem se apresentava a ele. A única coisa de que John se lembrava era da cruz: ele havia se virado mais uma vez para se ajoelhar diante do altar, e se viu diante da cruz dourada. E o Espírito Santo estava falando — parecia lhe dizer, como na legenda lida por John, que de súbito se tornara presente e gigantesca, enfeitando a cruz: *Jesus salva*. Ele encarara aquilo com um amargor profundo no coração, com vontade de blasfemar — e o Espírito falou, e falou dentro dele. Sim: lá estava Elisha, falando, deitado no chão, e seu pai, calado, atrás dele. John sentiu no peito uma súbita e ansiosa ternura pelo santo Elisha; um desejo, intenso e terrível, como uma faca a refletir luz, de usurpar o corpo de Elisha e deitar-se ali, onde ele estava deitado; de falar em línguas, tal como Elisha, e com aquela mesma autoridade confundir o pai. No entanto, não fora esse o momento; John não conseguia retroceder além desse ponto, porém o segredo, a virada, a queda no abismo, estava, ainda antes disso, na escuridão. Enquanto maldizia o pai, e amava Elisha, naquele instante exato, ele chorava; então seu momento já havia passado, John já estava sob o efeito do poder, já fora atingido e estava descendo.

Ah, descendo! — e para quê, para onde? Para o fundo do mar, para as entranhas da Terra, para o centro da fornalha viva? Para um calabouço mais profundo do que o Inferno, para uma loucura mais ruidosa do que o túmulo? Que toque de trombeta haveria de despertá-lo, que mão haveria de erguê-lo? Pois ele sabia — ao ser golpeado outra vez, e ao gritar outra vez, a garganta como se de brasas vivas, e ao revirar-se outra vez, seu corpo pendendo dele como um peso inútil, uma carcaça pesada e apodrecida — que, se não fosse erguido, jamais se levantaria.

O pai, a mãe, a tia, Elisha — todos estavam muito acima dele, esperando, observando seu tormento no fosso. Pairavam além da barreira dourada, com os cânticos atrás deles, luz em torno da cabeça, chorando, talvez, por John, golpeado tão cedo. Não, eles não podiam mais ajudá-lo — nada mais poderia ajudá-lo. Ele se esforçava para levantar-se e juntar-se a eles — queria ter asas para voar, ascender e alcançá-los naquela manhã, naquela manhã em que eles estavam. Mas seu esforço apenas o impelia para baixo, seus gritos não subiam, só ressoavam dentro de seu próprio crânio.

No entanto, embora mal conseguisse ver o rosto deles, John sabia que eles estavam lá. Sentia que se moviam, e cada movimento causava um tremor, um espanto, um horror, no coração da treva onde ele jazia. John não sabia se queriam que ele subisse e os alcançasse com tanta intensidade quanto ele desejava subir. Talvez não o ajudassem por indiferença — porque não o amavam.

Então seu pai voltou a John, em sua condição transformada e rebaixada; e por um momento ele pensou, mas só por um momento, que o pai vinha para ajudá-lo. No silêncio que preencheu o vazio, olhou para o pai. O rosto do pai era negro — como uma noite triste e eterna; e no entanto naquele rosto ardia um fogo — um fogo eterno numa noite eterna. Deitado no chão, John tremia, sentindo que não vinha a ele calor algum daquele fogo; tremia e não conseguia desviar a vista. Um vento soprou em sua direção, dizendo: "Todo aquele que ama e pratica a mentira". E John compreendeu que havia sido expulso do meio dos santos, dos jubilosos, da comunidade lavada no sangue, que fora expulso por seu pai. A vontade do pai era mais forte do que a de John. E era mais forte porque ele pertencia a Deus. Agora, John não sentia mais ódio, mais nada, só um desespero amargo e descrente: todas as profecias eram verdadeiras, a salvação era finda, a danação era real!

Então a morte é real, disse a alma de John, e a morte terá seu momento.

"Põe em ordem a tua casa", disse o pai, "porque morrerás e não viverás."

Assim, a voz irônica falou de novo: "Levanta, John. Levanta, menino. Não deixa ele manter você aí. Você tem tudo que teu pai tem".

John tentou rir — pensou que estivesse rindo —, mas constatou que na verdade sua boca estava cheia de sal, os ouvidos cheios de água fervente. O que quer que estivesse acontecendo em seu corpo agora distante ele não poderia modificar nem impedir; seu peito arfava, o riso subia e borbulhava na boca, como sangue.

E o pai o encarava. Os olhos do pai viraram-se para baixo e John começou a gritar. O pai o despia com os olhos, e odiava o que via. E, enquanto John se revirava, aos gritos, mais uma vez, no chão poeirento, tentando escapar dos olhos do pai, aqueles olhos, aquele rosto, e todos os outros rostos, e a luz amarelada distante, tudo isso desapareceu de sua visão como se ele tivesse ficado cego. John estava afundando de novo. Essa escuridão — sua alma exclamou de novo — não tem fundo!

Ele não sabia onde estava. O silêncio imperava por toda parte — apenas um tremor perpétuo, distante, fraco, soava muito abaixo dele —, talvez os rugidos das chamas do Inferno, acima das quais ele estava suspenso, ou então o eco, persistente, ainda invencível, dos pés incessantes dos santos. John pensou no cume da montanha onde ansiava por estar agora, onde o sol o cobriria como um tecido de ouro, cobriria sua cabeça como uma coroa de fogo, e em suas mãos ele seguraria um cetro vivo. Mas onde John estava deitado não havia nenhuma montanha, nenhuma capa, nenhuma coroa. E o cetro vivo era levantado por outras mãos.

"Vou bater nele até expulsar o pecado. Vou expulsar o pecado na pancada."

Sim, ele pecara, e o pai o procurava. John não produzia mais nenhum som, não se mexia, na esperança de que o pai passasse por ele.

"Deixa ele. Deixa ele em paz. Deixa ele orar pro Senhor."

"Sim, mamãe. Eu vou tentar amar o Senhor."

"Ele escapou pra algum lugar. Eu vou achar ele. Vou expulsar o pecado na pancada."

Sim, ele pecara: uma manhã, sozinho, no banheiro sujo, naquele cômodo quadrado e cinzento, cor de sujeira, tomado pelo fedor do pai. Às vezes, debruçado sobre a banheira rachada, de um tom cinza denunciador, ele esfregava as costas do pai; e olhava, tal como fizera o filho maldito de Noé, para a nudez horrenda daquele homem. Era secreta, como o pecado, e visguenta, como a serpente, e pesada, como o cetro. Então odiava o pai, e ansiava pelo poder de derrubá-lo.

Seria por isso que ele estava deitado ali, expulso, fora do alcance de toda e qualquer ajuda humana ou celestial? Seria esse, e não aquele outro, seu pecado mortal, olhar para a nudez do pai e zombar dele, e amaldiçoá-lo no coração? Ah, aquele filho de Noé fora amaldiçoado, até a sofrida geração do presente: *Servo dos servos seja a seus irmãos.*

Então a voz irônica, que aparentemente não temia nenhuma profundeza, nenhuma treva, perguntou a John, em tom de deboche, se ele acreditava que fora amaldiçoado. Todos os negros foram amaldiçoados, a voz irônica lembrou, todos os negros descendiam daquele filho ingrato de Noé. Como poderia John ser amaldiçoado por ter visto numa banheira o que outro homem — *se* aquele homem tivesse mesmo existido — vira dez mil anos atrás, deitado numa tenda aberta? Uma maldição poderia durar tanto tempo? Ela vivia no tempo ou no momento? Mas John não encontrou uma resposta para essa voz, pois estava vivendo o momento, e estava fora do tempo.

E seu pai aproximou-se. "Vou bater nele até expulsar o pecado. Vou expulsar o pecado na pancada." Toda a escuridão se balançava e gemia à medida que os pés do pai se aproximavam; pés que ecoavam como os passos de Deus no Jardim do Éden, procurando Adão e Eva, que cobriam suas vergonhas. Então o pai parou bem junto a ele, olhando para baixo. E John compreendeu que as maldições são renovadas de um momento para o outro, de pai para filho. O tempo era indiferente, como a neve e o gelo; mas o coração, aquele andarilho enlouquecido a zanzar pelo deserto, levava consigo a maldição para sempre.

"John", disse o pai, "vem comigo."

Em seguida caminhavam por uma rua reta, muito, muito estreita. Caminhavam havia dias. A rua se estendia diante deles, longa e silenciosa, descendo, e era mais branca do que a neve. Não havia ninguém na rua, e John estava assustado. Os prédios dessa rua, tão próximos que John poderia tocar neles, dos dois lados, também eram estreitos, e elevavam-se no céu como lanças, e eram feitos de prata e ouro batidos. John sabia que aqueles edifícios não eram para ele — não hoje — *não, nem hoje, nem amanhã!* Então viu, subindo essa rua reta e silenciosa, uma mulher, muito velha e negra, vindo em direção a eles, caminhando com passo claudicante pelas pedras tortas. Estava bêbada, e suja, e era muito velha, e tinha uma boca maior do que a de sua mãe, do que a do próprio John; era uma boca mole e úmida, e ele *nunca* vira uma pessoa tão preta. Seu pai ficou atônito ao vê-la, e irritado a ponto de perder a cabeça; mas John sentia-se feliz. Ele bateu palmas e exclamou:

"Olha só! Ela é mais feia que a mamãe! Mais feia que eu!"

"Você se orgulha muito, não é", perguntou o pai, "de ser filho do Demônio?"

Mas John não ouvia o pai. Virou-se para ver a mulher passando. O pai agarrou-o pelo braço.

"Você viu? Isso é o pecado. É atrás dele que o filho do Demônio sai correndo."

"De quem você é filho?", perguntou John.

O pai lhe deu um tapa. John riu e afastou-se um pouco.

"Eu vi. Eu vi. Não é à toa que eu sou filho do Demônio."

Seu pai tentou segurá-lo, mas John foi mais rápido. Andava de costas pela rua reluzente, observando o pai — o pai, que vinha em seu encalço, o braço estendido, furioso.

"E eu te *ouvi* — a noite toda. Eu sei o que você faz no escuro, negro, quando você acha que o filho do Demônio tá dormindo. Eu te ouvi, cuspindo e gemendo e engasgando — e eu te *vi*, subindo e descendo, entrando e saindo. Não é à toa que eu sou o filho do Demônio."

Os prédios, escutando tudo, subindo mais ainda, inclinaram-se para a frente, fechando o céu. Os pés de John começaram a escorregar; seus olhos estavam cheios de lágrimas e suor; ainda andando para trás, recuando do pai, olhava ao redor procurando uma saída; mas não havia saída naquela rua para ele.

"E eu te odeio. Te odeio. Estou me lixando pra tua coroa dourada. Estou me lixando pra tua capa branca. Eu já te vi por debaixo da capa, já te vi!"

Então seu pai o agarrou; no momento do toque, houve cânticos e fogo. John estava deitado na rua estreita, olhando para o pai acima dele, aquele rosto ardente embaixo das torres ardentes.

"Eu vou expulsar o pecado de você na pancada. Vou expulsar o pecado na pancada."

O pai levantou a mão. A faca desceu. John escapou descendo a rua branca, rolando, gritando:

"*Pai! Pai!*"

Foram as primeiras palavras que pronunciou. Em seguida, fez-se o silêncio, e seu pai sumiu. Mais uma vez, sentia a presença dos santos acima dele — e a poeira na boca. Alguém cantava em algum lugar; longe, no alto; um canto lento e triste. John permanecia em silêncio, deitado, torturado além do que era possível suportar, o sal secando no rosto; não havia mais nada dentro dele, nem volúpia, nem medo, nem vergonha, nem esperança. E, no entanto, ele sabia que tudo aquilo havia de voltar — a escuridão estava cheia de demônios agachados, aguardando a hora de vir mordê-lo de novo.

Então olhei para dentro da cova e pensei.

Ah, lá embaixo! — o que estaria ele procurando ali, tão sozinho na escuridão? Mas agora John sabia, pois a ironia o abandonara, que estava procurando alguma coisa, escondida na escuridão, que era preciso encontrar. Ele havia de morrer se a coisa não fosse encontrada; ou então já estava morto, e nunca mais voltaria a se juntar aos vivos, se ela não fosse encontrada.

E a cova era um lugar triste e solitário.

Na cova onde ele agora caminhava — sabia que era mesmo a cova, um lugar tão frio e silencioso, e ele andava em meio a uma névoa gelada — encontrou a mãe e o pai; a mãe de vermelho, o pai de branco. Os dois não o viam: olhavam para trás, por cima dos ombros, para uma nuvem de testemunhas. E lá estava a tia Florence, com ouro e prata brilhando nos dedos, brincos escandalosos pendurados nas orelhas; e havia outra mulher, que ele julgou ser aquela esposa de seu pai chamada Deborah — que tinha, ele havia pensado outrora, tanta coisa a lhe dizer. Mas ela, só ela, entre todas aquelas pessoas, olhava para John, o que indicava não haver como conversar no túmulo. Ali ele era um estranho — ninguém o via passar, ninguém sabia o que ele procurava, ninguém podia ajudá-lo em sua busca. Ele queria encontrar Elisha, que talvez o ajudasse — mas Elisha não estava presente. Lá estava Roy: Roy também talvez pudesse ajudá-lo, porém ele fora esfaqueado, e agora estava estendido no chão, pardo e silencioso, aos pés do pai.

Então a alma de John começou a ser inundada pelas águas do desespero. *O amor é forte como a morte, fundo como o túmulo.* Mas o amor, o qual tinha talvez, como um rei benévolo, inchado a população de seu reino vizinho, o reino da Morte, não havia ele próprio descido: ninguém ali lhe devia nenhuma ajuda. Ali não havia como conversar, não havia linguagem, não havia amor; ninguém para dizer: Você é belo, John; ninguém para perdoá-lo, qualquer que fosse o pecado de que ele era culpado; ninguém para curá-lo e levantá-lo. Ninguém: o pai e a mãe olhavam para trás, Roy estava todo ensanguentado, Elisha estava ausente.

Até que a escuridão passou a murmurar — um som terrível —, e as orelhas de John tremeram. Naquele murmúrio que encheu o túmulo, como se de mil asas a se baterem no ar, John reconheceu um som que ouvia desde sempre. Apavorado, começou a chorar e gemer — e esse som foi engolido, e, apesar disso, amplificado pelos ecos que enchiam a escuridão.

Esse som enchia a vida de John, era o que parecia agora, desde o momento em que ele respirou pela primeira vez. Ele o ouvia por toda parte, nas preces e na fala cotidiana, e sempre que os santos se reuniam, e nas ruas ímpias. Estava na raiva do pai, e na insistência tranquila da mãe, e no deboche veemente da tia; havia soado, coisa estranha, na voz de Roy naquela mesma tarde, e, quando Elisha tocava piano, o som se fazia presente; estava no ritmo e no estrépito do pandeiro da irmã McCandless, na cadência do testemunho dela, investindo esse testemunho de uma autoridade inigualável, inquestionável. Sim, ele o ouvira a vida inteira, mas era só naquele momento que seus ouvidos estavam abertos para esse som que vinha da escuridão, que só podia vir da escuridão, e que, no entanto, dava um testemunho tão exato da glória da luz. E agora, gemendo, e tão longe de qualquer ajuda, John o ouvia em si próprio — o som vinha de seu coração aberto, rachado, que sangrava. Era um som de raiva e pranto que enchia a sepultura, raiva e pranto liberados do tempo, porém comprometidos com a eternidade; uma raiva sem língua, um pranto sem voz — e que, contudo, naquele momento, para o espanto da alma de John, falava de uma melancolia infinita, de uma paciência amaríssima, de uma noite longuíssima; da água mais funda, das correntes mais fortes, do látego mais cruel; da humildade mais desgraçada, da masmorra mais absoluta, do leito do amor poluído, do nascimento desonrado e da morte mais sangrenta, indizível, repentina. Sim, a escuridão era preenchida pelo murmúrio do assassinato: o corpo na água, o corpo no fogo, o corpo pendendo da árvore. John correu a vista por esses exércitos da treva, um exército depois do outro, e sua alma sussurrava: *Quem são esses? Quem são eles?*. E se perguntava: *Para onde vou?*.

Não havia resposta. Não havia amparo nem cura na cova, não havia resposta na treva, não havia fala em toda aquela multidão. Todos olhavam para trás. E John olhou para trás, não vendo salvação alguma.

Eu, John, vi o futuro, lá em cima, no meio do ar.

O que eram para ele o látego, a masmorra, a noite? E o mar? E a sepultura?

Eu, John, vi um número, no meio do ar.

E debatia-se, tentando fugir — daquela escuridão, daquela multidão — para a terra dos vivos, tão elevada, tão distante. O medo o dominava, o medo mais letal que ele jamais sentira, enquanto se virava e revirava nas trevas, e gemia, e tropeçava, e rastejava pelas trevas, sem encontrar nenhuma mão, nenhuma voz, nenhuma porta. *Quem são esses? Quem são eles?* Eram os desprezados e rejeitados, os miseráveis, os cuspidos, os párias da terra; e John fazia parte daquela multidão, e eles engoliriam sua alma. Os açoites sofridos por eles deixariam cicatrizes nas costas de John, os castigos deles seriam seus, a porção deles seria sua, a humilhação deles seria sua, a angústia, as correntes, a masmorra deles seriam suas, a morte deles seria sua. *Três vezes fui açoitado com varas, uma vez fui apedrejado, três vezes sofri naufrágio, uma noite e um dia passei no abismo.*

E o testemunho horrendo deles seria seu!

Em viagens, muitas vezes; em perigos de rios, em perigos de salteadores, em perigos dos da minha nação, em perigos dos gentios, em perigos na cidade, em perigos no deserto, em perigos no mar, em perigos entre os falsos irmãos.

E a desolação deles seria sua:

Em trabalhos e fadigas, em vigílias, muitas vezes; em fome e sede, em jejuns, muitas vezes; em frio e nudez.

E começou a gritar por ajuda, vendo a sua frente o látego, o fogo, e a água profunda, vendo sua cabeça baixada para sempre, ele, John, o mais vil entre aquela gente vil. E procurou pela mãe, mas os olhos dela estavam fixos naquele exército escuro — aquele exército se apoderara dela. E o pai não o ajudava, o pai não o via, e Roy estava morto.

Então ele sussurrou, sem saber que sussurrava: "Ah, Senhor, tende piedade de mim. Tende piedade de mim".

E uma voz, pela primeira vez em toda aquela viagem terrível, falou a John, em meio à raiva e ao pranto, e ao fogo, e à treva, e à inundação:

"Sim", disse a voz, "atravessa. Atravessa."

"Levanta-me", sussurrou John, "levanta-me. Não consigo atravessar."

"Atravessa", repetiu a voz, "atravessa."

Então se fez silêncio. Cessou o murmúrio. Agora havia só aquele tremor abaixo dele. E a certeza de que havia uma luz em algum lugar.

"Atravessa."

"Pede a Ele pra te conduzir."

Mas John jamais atravessaria aquela escuridão, aquele fogo, aquela ira. Jamais poderia fazê-lo. Sua força estava extinta, e ele não conseguia se mexer. A treva era seu lugar — a treva da qual ele tentara fugir se apoderara dele. E John gemeu de novo, chorando, e levantou as mãos.

"Pede a Ele. Pede a Ele."

"Pede a Ele pra te ajudar a atravessar."

A poeira de novo penetrou-lhe as narinas, áspera como as emanações do Inferno. E ele se revirou de novo na escuridão, tentando lembrar-se de uma coisa que ouvira, que lera.

Jesus salva.

E viu diante de si o fogo, vermelho e dourado, a sua espera — amarelo, e vermelho, e dourado, ardendo numa noite eterna, a sua espera. Ele precisava atravessar aquele fogo e penetrar aquela noite.

Jesus salva.

Pede a ele.

Pede a ele pra te ajudar a atravessar.

John não conseguia pedir, pois sua língua estava travada e seu coração, silencioso, inchado de medo. Como se mover na escuridão? — com as dez mil bocarras da morte escancaradas, e esperando na escuridão. Bastava virar-se um pouco que fosse para que a fera desse o bote — mover-se na escuridão é caminhar para a bocarra da morte à espera. E, no entanto, vinha-lhe a certeza de que era preciso movimentar-se; pois havia luz em algum lugar, e vida, e júbilo, e cânticos — em algum lugar, algum lugar acima dele.

E voltou a gemer: "Ah, Senhor, tende piedade de mim. Tende piedade, Senhor".

Veio-lhe à mente de novo o culto de comunhão em que Elisha se ajoelhara aos pés de seu pai. Agora esse culto se dava num salão amplo, alto, dourado pela luz do sol; e lá havia uma multidão, todos de vestes longas e brancas, as mulheres com a cabeça coberta. Estavam sentados a uma mesa comprida, de madeira nua. Nessa mesa partiam um pão chato, sem sal, que era o corpo do Senhor, e bebiam numa pesada taça de prata o vinho vermelho de Seu sangue. Então John viu que estavam descalços, e seus pés estavam manchados com aquele mesmo sangue. E o som de pranto enchia o salão enquanto eles partiam o pão e bebiam o vinho.

Em seguida se levantaram para se reunir em torno de uma grande bacia cheia d'água. E dividiram-se em quatro grupos, dois de mulheres e dois de homens; e começaram, mulher diante de mulher, e homem diante de homem, a lavar os pés uns dos outros. Mas o sangue não saía; depois de muito lavar, a água cristalina apenas se tornara vermelha; e alguém exclamou: *"Já foram no rio?"*.

Então John viu o rio, e a multidão estava lá. E agora haviam sofrido uma mudança: suas vestes estavam rasgadas e sujas, efeito da longa estrada por onde tinham caminhado, e manchadas de um sangue ímpio; as vestes de alguns mal lhes cobriam a nudez; de fato, uns estavam mesmo nus. E uns tropeçavam nas pedras lisas à margem do rio, pois estavam cegos; e uns rastejavam com gemidos terríveis, pois estavam mancos; e uns constantemente beliscavam a própria carne, apodrecida, cheia de feridas purulentas. Todos se esforçavam para chegar até o rio, com uma tremenda dureza de coração: os fortes golpeavam os fracos, os maltrapilhos cuspiam nos nus, os nus passavam por cima dos mancos. E alguém exclamou: *"Pecador, tu amas o meu Senhor?"*.

Então Jonh viu o Senhor — apenas por um segundo; e a escuridão, só por um momento rápido, foi inundada por uma luz que ele não conseguia suportar. E no instante seguinte ele foi libertado; suas lágrimas jorravam como se de uma fonte; seu coração, como uma fonte de água, explodiu. E John gritou: "Ah, abençoado Jesus! Ah, Senhor Jesus! Me ajuda a atravessar!".

Sim, as lágrimas vinham como se de uma verdadeira fonte — jorrando de profundezas até então inexploradas, que John não sabia que havia dentro de si. E ele queria elevar-se, cantando, cantando naquela grande manhã, a manhã de sua nova vida. Ah, como escorriam suas lágrimas, como elas abençoavam sua alma! — e John sentia-se emergido da treva, e do fogo, e dos terrores da morte, elevando-se para se juntar aos santos.

"Ah, sim!", exclamava a voz de Elisha. "Bendito seja nosso Deus para sempre!"

E uma doçura inundou John quando ouviu essa voz, e ouviu os cânticos: era para ele que se cantava. Pois sua alma extraviada estava agora ancorada no amor de Deus, na rocha que durava para sempre. Luz e treva se beijaram e estavam casadas, para sempre, na vida e na visão da alma de John.

Eu, John, vi uma cidade pairando no ar,
Lá no alto, a esperar, a esperar, a esperar.

Abriu os olhos para a manhã, e constatou que, à luz matinal, todos se regozijavam por ele. O tremor que sentira na escuridão fora o eco de seus pés jubilosos — esses pés, manchados de sangue para sempre, e lavados em muitos rios —, que eles caminhavam por toda a eternidade na estrada sangrenta, sem passar por nenhuma cidade, e sim em busca de uma que viria: uma cidade além do tempo, que não fora construída com mãos, porém era eterna nos céus. Mão alguma podia deter aquele exército, água alguma podia dispersá-lo, fogo algum poderia consumi-lo. Um dia eles obrigariam a Terra a subir, e devolver os mortos que aguardavam. Eles cantavam, onde a escuridão era mais densa, onde o leão aguardava, onde o fogo gritava, e onde o sangue escorria:

Alma minha, não fica intranquila!

Eles erravam no deserto para sempre; e golpeavam a pedra para sempre; e as águas brotavam, por toda a eternidade, no deserto eterno. Gritavam ao Senhor para sempre, e levantavam os olhos para sempre, eram lançados nas profundezas para sempre, e Ele os levantava para sempre. Não, o fogo não podia queimá-los; e os dentes do leão eram contidos; a serpente não os dominava, a sepultura não era seu lugar de repouso, a Terra não era seu lar. Jó lhes prestava testemunho, Abraão era seu pai, Moisés escolhera sofrer com eles em vez de gozar da glória no pecado por um tempo limitado. Sadraque, Mesaque e Abede-Nego haviam entrado no fogo antes deles, seu sofrimento fora cantado por Davi, e Jeremias chorara por eles. Ezequiel os profetizara, esses ossos esparsos, esses que foram mortos na plenitude da vida, e o profeta, João, viera do deserto clamando que a promessa era para eles. Foram acolhidos por uma verdadeira nuvem de testemunhas: Judas, que traíra o Senhor; Tomé, que duvidara d'Ele; Pedro, que tremera ao ouvir o galo cantar; Estêvão, que fora apedrejado; Paulo, que fora amarrado; o cego chorando na estrada poeirenta, o morto emergindo da sepultura. E eles olhavam para Jesus, autor e finalizador de sua fé, a correr com paciência a corrida que Ele lhes impusera; suportavam a cruz, desdenhavam a vergonha, e aguardavam a hora de juntar-se a Ele, um dia, em glória, à mão direita do Pai.

Alma minha, não fica intranquila!
Jesus vai preparar meu leito de morte!

"Levanta, levanta, irmão Johnny, e fala da libertação do Senhor."

Era a voz de Elisha; estava ao lado de John, sorrindo para ele do alto; e atrás dele estavam as santas — a mãe Washington, a irmã McCandless, a irmã Price. Atrás deles, viu a mãe e a tia; o pai, por ora, estava escondido de seus olhos.

"Amém!", exclamou a irmã McCandless, "levanta e louva o Senhor!"

John tentou falar e não conseguiu, tamanho o júbilo que vibrava em seu íntimo naquela manhã. Sorriu para Elisha, e suas lágrimas escorriam; e a irmã McCandless começou a cantar:

Senhor, agora
Não sou mais um estranho!

"Levanta, Johnny", repetiu Elisha. "Você está salvo, menino?"

"Estou, sim", respondeu John, "estou, sim!" E ao que parecia as palavras subiam por conta própria com a voz nova que Deus lhe dera. Elisha estendeu-lhe a mão, e John tomou-a, e então — de modo tão súbito, tão estranho, tão maravilhoso! — pôs-se de pé outra vez.

Senhor, agora
Não sou mais um estranho!

Sim, a noite havia passado, os poderes das trevas haviam sido obrigados a recuar. Ele caminhava entre os santos, ele, John, que chegara a seu lar, que agora era um deles; em lágrimas, ainda não encontrava palavras para exprimir a grande alegria, e mal sabia como conseguia se mexer, pois suas mãos eram novas, e os pés eram novos, e ele se movia num ar novo, luminoso, celestial.

A mãe Washington abraçou-o, e beijou-o, e as lágrimas dele e as lágrimas da negra velha se misturaram. "Deus te abençoe, filho. Toca pra frente, meu amor, e não fica cansado!"

Senhor, fui apresentado
Ao Pai e ao Filho,
E agora
Não sou mais um estranho!

No entanto, enquanto John caminhava no meio deles, tocando-lhes as mãos, as lágrimas caindo, e a música se elevando — como se ele percorresse um grande salão, cheio de pessoas magníficas —, alguma coisa começou a bater à porta daquele seu coração atento, atônito, recém-nascido e frágil; alguma coisa que redespertava os terrores da noite, que ainda não estavam encerrados, seu coração parecia dizer; terrores que, em meio àquelas pessoas, viriam à tona naquele momento. E, enquanto seu coração falava, viu-se diante da mãe. O rosto dela estava coberto de lágrimas, e por um bom tempo ficaram a se entreolhar, sem dizer nada. E mais uma vez ele tentou decifrar o mistério daquele rosto — o qual, ao mesmo tempo que nunca surgira tão luminoso e cheio de amor doído, nunca lhe parecera tão distante, em comunhão tão íntima com uma vida muito além da dele. Queria confortá-la, mas a noite não lhe dera nenhuma língua, nenhuma clarividência, nenhum poder de enxergar o coração dos outros por dentro. Ele só sabia — e agora, olhando para a mãe, sabia que jamais poderia dizê-lo — que o coração era um lugar terrível. A mãe o beijou e disse: "Estou muito orgulhosa, Johnny. Fica firme na fé. Vou continuar orando por você até o Senhor me botar na sepultura".

Então se viu diante do pai. No momento em que se obrigou a levantar os olhos e encarar o rosto do pai, sentiu dentro de si um enrijecimento, um pânico, uma rebelião cega e uma esperança de paz. Com a face ainda molhada de lágrimas, e ainda sorrindo, John declarou: "O Senhor seja louvado".

"O Senhor seja louvado", repetiu o pai. Não esboçou nenhum movimento no sentido de tocá-lo, não o beijou nem sorriu. Encaravam-se em silêncio, enquanto os santos se rejubilavam; e John esforçou-se para enunciar a palavra confiante, a palavra viva, que conquistaria a grande separação entre ele e seu pai. Mas a palavra viva não veio; e no silêncio que se seguiu alguma coisa morreu em John, e alguma coisa ganhou vida. Ele se deu conta de que precisava testemunhar: sua língua podia apenas dar testemunho das maravilhas vistas por ele. E John se lembrou, de súbito, de um sermão que uma vez ouvira o pai pregar. E abriu a boca, sentindo, enquanto observava o pai, que a treva rugia atrás dele, e a própria terra parecia tremer; e, no entanto, deu ao pai o testemunho comum aos dois. "Estou salvo", disse ele, "e sei que estou salvo." E então, como seu pai não dissesse nada, repetiu o texto dele: "Minha testemunha está no Céu, e meu testemunho está lá no alto".

"É o que você diz", retrucou o pai. "Quero ver você viver isso. É mais do que uma ideia."

"Eu vou pedir a Deus", falou John — e sua voz tremia, ele não sabia se de júbilo ou de tristeza — "pra me manter firme, me fazer forte… pra resistir… resistir contra o inimigo… e contra tudo e todos… que querem derrubar minha alma."

Então as lágrimas voltaram, como uma muralha entre ele e o pai. A tia Florence veio e o abraçou. Os olhos dela estavam secos, o rosto envelhecido na luz selvagem da manhã. Mas a voz, quando ela falou, estava suave como John jamais a ouvira.

"Você tem que combater o bom combate", disse ela, "ouviu? Não fica cansado nem assustado. Porque eu *sei* que o Senhor pôs as mãos em você."

"É", ele assentiu, em lágrimas, "sim. Eu vou servir o Senhor."

"Amém!", exclamou Elisha. "Louvado seja o nosso Deus!" Nas ruas imundas ressoava a luz do romper da manhã ao saírem do templo.

Estavam todos presentes, menos a jovem Ella Mae, que fora embora quando John ainda jazia no chão — estava muito resfriada, disse a mãe Washington, e precisava repousar. Agora, formando três grupos, caminhavam pela avenida longa, cinzenta e silenciosa: a mãe Washington com Elizabeth, a irmã McCandless e a irmã Price; à frente delas, Gabriel e Florence; e, à frente de todos, Elisha e John.

"O Senhor faz mesmo maravilhas", comentou a mãe Washington. "Sabe, essa semana toda Ele pisou na minha alma, e me fez ficar orando e chorando diante d'Ele. Eu não conseguia ficar em paz — e *sei* que Ele fez isso porque eu estava esperando a alma daquele menino."

"É, amém", concordou a irmã Price. "Pelo visto, o Senhor queria mesmo *sacudir* essa igreja. Lembra como Ele falou pela irmã McCandless na noite de sexta, e nos mandou orar, que Ele ia fazer uma obra maravilhosa no meio da gente? E ele *mexeu* — aleluia —, ele sacudiu a cabeça de *todo* mundo."

"É o que eu digo", acrescentou a irmã McCandless, "é só você *escutar* o Senhor; Ele te leva pro lado certo *todas* as vezes; ele faz isso *sempre*. Quero ver quem vai me dizer que o *meu* Deus não existe, não."

"E viu o que o Senhor fez com aquele menino, o Elisha?", indagou a mãe Washington, com um sorriso tranquilo e doce. "Botou o menino deitado no chão, profetizando em *línguas*, amém, logo antes do Johnny cair gritando e chorando diante do Senhor. Parece que o Senhor usou o Elisha pra dizer: 'Está na hora, menino, vem pra casa'".

"O Senhor faz mesmo maravilhas", concordou a irmã Price. "E agora o Johnny tem *dois* irmãos."

Elizabeth não dizia nada. Caminhava com a cabeça baixa, as mãos entrelaçadas a sua frente. A irmã Price virou-se e olhou para ela, sorrindo.

"Eu sei", afirmou ela, "que você hoje é uma mulher muito feliz."

Elizabeth sorriu e levantou a cabeça, mas não olhou diretamente para a irmã Price. Olhava para a frente, para a longa avenida, onde Gabriel caminhava com Florence, e John, com Elisha.

"É", disse ela por fim, "eu tava orando. E ainda não parei de orar."

"É, Senhor", reforçou a irmã Price, "a gente não pode parar de orar até ver o rosto abençoado d'Ele."

"Mas eu aposto que você nunca imaginou", disse a irmã McCandless, rindo, "que o Johnny ia subir tão de repente, e virar religioso. *Deus* seja louvado!"

"O Senhor vai abençoar aquele garoto, pode escrever o que digo", afirmou a mãe Washington.

"*Aperta a mão do pregador, Johnny.*"

"*Tem um homem na Bíblia, meu filho, que também gostava de música. Ele tocava harpa pro rei, e uma vez ele dançou pro Senhor. Será que um dia você também vai dançar pro Senhor?*"

"É", disse a irmã Price, "o Senhor te deu um filho santo. Ele vai dar conforto pros teu cabelo branco."

Elizabeth sentia as lágrimas caindo, lentas, amargas, à luz do amanhecer. "Peço ao Senhor", ela retrucou, "que dê apoio a ele por todos os lados."

"É", concordou a irmã McCandless, séria, "não é só coisa da cabeça. O Demônio não tem hora pra atacar."

Então, em silêncio, chegaram à esquina da rua larga por onde passava a linha do bonde. Um gato magro caminhava pela sarjeta e fugiu quando eles se aproximaram; ficou a vigiá-los, com olhos amarelos e malévolos, emboscado numa lata de lixo. Acima deles passou voando um pássaro cinzento, por cima dos fios elétricos da linha do bonde, e pousou na cornija metálica de um telhado. Até que, na avenida, ao longe, ouviram uma sirene, e um sino batendo, e logo depois viram uma ambulância passar a toda velocidade a caminho do hospital perto da igreja.

"Mais uma alma derrubada", murmurou a irmã McCandless. "O Senhor tenha piedade."

"Ele avisou que nos últimos dias o mal ia estar em tudo que é lado", lembrou a irmã Price.

"É verdade, avisou, sim", concordou a mãe Washington, "e ainda bem que Ele disse que não ia deixar a gente sem consolo."

"Quando vires todas essas coisas, saberás que tua salvação está perto", disse a irmã McCandless. "Mil cairão ao teu lado, e dez mil, a tua direita, mas tu não serás atingido. Estou muito feliz, amém, nesta manhã, bendito seja o meu Redentor."

"Lembra daquele dia que você entrou na loja?"

"Eu achava que você nunca reparava em mim."

"Pois você tava muito bonita."

"O Johnny nunca falou nada, não", perguntou a mãe Washington, "pra você desconfiar que o Senhor tava tocando o coração dele?"

"Ele sempre foi muito calado", respondeu Elizabeth. "Não fala quase nada."

"É", concordou a irmã McCandless, "ele não é feito esses garoto bruto de hoje em dia — *ele* respeita os mais velho. Você soube criar ele muito bem, irmã Grimes."

"Ontem foi aniversário dele", disse Elizabeth.

"Não acredito!", exclamou a irmã Price. "Quantos anos ele fez?"

"Catorze", foi a resposta.

"Ouviu essa?", perguntou a irmã Price, atônita. "O Senhor salvou a alma desse garoto no aniversário dele!"

"Pois agora ele tem dois aniversário", sorriu a irmã McCandless, "que nem tem dois irmão — um na carne, o outro no Espírito."

"Amém, o Senhor seja louvado!", exclamou a mãe Washington.

"Que livro que era, Richard?"

"Ah, não lembro. Um livro qualquer."

"Você sorriu."

"Você tava muito bonita."

Ela tirou da bolsa o lenço encharcado e enxugou os olhos de novo, observando a avenida a sua frente.

"É", disse a irmã Price, com doçura, "você tem que dar *graças* ao Senhor. Tem que *deixar* as lágrima cair. Sei que hoje o seu coração tá cheio."

"O Senhor te deu", pontuou a mãe Washington, "uma bênção enorme — e o que o Senhor dá homem nenhum pode tirar."

"Eu abro", disse a irmã McCandless, "e homem nenhum pode fechar. Eu fecho, e homem nenhum pode abrir."

"Amém", disse a irmã Price. "Amém."

"É, eu imagino", disse Florence, "que a tua alma tá louvando a Deus hoje."

Gabriel olhava fixamente para a frente, sem dizer nada, mantendo o corpo mais rígido do que uma flecha.

"Você sempre diz", prosseguiu Florence, "que o Senhor responde as preces." E o fitou de lado, com um sorrisinho.

"Ele vai aprender", foi a resposta que veio por fim, "que não é só cantoria e gritaria — o caminho da santidade é duro. Ele vai ter que subir o lado íngreme da montanha."

"Mas ele tem você", ela argumentou, "não tem? Pra ajudar quando ele tropeçar, e pra dar um bom exemplo, não é?"

"Eu garanto que ele vai andar na linha diante do Senhor. O Senhor me fez responsável pela alma dele — e eu não quero que o sangue desse menino fique na minha mão."

"Não", ela concordou, tranquila. "Eu imagino que você não quer isso."

Então ouviram a sirene, e o sino impetuoso dando o alerta. Florence ficou contemplando o rosto do irmão, que olhava para a avenida silenciosa e para a ambulância que seguia desabalada, levando alguém para a cura, ou para a morte.

"É", disse Florence, "esse carro vai chegar um dia pra todo mundo, não é?"

"Eu espero que ele encontre você pronta, irmã."

"Vai encontrar *você* pronto?", ela perguntou.

"Eu sei que o meu nome tá escrito no Livro da Vida", ele respondeu. "Eu sei que vou ver o rosto do meu Salvador em glória."

"É", assentiu ela lentamente, "nós vamos estar todo mundo junto lá. Mamãe, e você, e eu, e a Deborah — e como era o nome mesmo daquela menininha que morreu logo que eu saí de casa?"

"Que menininha que morreu?", ele indagou. "*Muita* gente morreu depois que *você* saiu de casa — depois que você deixou sua mãe no leito de morte."

"Essa menina era mãe também. Parece que ela foi pro Norte sozinha, teve a criança e morreu — não teve ninguém pra ajudar ela. A Deborah me escreveu contando. Você não pode ter esquecido o nome dessa garota, Gabriel!"

Então seu passo hesitou — por um momento, ele pareceu arrastar o pé. E a encarou. Florence sorriu e tocou-lhe o braço de leve.

"Não, você não esqueceu o nome dela", Florence insistiu. "Você não vai me dizer que esqueceu o nome dela. Vai ver o rosto dela também? O nome dela também tá escrito no Livro da Vida?"

No mais completo silêncio, caminhavam juntos, ela com a mão ainda debaixo do braço trêmulo de Gabriel.

"A Deborah nunca escreveu", ela prosseguiu por fim, "contando o que aconteceu com o menino. Você viu ele alguma vez? Você vai encontrar com ele no Céu também?"

"A Palavra nos diz", respondeu Gabriel, "pra deixar os morto enterrar os morto. Por que é que você quer ficar remexendo nessas coisa antiga, escavando o que todo mundo já esqueceu? O Senhor conhece a minha vida — Ele já me perdoou há muito tempo."

"Pelo visto", ela argumentou, "você acha que o Senhor é um homem que nem você; acha que pode enganar Ele que nem você engana os homem, e que Ele esquece que nem os homem esquece. Mas Deus não esquece nada, Gabriel — se o teu nome tá escrito lá no Livro, como você diz, então tudo o que você fez tá escrito também. E você vai ter que responder por isso."

"Eu já respondi", disse ele, "diante do meu Deus. Não tenho que responder agora, diante de você."

Florence abriu a bolsa e tirou a carta.

"Eu ando com essa carta há mais de trinta anos. E fiquei me perguntando esse tempo todo se algum dia ia falar com você sobre ela."

E olhou para Gabriel. Contra a própria vontade, ele olhava para a carta, que ela segurava com força. Era velha, suja, amarelada e rasgada; Gabriel reconheceu a letra incerta e trêmula de Deborah, e viu-a de novo na cabana, debruçada sobre a mesa, confiando com esforço ao papel a amargura que nunca exprimira verbalmente. Então Florence guardara em silêncio essa história nesses anos todos? Gabriel não conseguia acreditar. Deborah orava por ele ao morrer — havia jurado que se encontraria com ele na glória. E, no entanto, essa carta, testemunha dela, falava, quebrando aquele longo silêncio, agora que ela estava fora do alcance de Gabriel para sempre.

"É", disse Florence, olhando para o rosto dele, "você não deu nenhum leito de rosas pra ela se deitar, não é? Aquela menina pobre, simples, feia, negra. E você não tratou aquela outra melhor. Quem que você conheceu, Gabriel, em toda a sua vida santa, que você não obrigou a beber uma taça de fel? E continua fazendo isso — vai fazer isso até o Senhor te botar na sepultura."

"Os caminhos de Deus", começou ele, com a fala embargada, o rosto brilhoso de suor, "não é o dos homem. Eu faço a vontade do Senhor, e só quem pode me julgar é o Senhor. O Senhor me chamou, me *escolheu*, e estou caminhando com Ele desde aquele dia. Não dá pra ficar olhando pra toda essa besteirada aqui embaixo, pra toda a maldade aqui embaixo — tem que levantar a vista pras montanha e fugir da destruição caindo sobre a terra, tem que botar a mão na mão de Jesus e ir aonde *Ele* mandar."

"E se você for só uma pedra de tropeço aqui embaixo?", ela perguntou. "Se você fez almas à esquerda e à direita tropeçar e cair, e perder a felicidade, e perder a alma? E aí, profeta? E aí, ungido do Senhor? Ninguém vai cobrar nada de *você*? O que você vai dizer quando aquele carro chegar?"

Ele levantou a cabeça, e Florence viu lágrimas misturadas com o suor. "O Senhor vê o coração — Ele vê o coração."

"É", Florence concordou, "mas eu também li a Bíblia, e lá diz que a gente conhece a árvore pelo fruto dela. Que fruta que eu vi sair de você que não fosse pecado e dor e vergonha?"

"Toma cuidado com o jeito que você fala com o ungido do Senhor. Porque a minha vida não tá naquela carta — você não conhece minha vida."

"Então *onde* tá a sua vida, Gabriel?", perguntou Florence, depois de uma pausa desesperada. "*Onde?* Foi tudo feito em vão? Cadê os seus galho? Cadê o seu fruto?"

Gabriel não disse nada; insistindo, ela batia com a unha do polegar na carta. Estavam se aproximando da esquina em que Florence se separaria dele, virando para o oeste para pegar o metrô. À luz que enchia as ruas, à luz que o sol começava a corromper com fogo, Florence olhava para John e Elisha logo à frente deles, John escutando de cabeça baixa, o braço de Elisha sobre seu ombro.

"Eu tenho um filho", Gabriel respondeu por fim, "e o Senhor vai criar ele. Eu sei disso — o Senhor prometeu —, a palavra d'Ele é verdadeira."

E Florence riu. "*Aquele* filho, o Roy. Você vai chorar por muitas eternidade até ver ele chorando na frente do altar como o Johnny fez hoje."

"Deus vê o coração", ele repetiu, "vê o coração."

"E tem que ver mesmo", ela exclamou, "já que foi Ele que fez! Mas ninguém mais vê, nem você! Então que Deus veja — Ele vê tudo direito e não diz nada."

"Ele fala. Ele fala. É só você escutar."

"Há muitas noites que eu tô escutando", disse Florence, e acrescentou, "e Ele nunca que falou comigo."

"Nunca falou", rebateu Gabriel, "porque você nunca quis escutar. Você só queria ouvir Ele dizer que o teu caminho era certo. E não é assim que a gente escuta Deus."

"Então me diz", insistiu Florence, "o que foi que Ele te disse que você não quis escutar?"

E fez-se o silêncio de novo. Agora os dois observavam John e Elisha.

"Eu vou te dizer uma coisa, Gabriel", disse Florence. "Eu sei que você acha, no fundo do teu coração, que se você fizer *ela*,

ela e o filho bastardo dela, pagar pelo teu pecado, o *teu* filho não vai ter que pagar por ele. Mas eu não vou te deixar fazer isso, não. Você já fez muita gente pagar pelo teu pecado, agora é hora de você começar a pagar."

"O que você acha", ele perguntou, "que vai poder fazer — contra mim?"

"Pode ser que eu não tenha muito tempo pela frente nesse mundo, mas eu tenho essa carta, e eu te garanto que vou dar ela pra Elizabeth antes de morrer, e, se ela não quiser, eu vou achar um jeito — sei lá que jeito — de falar em alto e bom som pra *todo mundo* do sangue que tem nas mãos do ungido do Senhor."

"Eu já te disse", ele retrucou, "tudo isso já tá morto e enterrado; o Senhor já me deu um sinal que eu fui perdoado. O que é que você acha que vai adiantar começar a falar sobre esse assunto agora?"

"Vai fazer a Elizabeth saber que ela não é a única pecadora... na sua casa santa. E o Johnny ali — ele vai saber que não é o único bastardo."

Então Gabriel se virou de novo, e a encarou com ódio nos olhos.

"Você nunca mudou", disse ele. "Continua esperando a hora de ver a minha queda. Você é má agora que nem era quando moça."

Ela guardou a carta na bolsa.

"Não, eu não mudei. E você também não mudou. Continua prometendo ao Senhor que vai fazer melhor — e sempre achando que o que você já fez, o que você está fazendo nesse *exato* minuto, não conta. De tudo que é homem que eu já conheci, você é quem mais devia torcer pra que a Bíblia seja um monte de mentira — porque, o dia que aquela trombeta tocar, você vai passar a eternidade falando."

Haviam chegado à esquina dela. Florence parou, ele parou também, e ela olhou para o rosto assustado e ardente de Gabriel.

"Eu vou pegar o meu metrô", disse ela. "Tem alguma coisa que você quer me dizer?"

"Eu tô vivo há muito tempo", ele respondeu, "e até hoje só vi o mal dominar os inimigo do Senhor. Você acha que vai usar essa carta pra me prejudicar — mas o Senhor não vai deixar isso acontecer, não. Você vai ser derrubada."

As mulheres que oravam se aproximaram deles, Elizabeth no meio.

"A Deborah", disse Florence, "foi derrubada — mas deu o recado dela. Ela não era inimiga de *ninguém* — e a vida inteira foi perseguida pelo mal. Quando eu morrer, irmão, é melhor você tremer, porque eu não vou em silêncio, não."

E, enquanto os dois se entreolhavam, sem dizer mais nada, as mulheres os alcançaram.

Agora a longa e silenciosa avenida se estendia diante deles como se fosse uma cinzenta terra de mortos. Nem parecia que ele caminhara por aquela mesma avenida apenas (segundo a contagem do tempo adotada pelos homens) algumas horas antes; que conhecia essa avenida desde que seus olhos se abriram para este mundo perigoso; que nela havia brincado, chorado, fugido, caído e se machucado — naquela época, tão longínqua, de inocência e raiva.

Sim, na noite do sétimo dia, quando, num rompante de raiva, saiu da casa do pai, essa avenida estava cheia de gente gritando. A luz do dia começava a morrer — ventava muito, e as luzes altas, uma por uma, e depois todas juntas, levantaram a cabeça contra a escuridão — enquanto ele seguia apressado em direção ao templo. Haviam zombado dele? Alguém falara, rira, chamara? Ele não lembrava. Naquela ocasião, caminhava numa tempestade.

Agora a tempestade passara. E a avenida, como qualquer paisagem que passou por uma tempestade, estava modificada sob o Céu, exaurida e limpa, e nova. Nunca mais voltaria a ser a avenida de antes. O fogo, ou o relâmpago, ou a chuva que se seguira, descendo daqueles céus que agora se moviam, pálidos e secretos, acima de sua cabeça, extinguiram a avenida da véspera, transformando-a num instante, num piscar de olhos, e tal como tudo se transformaria no último dia, quando os céus se abririam mais uma vez para recolher os santos.

No entanto, as casas estavam ali, assim como antes; as janelas, como mil olhos cegos, estavam voltadas para a manhã lá fora — a manhã que para elas era igual às manhãs do tempo da inocência de John e às de antes de ele nascer. A água escorria nas sarjetas com um discreto som contrariado; essa água transportava papel, fósforos queimados, pontas de cigarros encharcadas; cusparadas esverdeadas, escuras e peroladas; as fezes de um cão, o vômito de um bêbado, o esperma morto, preso em borracha, de alguém que se entregara à lascívia. Tudo isso seguia lentamente em direção ao bueiro escuro, e lá descia, para ser levado até o rio, que lançaria tudo no mar.

Onde havia casas, onde as janelas olhavam para fora, onde as sarjetas escorriam, havia pessoas — agora dormindo, invisíveis, em sua privacidade, na escuridão pesada dessas casas, enquanto o dia do Senhor irrompia lá fora. Quando John voltasse a caminhar por aquelas ruas, haveria gente gritando de novo; o ruído dos patins das crianças viria ao seu encalço; menininhas de tranças, pulando corda, criariam uma barricada na calçada, que ele teria de atravessar aos tropeços. Haveria meninos jogando bola nessas ruas de novo — eles olhariam para John, gritando:

"Oi, Olho de Sapo!"

Haveria homens parados nas esquinas de novo, vendo-o passar, meninas sentadas às portas dos prédios de novo, imitando seu jeito de andar. As avós, postadas às janelas, haveriam de comentar:

"Que menininho mais feio."

Ele choraria de novo, seu coração insistia, pois o choro voltara agora; sentiria raiva de novo, dizia o ar carregado de mudança, pois os leões da raiva estavam à solta; estaria de novo na treva, de novo no fogo, já que vira o fogo e a treva. Ele estava livre — *quem o Filho liberta libertado está* —, bastava-lhe naquele momento apenas se conservar firme em sua liberdade. Não estava mais em guerra, naquele dia do Senhor que então se abria, com aquela avenida, aquelas casas, as pessoas que dormiam, olhavam, gritavam, mas lutava com o anjo de Jacó, *com os príncipes e os poderes do ar.* E estava cheio de júbilo, um júbilo inefável, cujas raízes, mesmo que ele não fosse rastreá-las nesse novo dia de sua vida, eram nutridas pela fonte de um desespero ainda não localizado. *A alegria do Senhor é a força de Seu povo.* Onde havia júbilo, havia força; onde havia força, surgia dor — para sempre? Para todo o sempre, dizia o braço de Elisha, a lhe pesar no ombro. E John tentava enxergar através da muralha da manhã, ver o que havia por trás das casas ressentidas, rasgar os mil véus cinzentos do céu, e perscrutar o coração — aquele coração monstruoso que batia sempre, fazendo girar o universo atônito, obrigando as estrelas a fugirem diante do sândalo vermelho do sol, fazendo a lua crescer e minguar, e desaparecer, e ressurgir; que com uma rede prateada continha o mar, e por obra de mistérios abissais recriava, a cada dia, a terra. Aquele coração, aquela respiração, sem a qual *nada do que era feito se fazia.* As lágrimas voltaram-lhe aos olhos, fazendo estremecer a avenida, balançando as casas — seu coração inchou-se, ergueu-se, vacilou e emudeceu. Do júbilo vinha a força, uma força calculada para suportar a dor: a dor gerava o júbilo. Para sempre? Essa era a roda de Ezequiel, no meio do ar ardente para sempre — a roda pequena era impelida pela fé, e a grande era impelida pela graça de Deus.

"Elisha?", ele chamou.

"Se você pedir a Ele pra te levantar", o outro respondeu, como se tivesse lido seus pensamentos, "Ele nunca que vai te deixar cair."

"Foi você", perguntou John, "que orou por mim?"

"Todo mundo tava orando por você, irmãozinho", respondeu Elisha com um sorriso, "mas sim, eu tava com você o tempo todo. Pelo visto o Senhor te colocou como um fardo na minha alma."

"Eu fiquei orando por muito tempo?"

Elisha riu. "Bem, você começou quando era de noite e só parou de orar quando já era de dia. Acho que orou pelo tempo certo."

John também sorriu, observando com certo espanto que um santo de Deus podia rir.

"Você gostou", perguntou ele, "de me ver no altar?"

Então não entendeu por que perguntara aquilo; esperava que Elisha não achasse a pergunta boba.

"Fiquei muito feliz", respondeu Elisha, sério, "de ver o Johnny pôr os pecados dele no altar, pôr a *vida* dele no altar e se levantar, louvando a Deus."

Alguma coisa tremeu em John quando a palavra *pecado* foi pronunciada. Lágrimas voltaram-lhe aos olhos. "Ah, eu peço a Deus, eu *peço* ao Senhor... pra me fazer forte... me santificar por inteiro... e me manter salvo!"

"É isso aí", concordou Elisha, "você tem que manter essa disposição, que eu sei que o Senhor vai te fazer chegar em casa direitinho."

"É um longo caminho", disse John devagar, "não é? Longo e difícil. É uma ladeira que sobe o tempo todo."

"Pensa em Jesus. Fica pensando em Jesus. *Ele* tomou esse caminho — subiu a montanha pelo lado mais íngreme —, tava carregando a cruz, e ninguém ajudou Ele, não. Jesus tomou esse caminho por nós. Carregou aquela cruz por nós."

"Mas Ele era o Filho de Deus", John argumentou, "e sabia que era."

"Sabia", disse Elisha, "porque estava disposto a pagar o preço. Você não sabe, Johnny? Você não tá disposto a pagar o preço?"

"Aquele hino que eles cantam", respondeu John por fim, *"mesmo que custe a minha vida — é esse o preço?"*

"É", disse Elisha, "é esse o preço."

Então John se calou, querendo formular a pergunta de outra maneira. E o silêncio foi rompido, de repente, pela sirene de uma ambulância, e um sino a gritar. E os dois levantaram a vista para ver a ambulância passar a toda velocidade naquela avenida em que nenhuma criatura se movia, salvo os santos de Deus que vinham atrás deles.

"Mas esse é o preço do Demônio também", prosseguiu Elisha, quando o silêncio se restabeleceu. "O Demônio não pede nada menos que a tua vida. E ele pega ela, e aí a perda é pra sempre. Pra sempre, Johnny. Você fica na escuridão em vida, e fica na escuridão na morte. Só o amor de Deus que pode transformar a escuridão em luz."

"É", concordou John, "eu lembro. Eu lembro."

"É, mas você tem que lembrar quando vier o dia ruim, quando vier a enchente, menino, e é como se a tua alma tivesse afundando. Tem que lembrar quando o Demônio estiver fazendo o que ele puder pra te fazer esquecer."

"O Demônio", começou John, franzindo a testa e fixando a vista, "o Demônio. Quantos rostos tem o Demônio?"

"Tantos", respondeu Elisha, "quantos você vai ver entre agora e o dia de tirar do ombro o fardo. E ele tem muito mais do que isso, só que ninguém nunca viu todos eles."

"Menos Jesus", acrescentou John. "Só Jesus."

"Isso mesmo", assentiu Elisha, com um sorriso sério e doce, "é esse o Homem que você tem que chamar. Esse é o Homem que sabe."

Estavam se aproximando da casa de John — da casa do pai de John. Dentro de instantes ele teria que se separar de Elisha, daquele braço que o protegia, e entrar sozinho em casa — sozinho com a mãe e o pai. E teve medo. Teve vontade de parar e virar-se para Elisha, e lhe dizer... alguma coisa para a qual ele não encontrava as palavras.

"Elisha...", foi dizendo, e olhou para o rosto do outro. Então: "Você ora por mim? Por favor, você ora por mim?".

"Já tava orando, irmãozinho", respondeu Elisha, "e agora mesmo é que eu não vou parar mais."

"Por mim", insistiu John, em lágrimas, "por *mim*."

"Você sabe muito bem", disse Elisha, olhando para ele, "que eu nunca vou parar de orar pelo irmão que o Senhor me deu."

Então chegaram à casa, e pararam, entreolhando-se, esperando. John viu que o sol começava a se mexer, em algum canto do céu; o silêncio da alvorada em breve daria lugar às trombetas da manhã. Elisha tirou o braço do ombro de John e ficou parado a seu lado, olhando para trás. E John fez o mesmo, vendo os santos se aproximarem.

"O culto hoje vai atrasar um bocado", comentou Elisha, e de repente sorriu e bocejou.

E John riu. "Mas você vai estar lá, não vai? Ainda hoje de manhã?"

"Vou, sim, irmãozinho", riu Elisha, "vou, sim. Vou ter que correr um bocado pra acompanhar *você*."

E ficaram observando os santos. Agora todos estavam parados na esquina, onde sua tia Florence se despedira dos outros. As mulheres conversavam juntas, enquanto seu pai mantinha certa distância. A tia e a mãe se beijaram, tal como ele as vira fazer centenas de vezes, e então a tia se virou para ver os dois rapazes, e acenou para eles.

Os dois acenaram de volta, e Florence começou a atravessar a rua lentamente, andando, pensou John, espantado, como uma velha.

"Bom, *ela* eu garanto que não vai ao culto agora de manhã", disse Elisha, e bocejou de novo.

"E *você* vai estar dormindo em pé", retorquiu John.

"E não apronta comigo hoje, não", devolveu Elisha. "Não é porque você virou santo que eu não posso te fazer de gato e sapato. Eu sou o teu *irmãozão* no Senhor — não esquece."

Agora estavam na esquina. O pai e a mãe se despediam da mãe Washington, da irmã McCandless e da irmã Price. As santas acenaram para eles dois, que retribuíram o gesto. Então a mãe e o pai estavam a sós, vindo em direção a eles.

"Elisha", disse John. "Elisha."

"Sim, o que é que você quer agora?"

John, olhando para ele, esforçava-se para lhe dizer algo mais — para dizer — tudo o que não podia jamais ser dito. Mesmo assim: "Eu estive no fundo do vale", ousou dizer, "eu mesmo estive lá. Nunca vou esquecer. Que Deus me esqueça se eu esquecer".

Em seguida a mãe e o pai chegaram diante deles. A mãe sorriu e pegou a mão que Elisha lhe estendeu.

"Deus seja louvado nessa manhã", declarou Elisha. "Porque deu um motivo pra gente louvar Ele."

"Amém", exclamou a mãe, "Deus seja louvado!"

John subiu o pequeno degrau de pedra, sorrindo um pouco, e olhou para os outros de lá. A mãe passou por ele e foi entrando em casa.

"Melhor você subir", disse ela, ainda sorrindo, "e tirar essa roupa molhada. Não quero que você fique resfriado."

E o sorriso da mãe permanecia indevassável; John não conseguia entender o que se ocultava por detrás dele. Para escapar de sua vista, beijou-a, dizendo: "Está bem, mamãe. Já vou".

Ela continuava parada atrás dele, à porta, à espera.

"O Senhor seja louvado, diácono", disse Elisha. "A gente se vê no culto da manhã, se Deus quiser."

"Amém", respondeu o pai, "o Senhor seja louvado." Começou a subir os degraus de pedra, com um olhar fixo em John, que lhe impedia o caminho. "Sobe, menino, que nem sua mãe mandou."

Johnny olhou para o pai e saiu de sua frente, voltando ao nível da rua. Pôs a mão no braço de Elisha, sentindo que ele próprio tremia, tendo o pai atrás de si.

"Elisha", falou ele, "aconteça o que acontecer comigo, seja lá pra onde eu for, digam o que disserem de mim, seja lá o que *qualquer um* disser, você não esquece — por favor, não esquece — que eu fui salvo. Eu estive *lá*."

Elisha sorriu e encarou o pai de John.

"Ele atravessou", exclamou Elisha, "não foi, diácono Grimes? O Senhor derrubou ele, e fez ele dar a volta por cima e escrever o nome *novo* dele na glória. Bendito seja Deus!"

E beijou John na testa, um beijo sagrado.

"Vai em frente, irmãozinho. Não fica cansado. Deus não vai esquecer de você. Você não vai esquecer que esteve lá."

Então se virou e começou a descer a longa avenida, em direção a sua casa. John ficou parado, vendo-o se afastar. O sol despertara por completo. Acordava as ruas, e as casas, e gritava às janelas. Caiu sobre Elisha como um manto dourado, e atingiu a testa de John, onde Elisha o havia beijado, como um selo indelével, para sempre.

E John sentiu a presença de seu pai atrás dele. E sentiu o vento de março ficar mais forte, atravessando suas roupas úmidas,

chegando a seu corpo salgado. Virou-se para encarar o pai —
deu por si sorrindo, mas o pai não sorria.

Entreolharam-se por um momento. A mãe estava parada à
porta, em meio às sombras compridas do corredor.

"Estou pronto", disse John, "estou vindo. Estou a caminho."

Posfácio

Roxane Gay

Há três maneiras de ler o excepcional romance de estreia de James Baldwin, *Proclamem nas montanhas*. Na primeira, como uma parábola. O rapaz que ocupa a posição central no romance, John Grimes, tenta entender qual é seu lugar no mundo, na igreja humilde que sua família frequenta e até mesmo no interior dessa família. A narrativa conta de modo detalhado os acontecimentos de um dia na vida de John, o dia em que ele completa catorze anos. A vida dele é um tanto dura, mas o jovem tem os dons da fé e do otimismo da juventude, a convicção de que coisas melhores o aguardam, apesar de tudo apontar no sentido contrário. E esse otimismo é algo que ele carrega há muito tempo, desde o dia em que uma professora elogiou seus dotes intelectuais quando ele tinha cinco anos.

> Dali em diante, aquele momento passou a ser para John, se não uma arma, ao menos um escudo; ele apreendeu por completo, sem passar pela crença nem pelo entendimento, que tinha um poder que as outras pessoas não tinham; que podia usá-lo para

salvar-se, para elevar-se; e que com esse poder talvez um dia conseguisse conquistar aquele amor que tanto desejava.

Essas palavras são proféticas, pois ao final do livro John precisará fazer todas essas coisas — salvar-se, elevar-se e até mesmo amar a si próprio.

No decorrer daquele longo dia, somos testemunhas das esperanças e dos anseios de John (um presente de aniversário dado pela mãe, o reconhecimento de que aquele dia é especial, o amor do pai, a salvação), e vemos como são frágeis essas esperanças, por mais que ele se esforce. E mesmo assim John persiste. Ele carrega a esperança como um escudo, porque em sua vida não há um porto seguro. Seja a indiferença cruel ou o punho brutal do pai, seja a indiferença cruel e o punho brutal dos policiais que o tratam mais como uma ameaça do que como um jovem, a angústia e a culpa que ele sente por seus desejos carnais, ou o desespero que o domina ao não encontrar o êxtase na igreja, John vive em estado de vulnerabilidade. É isso que torna sua história tão interessante. Sua carne é tenra; o mundo em que ele circula é duro e se recusa a lhe oferecer abrigo.

O livro é também a história dos adultos da vida de John — sua mãe, Elizabeth; seu padrasto, Gabriel; a irmã de Gabriel, Florence; e a primeira esposa de Gabriel, Deborah. Através de uma série de flashbacks, ficamos sabendo do passado de cada uma dessas pessoas e como chegaram até o presente. Todas fizeram parte da Grande Migração, as gerações de pessoas negras que migraram do Sul para o Norte durante seis décadas, na esperança de conseguir um futuro melhor para si e suas famílias. O que acontece com elas no Norte, porém, complica bastante a ideia de um futuro melhor. Em *The Warmth of Other Suns* [O calor de outros sóis], Isabel Wilkerson trata dos que tomaram a decisão de partir: "Estavam todos presos num sistema de castas tão duro e implacável quanto o barro da Geórgia, e tinham que tomar uma decisão". Para John, Elizabeth, Florence e Gabriel em particular, a difícil decisão de deixar para trás tudo que conhecem implica passar de um sistema de castas para outro.

O fulcro dessa história é Gabriel, o filho predileto de sua mãe, um jovem que encontra problemas de toda espécie antes e depois de descobrir a salvação. Ele é um pregador que vive ameaçando qualquer um que lhe dê ouvidos com o inferno e a danação. Está sempre julgando e reprovando tudo e todos que não se curvem a seus interesses ou suas sensibilidades incoerentes. É um pecador que julga que seus pecados foram perdoados, mas não adota os mesmos critérios de perdão com relação às outras pessoas — ou seja, é um santarrão hipócrita. Assim, teríamos aqui uma parábola: nem todo aquele que é salvo é santificado.

Lido de outra maneira, o romance é uma história de mulheres cujos sonhos e desejos são postergados, mulheres cuja vida e felicidade dependem dos caprichos e dos humores dos homens na vida delas, mulheres que são obrigadas a sacrificar muito para receber pouco em troca. A elas se impõem exigências inviáveis e se pede que satisfaçam expectativas também inviáveis. A mulher que ousa levar a vida segundo seus próprios padrões tem que pagar um preço alto. É o caso de Esther, uma jovem que se torna amante de Gabriel. O caso amoroso entre eles desencadeia uma série de acontecimentos que culmina com a morte dela. Esther se torna um dos vários exemplos apresentados no romance de pessoas que amam Gabriel e têm que pagar o mais alto preço por conta das decisões muitas vezes cruéis, e sempre egoístas, que ele toma.

Os homens deste romance procuram a salvação desesperadamente. Querem ser absolvidos de seus pecados mortais, dos desejos masculinos que não conseguem ou não querem reprimir. Agem sem pensar e quase nunca pensam nas consequências de seus atos. Eles tomam e tomam, não oferecendo nada em troca. Demonstram pouca consideração pelas mulheres da vida deles e ao mesmo tempo têm uma elevada opinião a respeito de si próprios. De modo geral, são pessoas insuportáveis, com uma falta de autoconhecimento também insuportável.

Há semelhanças entre a vida de John Grimes e a de James Baldwin. Os dois foram criados na igreja, por pais brutais e indiferentes. Ambos vivenciaram as privações da pobreza e a precariedade da masculinidade negra. Ambos sentiam desejo por homens, desejo que tinham consciência de não poder manifestar nem realizar, temendo o ostracismo ou coisas até piores. E ambos foram, por algum tempo, jovens de uma fé profunda, que se viam obrigados a se defender porque ninguém mais os defendia.

Na terceira e última parte do romance, "A eira", John e seus familiares passam horas na igreja rezando e cantando. O rapaz se dá conta de que está deitado no chão, no meio de um conflito espiritual. Por fim, levanta-se, após encontrar a salvação; entrega-se a Cristo, com a esperança de que finalmente receberá a aprovação de Gabriel. Mas nada que John seja capaz de fazer será suficientemente bom para seu padrasto. Talvez Gabriel saiba, em algum nível, que é um falso profeta, que nunca praticou o que prega, e conclua que John é como ele. Talvez isso seja apenas mais uma prova de que Gabriel é irredimível. E, assim, a família volta para casa depois de uma noite longa e cansativa na igreja. John sente-se animado por ter conseguido conquistar sua fé, apesar do ceticismo de Gabriel. Ele continua a ter esperança, a acreditar no potencial de seu futuro, como seu escudo protetor.

Em seu ensaio "O romance de protesto de todos", Baldwin critica duramente *A cabana do Pai Tomás*, de Harriet Beecher Stowe, e *Filho nativo*, de Richard Wright. Ao fazê-lo, esclarece sua posição em relação a esse gênero literário. Com muita frequência, observa ele, a importância das questões discutidas num romance de protesto torna-se uma desculpa conveniente para defeitos estéticos. "Eles são perdoados, graças a essas boas intenções, por maior que seja a violência que eles imponham à linguagem, por maiores que sejam suas violações da verossimilhança", escreve Baldwin. Ele usa o termo "romance de protesto" de modo pejorativo, porque a seu ver esses livros são muitas vezes "mal escritos e terrivelmente inverossímeis". Refletem os vieses e a condescendência dos autores e acabam reforçando os exatos preconceitos que visavam combater. Um verdadeiro romance de protesto, portanto, deveria desafiar as convenções dos romances pelos quais Baldwin manifesta desdém. Em vez de reforçar estereótipos e desenvolver argumentações frágeis, as obras do gênero deveriam ser mais sutis, propondo visões originais da condição humana. Deveriam causar desconforto no leitor. Resistir às categorizações. Não deveriam oferecer conclusões fáceis e simplistas. Deveriam refletir a complexidade do mundo real onde vivemos, em vez de insistir nas simplificações convenientes dos mundos fictícios onde não há necessidade de sutileza.

E, assim, lido de uma terceira maneira, *Proclamem nas montanhas* é um romance de protesto tal como deveriam ser os livros do gênero. É o exemplo do romance de protesto em sua melhor forma. À primeira vista, o leitor pode lê-lo como a história de um rapaz embarcando numa jornada espiritual espinhosa, mas se for entendido como um verdadeiro romance de protesto, *Proclamem nas montanhas* é um libelo contra a hipocrisia, o recurso de dois pesos e duas medidas, os falsos profetas e aqueles que usam a fé como arma, e não como escudo.

Um perfil de James Baldwin

Márcio Macedo

James Arthur Baldwin foi o grande inovador da literatura afro-americana entre os anos 1950 e 1970, tornando-se uma referência de seu tempo ao lado de figuras como Truman Capote, John Updike e Philip Roth. Tendo como uma de suas principais influências Henry James (1846-1913), a ponto de ser chamado de "Henry James do Harlem", Baldwin foi romancista, ensaísta, poeta e dramaturgo, além de ativista político. Sua obra tem sido recuperada por filmes, livros e reedições que continuamente evidenciam sua contribuição na elaboração de uma subjetividade multifacetada e complexa: negra, gay, masculina, intelectualizada, urbana e cosmopolita. Publicou em vida mais de vinte livros, distribuídos entre romances, ensaios, peças de teatro, poemas e contos.

Nascido no Harlem, bairro negro de Nova York, em 1924, Baldwin pertencia a uma família pobre e religiosa que tinha raízes no Sul dos Estados Unidos.* Um médico do Harlem Hospi-

---

* Para uma biografia, ver D. Leeming, *James Baldwin: A Biography*. Nova York: Arcade, 1994.

tal disse à sua mãe, Emma Berdis Jones, que, devido ao seu aspecto frágil, ele não viveria mais do que cinco anos. Três anos após o nascimento do filho, sua mãe, que havia abandonado o pai biológico do menino ainda grávida, se tornou Emma Berdis Baldwin ao se casar com o reverendo David Baldwin, um pastor moralmente rígido e descrente em relação aos brancos, com os quais mantinha uma relação de desconfiança, ódio e subserviência. Os dois tiveram mais oito filhos, além de James e de um primeiro filho de David, três anos mais velho. Embora considerasse o reverendo seu pai, quando pequeno James era tratado por ele com desdém, e essa relação acabaria se tornando o leitmotiv da sua produção literária.

Seu talento para a escrita foi notado logo cedo. Ele estudou na Public School 24, onde, estimulado pelos professores, escreveu peças de teatro. Anos depois, foi para a Frederick Douglass Junior High School. Nessa escola, teve aulas de poesia com Countee Cullen, poeta vinculado ao Harlem Renaissance nos anos 1920 e formado pela Universidade de Nova York. Cullen e outro professor, Herman Porter, formado em Harvard, tiveram papel importante na trajetória de Baldwin, estimulando-o a encarar os estudos com seriedade. Seguindo sugestão de Cullen, Baldwin se candidatou a uma vaga na DeWitt Clinton High School, no Bronx, uma escola somente para garotos famosa pela qualidade de ensino. Ao ser admitido, Baldwin entrou em contato com um ambiente composto majoritariamente de jovens judeus oriundos de famílias com orientação política de centro-esquerda, apoiadores do programa de recuperação econômica do presidente Roosevelt — o New Deal — e da causa negra. Baldwin trabalhou na revista literária da escola, *The Magpie*, e ali fez amigos, a maior parte deles brancos e judeus, que se tornaram seus pares intelectuais.

Entre os catorze e os dezessete anos, Baldwin foi pastor

mirim na Assembleia Pentecostal de Fireside, tendo decorado trechos da Bíblia e conduzido cultos para uma quantidade de fiéis nunca antes vista por seu pai na época de ministério. Para ele, a religião e a leitura eram um refúgio dos problemas vivenciados em casa. A formação intelectual na escola e o grupo de amigos com quem convivia suscitavam, cada vez mais, questionamentos em relação ao pai, à religião e à sua sexualidade. Seguindo a sugestão de seu amigo e colega de escola judeu Emile Capouya, Baldwin visitou o artista plástico Beauford Delaney. Artista negro e gay vinculado ao Harlem Renaissance nos anos 1920 e morador do Greenwich Village — a área boêmia, artística e intelectual de Nova York —, Delaney tornou-se seu mentor, introduzindo o jovem no universo artístico. Foi justamente nesse período que Baldwin resolveu abandonar a religião. Posteriormente, mudou em definitivo para o Village.

O autor viveu períodos difíceis devido à ausência de recursos, à insanidade do pai e à necessidade de cuidar da família. Nesse período, afastou-se da literatura e chegou a duvidar da possibilidade de se tornar escritor. Com a morte do pai, em 1943, a situação se agravou. Baldwin fez bicos em restaurantes no Village e começou a trabalhar em revistas como a *Nation*, elaborando resenhas semanais de livros. A atividade possibilitou a Baldwin que aperfeiçoasse suas ideias e desenvolvesse seu estilo de escrita. Ele chegou a fazer cursos na The New School, onde conheceu o ator Marlon Brando, que na época estudava artes cênicas. Mas Baldwin nunca cursaria o ensino superior. A vida tumultuada, as incertezas, os impedimentos financeiros, as desilusões amorosas e a dificuldade de avançar no seu primeiro romance levaram-no a considerar o suicídio, tema recorrente em suas obras. Foi nesse contexto que decidiu deixar os Estados Unidos e, seguindo a trilha de outros escritores, intelectuais e artistas, como seu mentor Richard Wright, se autoexilou em Paris em 1948.

Os dois primeiros livros de repercussão de Baldwin retratam questões vivenciadas na infância e na juventude, como religião, raça e sexualidade. Em *Proclamem nas montanhas* (1953), romance de formação semibiográfico, a religião, elemento fundamental na experiência societária afro-americana, é abordada a partir de seu papel de organizador social da vida negra nos Estados Unidos e, por outro lado, sua submissão em diversos contextos. Esse paradoxo pode ser percebido ao acompanhar no livro a trajetória de John Grimes, alter ego de Baldwin. Na estética literária do autor, sagrado e profano se envolvem e se rearticulam, produzindo situações que explicitam os impasses, as desigualdades, as injustiças, a resiliência e até mesmo a comicidade vivenciadas por afro-americanos cotidianamente. *Notas de um filho nativo* (1955), por sua vez, descreve a relação conflituosa com o pai e a tomada de consciência racial do autor. A morte do pai revela uma dolorosa interseção entre biografia e história mediada pela raça. A ilegitimidade existente na relação entre Baldwin pai e Baldwin filho, nunca abertamente discutida, mas constantemente sugerida, faz alusão no ensaio à ilegitimidade com a qual os Estados Unidos tratavam os afro-americanos.

Baldwin ganharia ainda mais notoriedade com o segundo romance, *O quarto de Giovanni* (1956), que aborda temas como homossexualidade, exílio e crise existencial através da experiência de David, um americano em Paris que acaba se apaixonando e se envolvendo com um bartender italiano chamado Giovanni.

Em 1957, em meio ao crescimento do movimento pelos direitos civis, Baldwin voltou para os Estados Unidos e se tornou uma voz entre os dois polos ideológicos do movimento negro americano da época — Martin Luther King e Malcolm X. Com fama e influência no meio intelectual e artístico, ele conseguiu levar uma série de celebridades brancas e negras para as fileiras do movimento. O ensaio "Carta de uma região de minha mente", parte do livro *Da próxima vez, o fogo* (1963) e publicado primeiramente na *New Yorker*, em 1962, tematiza a difícil relação dentro da comunidade afro-americana entre, de um lado, os cristãos representados por Martin Luther King Jr. e, de outro, o crescente número de muçulmanos negros vinculados à Nação do Islã, de Malcolm X e Elijah Muhammad. O texto rendeu a Baldwin a capa da *Time* no ano seguinte, quando o autor excursionava pelo Sul do país em favor do movimento pelos direitos civis e contra a segregação racial vigente naqueles estados.

Dentro da comunidade afro-americana, Baldwin ocupava uma espécie de não lugar, sendo objeto de desconfiança devido à sua ambivalência sexual. A dificuldade de conexão com o universo afro-americano pode ser verificada na complicada relação de Baldwin com Malcolm X e, posteriormente, com os Panteras Negras. Eldridge Cleaver, que se notabilizaria como ministro da Informação do grupo, escreveu na prisão em 1965 uma série de ensaios revolucionários que viriam a ser publicados sob o título de *Soul on Ice* (1968).[*] Um dos textos, intitulado "Notes on a Native Son", é um ataque extremamente violento e homofóbico a James Baldwin.

O estilo descritivo, crítico e apurado de Baldwin viria a tomar forma mais evidente em *Terra estranha* (1962), através da articulação das temáticas de raça, sexualidade e questões de classes na cena artística e intelectual nova-iorquina. Na trama, um grupo de amigos, negros e brancos, convivem em um universo alternativo de relativa tolerância racial. Até que o envolvimento de Leona, uma sulista branca recém-chegada a Nova York, com Rufus, um músico de jazz, põe em xeque a representação de masculinidade no grupo, os limites dos relacionamentos inter-raciais e a vitalidade do racismo, mesmo em uma cidade liberal e cosmopolita como Nova York.

---

[*] Ed. bras.: *Alma no exílio*. Rio de Janeiro: Civilização Brasileira, 1971.

Em 1974, ano da publicação de *Se a rua Beale falasse*, tanto Malcolm X como Martin Luther King Jr. já haviam sido assassinados. Os Panteras Negras estavam sendo dizimados por uma perseguição implementada pelo diretor do FBI à época, J. Edgar Hoover. O Cointelpro, programa de contrainteligência conduzido por Hoover, infiltrava informantes e agitadores no partido, promovendo a difamação e até mesmo a execução de lideranças. Inserido nesse contexto, o romance de Baldwin conta a história de Tish e Fonny, um jovem casal que ainda vive com os pais no Harlem. Tish está grávida e Fonny é acusado por um policial de ter estuprado uma mulher. O enredo evidencia a dificuldade das duas famílias de se manter unidas diante das adversidades que advêm do racismo. *Se a rua Beale falasse* é uma história de amor entre pessoas comuns que tentam manter a serenidade e a esperança em uma sociedade que não oferece quase nenhum reconhecimento social ou igualdade para os negros.

James Baldwin faleceu em 1º de dezembro de 1987 em Saint-Paul-de-Vence, na França, vítima de um câncer no estômago. Sua literatura influenciou a produção de uma série de autores e autoras negros mais recentes, como o escritor nigeriano Chinua Achebe (1930-2013), a ganhadora do Nobel de Literatura Toni Morrison, o artista plástico afro-americano Glenn Ligon, a romancista britânica Zadie Smith e muitas outras personalidades do universo artístico, intelectual e ativista negro de dentro e de fora dos Estados Unidos. Em 2016, um ano antes do aniversário de trinta anos da morte de Baldwin, foi lançado o documentário *Eu não sou seu negro*. Dirigido pelo cineasta haitiano Raoul Peck, ele registra debates, apresentações e seminários dos quais o autor participou entremeados com a leitura de um manuscrito inacabado intitulado *Remember This House*, no qual Baldwin relembra os assassinatos de Medgar Evers (1925-63), Malcolm X (1925-65) e Martin Luther King Jr. (1929-68).

Recentemente, o autor tem sido retomado justamente na sua articulação entre raça e sexualidade, em livros que tematizam o racismo, a homofobia, a misoginia e a divisão de classes, tão presentes entre negros e brancos, nos Estados Unidos e no Brasil.

ESTA OBRA FOI COMPOSTA PELO ACQUA ESTÚDIO EM ELECTRA
E IMPRESSA EM OFSETE PELA SANTA MARTA SOBRE PAPEL PÓLEN NATURAL
DA SUZANO S.A. PARA A EDITORA SCHWARCZ EM ABRIL DE 2025

A marca FSC® é a garantia de que a madeira utilizada na fabricação do papel deste livro provém de florestas que foram gerenciadas de maneira ambientalmente correta, socialmente justa e economicamente viável, além de outras fontes de origem controlada.